JÉSSICA ANITELLI

em SINTONIA

SEGUINTE

Copyright © 2024 by Jéssica Anitelli

O selo Seguinte pertence à Editora Schwarcz S.A.

Grafia atualizada segundo o Acordo Ortográfico da Língua Portuguesa de 1990, que entrou em vigor no Brasil em 2009.

CAPA E ILUSTRAÇÃO DE CAPA Sophia Andreazza

PREPARAÇÃO Larissa Luersen

REVISÃO Marise Leal e Ingrid Romão

Dados Internacionais de Catalogação na Publicação (CIP)
(Câmara Brasileira do Livro, SP, Brasil)

Anitelli, Jéssica
    Em sintonia / Jéssica Anitelli. — 1ª ed. — São Paulo : Seguinte, 2024.

    ISBN 978-85-5534-323-0

    1. Ficção juvenil I. Título.

24-192521   CDD-028.5

Índice para catálogo sistemático:
1. Ficção : Literatura juvenil 028.5

Cibele Maria Dias – Bibliotecária – CRB-8/9427

Todos os direitos desta edição reservados à
EDITORA SCHWARCZ S.A.
Rua Bandeira Paulista, 702, cj. 32
04532-002 — São Paulo — SP
Telefone: (11) 3707-3500
www.seguinte.com.br
contato@seguinte.com.br

Para Augusto e Luísa.
E para todos os dramáticos de humanas.

Um

Eu só queria que o último ano do ensino médio fosse de boa.

Depois da pandemia, aulas on-line e híbridas, tentativas de manter as medidas de segurança e uma eleição presidencial atravessando tudo, eu só podia torcer pela normalidade.

Com esse desejo me percorrendo, sentei à escrivaninha no meu quarto e ajeitei o material para o começo das aulas. Já era fim de janeiro e eu voltaria à escola em poucos dias.

Levemente ansioso, abri o caderno e parei com a ponta de uma caneta perto da folha em branco. Apesar de os meus objetivos para 2023 girarem em torno do vestibular, também seria o último ano com os meus amigos. Pensar nisso me deixava inquieto com frequência. Afinal, a gente estava junto desde o sexto ano. Saber que tudo seria diferente dali a doze meses era um pouco assustador e empolgante ao mesmo tempo.

Tentando afastar esses pensamentos, foquei no que estava ao meu alcance, como fazer uma lista do que eu tinha vivido (ou não) desde a pandemia.

A gente não teve formatura nem a tradicional viagem do nono ano, o que foi uma bela rasteira da vida. O primeiro ano do ensino médio foi uma droga com aulas on-line, máscara, álcool em gel e tudo mais. Só voltamos mesmo para a rotina no ano seguinte, mas também não foi muito melhor, por causa do medo do vírus e do uso de máscaras. Com o passar dos meses, a situação foi se amenizando.

Eu precisava de normalidade agora, sem momentos históricos ou grandes acontecimentos. Escrevi POR FAVOR! com letras garrafais no caderno, como se isso pudesse fazer o ano ser do jeito que eu desejava.

— Nem acabou janeiro e você já tá estudando?

Dei um pulo da cadeira. Olhei para a porta do quarto e vi minha mãe, rindo.

— Quer me matar do coração?!

Ela riu ainda mais e veio até mim. Passou a mão no meu cabelo crespo recém-cortado, aparado nas laterais e maior em cima.

— Ficou muito bom. — Deu tapinhas no meu ombro. — Agora vem me ajudar com as compras, por favor.

Seguindo a minha mãe, saí para a garagem. Apesar do calor de verão, o vento da rua trazia certo frescor. Parei diante do porta-malas aberto e peguei as sacolas, pondo tudo na mesa da cozinha. A gente já estava tirando as compras dos sacos plásticos quando minha mãe se virou para mim.

— Felipe! Já ia me esquecer! Tenho novidades da escola!

O sorriso dela me causou um arrepio desagradável. Confesso que senti até uma fisgada no estômago. Engoli em seco, tentando puxar da memória uma conversa entre meus pais sobre uma reunião que, claro, eu não dei importância. Era o trabalho deles, não o meu. Pra que saber daquilo?

Mas vendo a cara da minha mãe de quem pretendia jogar uma bomba e soltar uma gargalhada, me arrependi de não ter me preparado para o pior. Afinal, eu era filho de professores e ficava bem estressado todo começo de ano letivo com a possibilidade de eles serem *meus* professores.

Então respirei fundo e estalei o pescoço. Depois de tudo o que tinha acontecido nos últimos anos, acabei me esquecendo desse risco.

Eu só queria um 2023 normal. Seria pedir demais? Pelo sorriso torto dela, que ainda esperava minha reação, eu estava muito ferrado...

— Você vai dar aula pra minha turma, né? — Minha voz saiu mais baixa, já sem esperança.

Quando ela fez que sim, até cobri o rosto com as mãos, suando frio, o coração descompassado. Sem força nas pernas, sentei na cadeira.

— Achei que fosse escapar disso... — resmunguei, desacreditado do meu azar.

— Eu também. — Minha mãe se aproximou. — Mas me ofereceram as aulas dos terceiros anos porque o Bira se aposentou. Então vou ser a sua professora de matemática. — Ela apertou a minha bochecha como se eu fosse uma criança.

— Como vou ter um ano normal assim? — Levantei desesperado e fiquei perambulando pela cozinha. — Isso não pode estar acontecendo! — Pus as mãos no cabelo.

— Nossa, que garoto dramático. — Ela revirou os olhos. — É só você se comportar, meu filho.

Fácil falar.

Como eu compensaria o tempo perdido com a minha mãe no meu cangote? Ela não entendia que perdi anos de convivência com os meus amigos? Mal vivi o ensino médio!

Eu só queria ser eu mesmo, levar tudo da forma mais tranquila possível, esquecer as recentes situações ruins. Só queria viver como um adolescente normal. Mas como fazer isso com os meus pais enfiados na escola?

De repente gelei. Nem tive tempo de pensar que poderia não ser tão ruim assim, que talvez desse para levar numa boa. Afinal, passei a maior parte da minha vida escolar me preparando para essa tragédia. Mas aí olhei para os lados, procurando pelo meu pai. Ele não estava ali. Encarei minha mãe, que já tinha voltado a se ocupar com as compras.

— Onde ele tá? — tentei chamar a atenção dela. — Cadê o pai?

Ela arqueou as sobrancelhas, como se tivesse lembrado de algo muito importante.

— Seu pai tem outra novidade. E é mais legal do que a minha. — Piscou, toda engraçadinha.

Com certeza ela estava esperando para ver de camarote a vida do filho ser destruída aos poucos.

Dois

Já ouvi que nada é tão ruim que não possa piorar. Era isso o que eu sentia.

Por causa do nervosismo, não conseguia ficar parado. Andei de um lado para o outro, perdido em pensamentos. Minha mãe bem que poderia acabar com a angústia, mas ela preferia me ver nesse estado.

Quando passei pela milésima vez da cozinha para a sala, dei de cara com Milena, minha irmã.

— Nossa, que cara é essa? Parece que viu um fantasma.

— Muito pior.

Ela não entendeu. Antes que eu pudesse explicar, nossa mãe gritou da cozinha que daria aula para a minha turma.

Milena abriu a boca e arregalou os olhos. Chegou a cobrir os lábios, talvez para segurar o riso, mas falhou (lógico!) e começou a rir da minha cara.

— Não tem graça…

— Ah, tem, sim! — A animação dela aumentou. — Não vou ser a única nessa casa a ficar traumatizada! — Quando ela foi para a cozinha, eu a segui.

— Traumatizada por quê, garota? — minha mãe quis saber.

— Lembro muito bem de você vigiando toda menina que eu beijava, mãe!

— Era só curiosidade. Você sabe que adoro uma fofoca. — Deu uma risadinha. — E tento ao máximo não traumatizar meus filhos.

— Mentirosa! Isso que você tá fazendo comigo é tortura! — falei.

As duas se olharam e começaram a rir.

— Qual é, Felipe? — Milena me deu tapinhas no braço. — Não vai ser tão ruim assim. Talvez um pouco, mas... — ela inclinou a cabeça para o lado, pensativa. — É, vai ser ruim, sim. — Deu de ombros. — Depois você investe numa terapia. Cadê o pai? — E foi abrir a geladeira.

— Ainda tá na escola e vai revelar uma notícia bombástica pro Felipe. — Minha mãe cantarolou.

Milena, com algumas uvas na boca, olhou para a gente, de um lado para o outro. Encolhi os ombros, querendo dizer que não fazia a mínima ideia de que história era essa.

Para o meu alívio (ou desespero), ouvi a porta da sala abrir. Em poucos segundos, meu pai estava na cozinha. Ele ajeitou os óculos de grau, lavou as mãos e deu um beijo no rosto da minha mãe. Acompanhei cada movimento, à medida que a minha respiração sumia aos poucos, só esperando a novidade que com certeza acabaria ainda mais com o meu último ano.

Meu pai nos observou sem dizer uma palavra. Quando nossos olhos se encontraram, ele abriu um sorrisinho.

— Sua mãe já botou medo em você, né?

— Ela tá fazendo suspense — praticamente choraming   uei, implorando por um pouco de misericórdia.

— Fala aí, pai. — Milena se aproximou saltitante segurando o pote de uvas. Parou ao meu lado e pôs uma na minha boca. Precisei cuspir. — Você vai dar aula pra ele também?

No instante em que ele fez que não, todo o meu corpo amoleceu de alívio. Mas durou pouco. A resposta fez a minha alma me abandonar por alguns segundos.

— Vou ser o coordenador do ensino médio.

Paralisei, chocado. Nem sabia mais se estava respirando. Me deu uma tontura, um blecaute. Só voltei à realidade quando Milena me chacoalhou, aos risos, repetindo que eu estava muito ferrado.

— Quando você volta pra Campinas, hein? — Tirei a mão dela de mim.

Respeito nenhum pelo meu sofrimento.

— Faculdade só em março, irmãozinho. — Ela apertou a minha bochecha, que nem minha mãe faz. — Vou ficar bem aqui, curtindo de camarote esse momento épico.

Aquela cara de satisfação me deixou revoltado.

— Deixa o menino — pediu meu pai. — E não vai ser ruim, Felipe. Você se comportou bem nos últimos anos. Amadureceu muito.

— O problema é que o ensino médio dele foi meio bagunçado, né? — Minha mãe mexia nos armários. — Aposto que queria voltar tocando o terror.

— Eu só queria um ano normal...

— O novo normal, irmãozinho. Não é o que dizem por aí?

O tom irônico de Milena fez com que eu a encarasse sério. Ela deu um sorrisinho e me mandou um beijo.

Para não cair na provocação, perguntei ao meu pai como aquilo havia acontecido. Ele era só professor de geografia. Como virou coordenador de um dia para o outro?

Sentado à mesa com uma xícara de café, ele explicou que recebeu o convite para a coordenação no final do ano. Eu sabia que ele vinha se preparando para algo do tipo, até chegou a procurar vaga em outros lugares, e por isso não achei que seria no meu colégio atual, muito menos enquanto eu ainda fosse aluno.

— Não contei porque não queria te deixar nervoso antes do tempo — ele esclareceu.

— Mas pode ficar agora — minha mãe completou e piscou para mim, toda engraçadinha.

Ela e Milena voltaram a rir. Odiei que fossem tão parecidas.

Saí da cozinha arrasado. Cheguei a imaginar um futuro diferente, em que só um dos meus pais fosse meu professor. Eu reclamaria, claro, mas aguentaria a chatice. Que iludido... Eu nunca tinha imaginado o cenário que estava se desenrolando na minha frente.

Caí de costas na cama, olhando para o teto sem saber como agir ou pensar. Entrei em um grande vazio, um estado em que eu nem perceberia se o mundo acabasse.

Não sei quanto tempo permaneci com os pensamentos a mil. Só saí dessa posição quando lembrei do meu celular no bolso.

Abri o grupo dos meus amigos no WhatsApp e contei a novidade. Logo as primeiras respostas apareceram:

Lorena
que merda, hein?

João
nossa, feio. sei nem o que te dizer

Rodrigo
sinto muito, Felipe

Cadu
se fodeu kkkk

Joguei o celular na cama e ali me afundei. Esperança pra quê, né? Todo mundo sabia que seria uma droga. Nem tentaram dizer o contrário.

Respirei fundo. Será que estava sendo muito dramático? Não, não. Afinal, era a minha vida na reta do caminhão Luciana-Rômulo-na-escola.

Tudo o que tinha planejado seria esmagado por rodas enormes de disciplina e olhares atentos a cada passo. Eu só queria um fim de ensino médio normal, por favor...

Ainda inquieto, dei passos pelo cômodo. Quando reparei no caderno na escrivaninha, me senti pior. Amassei a folha com as metas. Não durou nem uma hora.

Pelo visto, 2023 estava longe de proporcionar a calmaria que eu tanto queria.

Três

Os dias até a temida volta às aulas passaram mais rápido do que eu gostaria. Antes, eu até estava animado. Depois, só queria pular aquele ano da minha vida e ir direto para 2024, quando eu estaria na faculdade de história, sem pais na minha cola.

Sem alternativa, me arrastei para fora de casa naquele 30 de janeiro, rumo ao primeiro dia de tortura. No banco de trás do carro, me afundei desejando ser poupado de todo o sofrimento iminente. Esfreguei o rosto repetindo pela milésima vez que era azar demais para um garoto só.

A escola ficava só a alguns quarteirões de casa. Então nem sobrava tempo para eu relaxar no trajeto.

Localizado na Avenida Cassiopeia, logo se via o extenso muro do colégio Eucalipto, coberto por folhas verdes, seus dois prédios e a quadra coberta. Era um dos maiores colégios da zona sul de São José dos Campos, tomando boa parte do quarteirão.

Eu não parava de repetir que tudo daria certo, o que não funcionou muito bem. Continuava uma pilha de nervos, mas engoli as emoções quando meu pai desligou o carro no estacionamento de funcionários.

— Pronto, filhão? — Ele se virou para mim, achando graça da situação.

Encolhi os ombros, e minha mãe soltou uma risada pelo nariz no banco da frente. Reagi com um olhar feio.

— Desculpa — Ela limpou a garganta. — Vai dar tudo certo, Felipe.

Ainda em silêncio, saí do carro. Entrei no pátio me sentindo esquisito.

Andei devagar pelos alunos me perguntando quantos deles já sabiam da minha desgraça. Foi aí que me dei conta de que precisava parar de sofrer tanto por algo sem solução. O negócio era enfrentar a situação de frente.

Subi as escadas devagar e cheguei ao corredor das salas do terceiro ano. Mal fiz a curva e avistei rostos conhecidos. Dei um suspiro de alívio.

Apesar de tudo, era bom estar de volta.

Passei pela porta do 3º A, depois pela do 3º B. Ao me aproximar da minha, o 3º C, Lorena veio correndo. Ela pulou no meu pescoço e me abraçou apertado, como sempre fazia.

— Que saudade! — Lorena ainda estava grudada em mim. — Será que finalmente a gente vai ter um ano tranquilo?

— Duvido.

Com uma careta, ela me soltou e bufou, embaçando as lentes dos óculos. Dei um sorrisinho quando ela abanou o rosto e reclamou do calor. Tirando um elástico de cabelo do pulso, juntou os fios castanhos e ondulados, prendendo em um coque alto que logo ia se desfazer.

Pensei em fazer um comentário, mas Lorena me puxou para a sala de repente. Sentindo a mão gelada dela, percebi as unhas roídas, com esmalte vermelho descascado. Parei de andar e examinei os dedos dela mais de perto.

— Por que tá ansiosa?

— Nada. — Ela afastou a mão e escondeu às costas.

— Você sabe que não adianta mentir pra mim, né? — Sussurrei: — É aquilo?

— Lógico que não, Felipe. — Ela me empurrou, forçando uma risada. — Não viaja.

— Vou fingir que acredito.

Ela chegou a respirar fundo, mas não disse nada, só ficou um pouco vermelha. Em silêncio, revirou os olhos e entrou na sala, me deixando no corredor sem entender nada.

— Olha ele!

Senti um toque no ombro. Cadu estava parado, de boné para trás e sorriso na cara. Ao lado dele, Rodrigo tinha um livro debaixo do braço e acenou quando nossos olhos se encontraram.

Foi aí que entendi a reação da Lorena. Por mais que ela nunca fosse admitir, eu sabia que estava apaixonada pelo Rodrigo desde o ano anterior. Ela sempre roía as unhas quando pensava demais em alguma coisa e não encontrava solução. Além disso, havia beijado uma menina duas semanas antes, o que devia ter intensificado as crises internas, e Lorena já era um caos normalmente.

Enquanto tirava o boné e ajeitava o cabelo liso e castanho-claro, Cadu me perguntou como estava sendo o primeiro dia de aula com meus pais na área. Conversamos pouco, até porque ele não parecia realmente interessado no assunto, olhando para todos os lados menos para mim.

— Percebeu que tem um monte de gente nova?

Só acenei com a cabeça.

Pelo visto, Cadu ia continuar dando trabalho. Ele observava com atenção todas as meninas que passavam perto da gente.

— Vou me dar bem esse ano. — Ele ajeitou o boné.

— Até elas descobrirem a sua fama — comentei, sério.

Rodrigo abriu um sorriso torto, e Cadu me empurrou com o punho, como se quisesse me dar um soco.

— Fala baixo, feio. Ninguém precisa saber disso.

— E desde quando é segredo que você não presta?

Cadu fechou a cara, cobriu parte do rosto com a aba do boné e saiu de perto. Encarei Rodrigo, que deu de ombros.

— Se ele tá achando que a gente vai continuar passando pano, tá muito enganado. — Até bufei. — Tô cansado de ficar limpando a bagunça do Cadu.

— Ele sempre faz as meninas chorarem…

Concordei com Rodrigo ao recordar quantas vezes fui um ombro amigo. Nem no auge da pandemia Cadu sossegou. E lá ia eu mandar mensagem para as garotas para saber se estavam bem, já que não podia esfregar a cara do meu amigo no asfalto — alguém tinha que respeitar a quarentena.

Rodrigo e eu estávamos entrando na sala quando alguém gritou meu nome. João vinha apressado, balançando a mão. Me apertou num abraço e fez o mesmo com o Rodrigo.

— Cadê a Lorena? — foi logo perguntando, ansioso. Quando falei que ela estava dentro da sala, ele foi até lá. — Tenho novidades sobre aquele assunto.

Uma ruga se formou entre as sobrancelhas de Rodrigo, e eu fingi não saber do que se tratava. Fazia duas semanas que João vinha procurando a garota que Lorena tinha beijado na festa. Enquanto ele tentava resolver essa questão, eu preparava o terreno com Rodrigo, que até então não percebia todas as chances que Lorena tinha dado a ele.

Se tinha alguém mais devagar que eu com relacionamentos, essa pessoa era o Rodrigo.

Acomodado na carteira atrás de Lorena, João mostrava o celular para ela. Com os olhos semicerrados, Lorena assentia devagar. Quando cheguei perto, ela empurrou o celular para João.

— Deixa isso pra lá. — Começou a cutucar a unha. — Foi coisa de momento. Na verdade, nem sei por que rolou.

— Porque você passou horas babando na garota e a fim dela? — João alfinetou. Lorena revirou os olhos. — Vamos lá, Lorena. Eu sei que tem um arco-íris dentro de você. Vai, deixa ele sair.

— Para com isso! — Deu um beliscão no braço dele. — Chega desse assunto. — Ela juntou o caderno e o estojo e mudou de carteira.

João me olhou, e só encolhi os ombros.

— É, acho que forcei a barra.

— Até porque tem aquele outro lance… — murmurei, aproveitando que Rodrigo estava distraído.

— É, pois é…

Dando um suspiro, João afundou os dedos no cabelo crespo para ajeitar os fios. O gesto me fez lembrar que um dos principais motivos para ele deixar o cabelo crescer era ficar diferente de mim. As pessoas sempre perguntavam se a gente era irmão ou parente, já que éramos os únicos garotos pretos da turma, em um colégio quase só de brancos. Passamos por tantas situações do tipo que acabamos nos aproximando, o que criou, querendo ou não, uma conexão. A gente se apoiava e se entendia.

Foi só quando entrou o professor Emerson, de história, que lembrei do desastre prestes a rolar.

— E aí, seu moleque! — O professor se aproximou. Levantei para apertar a mão dele e ganhei um abraço meio de lado. — Será que dessa vez consigo te reprovar?

— Pode até tentar. Mas sabe como é, sou bom em história.

— Eu sei muito bem disso. Te conheço desde quando você comia meleca, rapaz.

Nós rimos, e ele me deu um tapinha no ombro antes de ir para a mesa. Sempre gostei de história, mas conhecer o professor Emerson, no sexto ano, mudou tudo. Eu realmente fiquei fascinado. A minha escolha de curso na faculdade já estava feita antes mesmo de eu ter tido noção desse processo. Bem diferente da maioria dos meus amigos, que ainda estava na dúvida.

Recebemos a grade horária logo na primeira aula, com as disciplinas e o cronograma do trimestre. Fiz careta ao reparar que o ciclo de provas começaria no final de fevereiro.

Às nove horas, desci com meus amigos para o primeiro intervalo. Assim que sentamos em um banco da área externa, Lorena limpou as lentes dos óculos, reclamando de novo do calor. Reparei nas poucas sardas em volta do nariz dela pela primeira vez em muito tempo e fiquei nostálgico. A gente praticamente cresceu junto, apoiando um ao outro em tantas situações, e agora a nossa convivência estava chegando ao fim. Para não pesar o clima, não comentei nada. Em vez disso, olhei em volta, principalmente para os alunos novos e os que eu mal vi no ano passado. Cheguei à conclusão de que eu nem os conhecia. Esse negócio de aula on-line tinha feito a gente se fechar ainda mais nos nossos grupos.

Até que uma garota chamou a minha atenção. Eu nunca a tinha visto. Ela andava sozinha e parecia receosa. Não sei se reparou que eu olhava, mas nos encaramos por um instante, e seus olhos se estreitaram à medida que eu a observava.

O momento durou poucos segundos. Ela só parou ao se aproximar de Kevin. Eu me mexi desconfortavelmente no banco. Kevin, aluno do 3º A, apontou para algum lugar, e ela pareceu agradecer e saiu.

Não a acompanhei. Minha atenção ficou em Kevin, no ódio que eu sentia dele e na lembrança de todas as vezes que nos estranhamos. Não à toa cada um foi para uma turma diferente no ensino médio. No sétimo ano, chegamos a sair no soco, não lembro por qual motivo. Foram dias de suspensão, e a raiva só cresceu. Fora as brincadeiras sem graça e os comentários preconceituosos.

— Tá encarando o Kevin por quê, Felipe? — Lorena jogou um pedaço de bolacha em mim. — Pensando em experimentar outro tipo de relacionamento? — Pela risada, com certeza ela falava mais de si do que de mim.

— Mesmo se eu estivesse, não ia ser com o Kevin. — Arremessei de volta a bolacha.

— Eu pegaria — João se intrometeu. Todo mundo se virou surpreso para ele. — Quê?! Ele é bonito. Quando tá de boca fechada.

— Credo, João! — Ele virou o alvo da bolacha de Lorena. — Esperava mais de você.

— Ah, tá, Lorena. — Cruzou os braços. — Quem aqui deu uns beijos no Kevin antes da pandemia?

Os olhares se voltaram para ela, que fez careta e até esfregou os braços.

— Toda vez que lembro disso dá vontade de fazer gargarejo com álcool.

Caímos na risada e todo o meu desconforto foi embora. Eu precisava aproveitar a companhia deles, isso, sim.

Fiquei observando meus amigos. Em pé um ao lado do outro, o assunto de Cadu e João era algum jogo que compraram. Lorena e Rodrigo, sentados ao meu lado, conversavam sobre um livro que ele tinha lido. Sorri ao ver a cara da minha amiga, que entregava o interesse em Rodrigo. E ela acreditava que não dava sinais...

Acompanhei de perto a aproximação deles e as conversas de madrugada. Assisti a Lorena se apaixonar aos poucos. Ela era expansiva, agitada e faladeira, mas prestava atenção no jeito calmo de Rodrigo falar, inclusive as pausas quando ficava pensativo. Ele, por outro lado, sabia lidar com ela sem se cansar de toda a efusividade, a mudança constante de assuntos e a mania de fazer mil e uma tarefas ao mesmo tempo.

— E aí, gordo?!

Fechei os olhos, sem acreditar que isso realmente estava acontecendo. No primeiro dia de aula, mano...

Assim que os abri, Lorena já tinha se levantado com as sobrancelhas franzidas. Kevin vinha com um sorriso largo, acompanhado do seu fiel escudeiro, Murilo, um dos garotos mais insuportáveis da escola.

— Vaza, Kevin! — Lorena mandou.

Ele nem deu bola.

Kevin parou ao lado de Rodrigo, que já estava com a bochecha rosada, e deu tapinhas na barriga dele.

— Achei que nem ia ter o que comer na cantina, gordo. Pensei que você ia voltar que nem um saco sem fundo das férias.

Kevin e Murilo riam enquanto Rodrigo mudava de cor. Fiquei de pé, mas antes de qualquer coisa Lorena empurrou Kevin.

— Cai fora! — ela rosnou, cheia de raiva.

Kevin sorria.

— E você vai ficar defendendo seu amiguinho até quando? — Kevin arqueou a sobrancelha e olhou para Rodrigo, de cabeça baixa. — Deixa o gordo se defender.

Lorena fechou o punho. Se João não tivesse pedido calma, com certeza ela teria acertado um soco em Kevin.

— Vai, Kevin. Sai daqui, cara. — Me aproximei, entrando na frente dele. — Esquece o Rodrigo.

— Olha só, o outro segurança do gordo. E se eu não sair, você vai fazer o quê? — Ele deu um passo à frente. — Fiquei sabendo dos seus pais...

Isso me fez murchar.

— Vai ser muito legal ver eles enchendo seu saco. — Ele encostou o indicador no meu peito e empurrou de leve. Cerrei os dentes para não revidar. — A gente se vê. — Antes de se afastar, piscou para mim e para Lorena, que mostrou o dedo do meio.

— Eu vou esganar esse moleque! — Lorena apertou as mãos como se estivesse pegando Kevin pelo pescoço. — Você tá bem? — perguntou para Rodrigo.

Ele só fez que sim e disse que ia ao banheiro. Depois que saiu, nós ficamos em silêncio — todos sabíamos que a autoestima dele tinha piorado muito nos últimos anos, e toda vez que Kevin fazia aquilo só reforçava o problema. Não era surpresa que Rodrigo fosse incapaz de perceber o interesse de Lorena.

De volta à sala, prometi a mim mesmo que não deixaria Kevin repetir a cena com Rodrigo nem comigo. Se ele achava que eu não ia reagir, estava muito enganado.

Então minha mãe entrou na classe. Ela acenou, e me vi obrigado a retribuir. Enquanto se ajeitava e cumprimentava a turma, repeti que não seria tão ruim assim.

Não *pode* ser tão ruim assim!

Mas foi nessa aula que meu pai resolveu se apresentar para a turma. E, de repente, estavam os dois lá na frente, sendo os responsáveis pelo calor que tomava conta do meu rosto.

Eu devo ter feito algo muito grave em outra vida para ter sido punido desse jeito.

Meu pai contou os planos da escola para os terceiros anos, como excursões, a formatura e bolsas de monitoria para as aulas de reforço. Frisou que precisaríamos nos dedicar bastante se quiséssemos a sonhada aprovação no vestibular.

Para encerrar, o coordenador Rômulo disse que haveria uma gincana no dia seguinte para integrar todos os alunos do ensino médio.

— Sei que os últimos anos foram difíceis para vocês, mas queremos que tudo corra bem e que vocês se sintam acolhidos pela escola.

Alguns concordaram, e eu fiquei com preguiça. Acho que perdi a vontade de interagir com outras pessoas.

Senti um cutucão e me virei para o lado. Cadu estendeu o celular. Li as mensagens que ele vinha trocando com Amanda, do 3º B. Por um milésimo de segundo, achei que seria sobre mim. Afinal, meus amigos sabiam que eu era a fim dela. Só que o assunto, apesar de me envolver, tomava um rumo bem diferente. Rolei as mensagens e a última, enviada por ela, saltou aos olhos.

> ouvi o Kevin dizendo que não vai deixar o Felipe em paz

> acho que ele quer ver o Felipe levando bronca dos pais ou algo assim

Indignado, apertei o aparelho. Ah, Kevin. Tá achando que vou baixar a cabeça, é? Se ele queria briga, ia ter briga.

Quatro

Quando coloquei a mão dentro do saco estendido pelo professor de educação física, torci para não cair no mesmo grupo de Kevin na gincana. Puxei a fita. A cor amarela se destacou entre os dedos. João foi para o time vermelho, e Cadu e Rodrigo, para o verde. Pelo menos Lorena estava no meu.

Saímos da sala em direção à quadra, que já estava cheia de gente. O professor, com um megafone, dividia os alunos pela cor da fita. Parei perto do pessoal do nosso time, junto de Lorena, e avistei Kevin com a fita vermelha amarrada no braço.

Pelo menos um pouco de sorte.

Passadas as orientações, uma lista de atividades foi entregue a cada grupo. Teríamos que nos organizar e decidir quem faria o quê. Aí Amanda, do 3º B, pegou a folha e guiou o grupo amarelo para longe da quadra, escolhendo um lugar para a gente conversar.

Atrás dela, observei seus cabelos compridos e cacheados e a pele um pouco mais clara do que a minha. Quando eu ia parar de ser frouxo e demonstrar meu interesse?

Como se tivesse sido atraída pelo meu olhar, Amanda se virou. Meu coração deu um tranco, por causa do medo irracional de que ela pudesse ter ouvido meus pensamentos. Ela arqueou as sobrancelhas e estendeu a mão para me puxar.

— Preciso falar com você.

— Espero que seja algo bom.

Uns beijos de preferência... Se bem que fazia tanto tempo que eu não beijava que tive medo de ter esquecido como fazia.

— É sempre bom ser avisado do que vai acontecer, né?

Fiquei pensando na mensagem para Cadu no dia anterior.

Logo que nosso grupo se ajeitou perto de algumas árvores, Amanda tirou uma caneta do bolso de trás da calça, pronta para escrever na folha. Ia falando as atividades listadas, assim como o horário de cada uma, e anotando os nomes de quem se voluntariasse para participar.

Só naquela hora notei uma menina asiática, a mesma que estava conversando com Kevin no dia anterior. Ela se aproximou de Amanda e pediu para confirmar algo na lista. Amanda entregou também a caneta, e aproveitou para se dirigir a mim.

— Cadu te falou do Kevin, né?

Confirmei.

— Ele vai ficar em cima de você. Toma cuidado.

— O que tanto ele pode fazer?

— Te provocar, claro. E a gente sabe que não precisa de muito pra você cair na dele.

Eu ia rebater, mas nada saiu. Querendo ou não, ela estava certa. Em minha defesa, eu tinha meus motivos para não baixar a cabeça para Kevin.

A menina devolveu a folha para Amanda, e elas começaram a conversar sobre as tarefas em grupo, como a resolução de um enigma.

— Não sou muito boa em atividade física. Mas nas outras acho que vou bem.

— Sem problemas. Tem gente suficiente pra tudo. E qual é o seu nome mesmo? É nova aqui, né? Nunca te vi.

— Anita. É meu primeiro ano mesmo. Sou do 3º A.

— Seja bem-vinda, então. — Elas apertaram as mãos. — E cuidado com o Kevin e o Murilo, tá? Eles são uns idiotas. E é melhor ficar longe do Cadu, do 3º C, ele não presta.

— Valeu pelas dicas.

Anita ainda olhou para mim, talvez esperando algum comentário. Só fiz um cumprimento com a cabeça antes de ela se afastar.

— Você sempre passa esse relatório para as meninas novas? — Me virei para Amanda.

— Sempre. Alguém tem que proteger as garotas de tipos como o seu amigo, né? — O tom de repreensão me fez encolher os ombros.

— É o que sempre digo. — Lorena quebrou seu silêncio. — Não adianta falar que apoia as meninas se não fala nada quando seu amigo faz merda.

— Ei! Desde quando isso é sobre mim? — Olhei de uma para a outra.

— Lorena tá certa, Felipe. Vocês precisam pôr o Cadu no lugar dele.

— Mas eu não...

— Eles nem se esforçam — Lorena me interrompeu. — Reclamam e não se mexem.

— Se não for nós por nós mesmas, esquece. E fiquei sabendo que já tem menina se organizando contra o Cadu — Amanda disse a última frase bem baixo, pertinho de Lorena.

A conversa passou a girar entre elas. Não gostei disso, mas fiquei na minha. O negócio já estava se virando contra mim sem motivo.

Claro que havia o lance do Cadu. Mas o que eu podia fazer?

Com o início das atividades em grupo, rodamos a escola. Ora estávamos dentro de uma sala desvendando um mistério, ora do lado de fora, em círculo, montando uma história com palavras aleatórias sorteadas pela professora de português.

Eu estava acreditando que todo o esforço da escola para a gente interagir não levaria a nada. E me surpreendi. Troquei piadas com uns alunos do segundo ano e me enturmei com uns do primeiro. Até com os professores eu conversei e também arranquei umas risadas deles, que me encaminhavam para suas atividades.

Querendo ou não, eu me dava bem com a maioria dos professores. Afinal, ou eles já tinham dado aula para mim, ou eram amigos dos meus pais.

Pais professores e suas consequências.

No segundo intervalo da manhã, me juntei aos meus amigos, e cada um contou como o próprio grupo estava indo. Ao fim da pausa, todos fomos à quadra para a última parte da gincana: as atividades físicas.

Empolgado para competir na corrida de sacos, puxei um até a cintura. Eu estava me ajeitando quando senti um toquezinho no braço me desequilibrar. Teria ido ao chão se não estivesse esperto.

— Nem começou e você já vai cair? — Kevin entrou em um saco. — Pronto pra perder pra mim?

— Vai se foder.

— Que isso, cara? Tá nervoso por quê?

— Vê se me erra.

— Tá aí uma coisa que não vou fazer.

Encarei Kevin com raiva e seus olhos escuros retribuíram. Por mais que eu repetisse que não deveria cair na provocação dele, algo dentro de mim ansiava pela disputa.

Só desviamos o olhar quando o professor de educação física avisou que a corrida ia começar. O apito marcou o início, e eu corri como se a minha vida dependesse disso. Não era só pela gincana. Eu queria ganhar de Kevin, me vangloriar e sair por cima. E estava na frente por mais que ele estivesse muito perto. Teria até vencido se Kevin não tivesse batido o braço no meu de propósito.

Caí para o lado, estatelado no chão, e Kevin ganhou a prova. Levantei furioso, ignorando quem perguntou se eu estava bem. Eu fuzilava Kevin com ódio.

— Foi mal, Felipe. — Ele ainda veio estender a mão. — Perdi o equilíbrio, cara.

Bati na palma dele, morrendo de raiva, e dei as costas. Aí notei que, mesmo em outros grupos, alguns alunos do 3º A achavam graça. Até curtiam o momento.

Nem tive tempo de pensar em uma possível teoria da conspiração. Lorena me pegou pelo braço e me puxou para o canto.

— Não sei o que tá acontecendo. Mas parece que o Kevin contaminou boa parte da sala dele contra a gente. Principalmente contra você.

— Ele quer me ferrar. Quer que eu seja alvo do meu pai. Mas eu não vou deixar isso barato.

— Vai fazer o quê?

Balancei a cabeça. A única certeza era a de que não ia deixar Kevin sair por cima.

Meu grupo se organizava para a corrida do ovo na colher, e eu ainda remoía o que tinha acontecido. Seria possível o Kevin ter feito a cabeça da sala dele contra mim? A troco de quê?

Fixei o olhar em Anita, a garota nova, e me aproximei querendo respostas.

— Ei! — Parei ao lado dela, que me olhou de sobrancelhas franzidas. — O que a sua sala tem contra mim?

Ela piscou algumas vezes. Então deu um longo suspiro e se virou para a frente.

— Felipe, né? — Ela continuou sem olhar para mim. Eu apenas assenti. — Mal cheguei nesta escola e já tenho que lidar com dois garotos numa guerrinha de testosterona.

Fiquei sem reação, atordoado com o tom de desaprovação e a postura séria. Como não respondi, ganhei a atenção dela, que chegou mais perto.

— Não tenho nada a ver com essa... coisa que o Kevin tá fazendo. E, se eu fosse você, ouviria a sua amiga lá e não cairia na dele.

— Você falou e falou, mas não respondeu — meu tom saiu rude demais.

Anita cruzou os braços e arqueou a sobrancelha, numa pose desafiadora.

— E ainda é mal-educado.

Respirei bem fundo e até massageei a testa:

— Desculpa, falei sem pensar. — Limpei a garganta. — Mas se você puder me responder...

Anita me analisou desconfiada. Só desfez a postura ao descruzar os braços.

— Kevin disse alguma coisa sobre você se achar melhor do que todo mundo por ser filho do coordenador e da professora de matemática. O pessoal tá acreditando que você vai ser o protegido deles.

— Até parece! — Neguei com a cabeça.

— Não sei se é verdade, mas fiquei a manhã toda no seu grupo e vi como você gosta de ser o centro das atenções, né? Quase nem dava chance pra galera participar também.

Fiquei sem reação de novo. Mas eu não...

Repassei a manhã em poucos segundos. Tentei encontrar sentido nas palavras de Anita, pensando nas conversas e brincadeiras com professores e alunos.

Voltei a negar.

— Então a sua turma vai ficar no meu pé porque sou simpático? — Dei uma risada forçada.

— Isso não tem nada a ver comigo. Vai se entender com o Kevin.

Anita me deu as costas, sem fazer questão de continuar a conversa. Indignado, acompanhei os passos que a levavam para longe. Era só o que faltava, mais uma inimizade no 3º A.

Como tudo estava pronto para a próxima corrida, fiquei esperando a minha vez. Apesar do que Anita tinha dito, de uma coisa eu sabia: eu era o alvo do 3º A.

Do outro lado da quadra, vi meu pai na pose de coordenador, atento a tudo ao redor. Mais distante, minha mãe conversava com outros professores. Todos esperavam o início da atividade.

O grupo vermelho também se preparava. Foquei em Kevin, no ar arrogante, no queixo empinado, no jeito de arrumar os cabelos escuros, se achando o maioral.

Por mais que eu tivesse medo da reação dos meus pais e sentisse em cada parte do corpo a pressão de ter os dois ali, de olhos bem abertos na minha vida, nunca deixaria Kevin sair vitorioso. Principalmente agora, ao saber como estava fazendo a cabeça dos colegas contra mim, distorcendo o meu jeito.

Parei na linha, pronto para a partida. Equilibrei o ovo com a colher na boca. Ao ouvir o sinal, ainda segurando tudo, estiquei a perna para Kevin tropeçar.

Ele não chegou a cair, mas o ovo, sim. Dei um sorrisinho com o canto dos lábios e vi fúria em seu olhar. No segundo seguinte, Kevin veio para cima de mim. O empurrão foi o suficiente para a colher e o ovo voarem longe. Não dei a mínima, só revidei.

Como eu disse, se ele queria briga, teria briga.

Cinco

Uma algazarra de vozes explodiu quando empurrei Kevin de volta. Ele fechou o punho e teria avançado em mim se não tivessem apartado. Um mundo de gente evitou a pancadaria.

João bloqueou o meu campo de visão, dando tapinhas no meu rosto e mandando eu me acalmar. Ainda tentei tirar meu amigo da frente, repetindo que estava de boa, mas não era verdade. Eu queria a treta, estava pronto para esfregar a cara do Kevin no chão da quadra.

Com as duas mãos, João me segurou pelo rosto e me obrigou a sossegar.

— Teu pai é o coordenador!

Como se tivesse tirado todas as minhas emoções, a fala de João me fez parar. O coração ainda estava acelerado, assim como o pulso forte no corpo inteiro, mas os sons desapareceram por um instante. Só vi a feição preocupada de João, suas sobrancelhas franzidas e o olhar atento. O que estava acontecendo comigo? Por que eu estava agindo assim?

Depois da briga com Kevin no sétimo ano, nunca mais aconteceu um episódio parecido, e oportunidades não faltaram. A gente conseguia se controlar trocando apenas xingamentos. Só que tudo estava à flor da pele. Qualquer fagulha seria responsável por um grande incêndio.

Engoli em seco à medida que o barulho voltava com tudo, me devolvendo ao turbilhão. A raiva passou a ser mínima, dando lugar à aflição. Em que buraco eu tinha me enfiado?

— Você que começou, seu covarde!

Pisquei várias vezes ao escutar Lorena. João e eu nos viramos para ela, que apontava para Kevin. Cadu mantinha o braço entre eles, tentando convencer Lorena a se afastar.

— Tá mexendo com as pessoas erradas! — Ela enfiou o dedo no peito de Kevin, que empurrou a mão dela para longe.

Uma menina do 3º A saiu em defesa de Kevin e entrou entre os dois, forçando a minha amiga a se afastar. Começaram a discutir. O bate-boca se espalhou por todos os alunos, e palavrões foram proferidos em alto e bom som.

Uma galera do 3º A veio para cima de mim, me acusando de ter causado tudo aquilo. Lógico que não fiquei quieto e pus a culpa em Kevin também.

Quando finalmente meu pai entrou na aglomeração, sua voz se sobressaiu, e um silêncio incomum pesou sobre todos nós. Evitei encarar o coordenador, só baixei a cabeça, certo de que sobraria para mim.

A sentença veio: ele expulsou nós dois da gincana, direto para a coordenação, e mandou que o resto voltasse para as salas.

Em meio às reclamações, saí na frente, sem olhar para trás. Meus amigos vieram junto.

— Eu vou quebrar a cara do Kevin, isso, sim! — Lorena bufava de ódio.

— É melhor você se acalmar — disse João com a mão no braço dela.

— Nem começa! — Lorena se afastou ainda mais irritada.

— Vocês ficaram sabendo o que o Kevin tá aprontando? — Cadu perguntou.

Como meus amigos negaram, ele contou as fofocas, indignado. Era a mesma versão que Anita tinha me falado.

— Kevin tá querendo um inimigo — comentou Rodrigo, o mais calmo de nós.

— Ele tá querendo pôr uma sala contra a outra, é isso! — Lorena disse alto, ganhando a atenção de alguns alunos do 3º A atrás da gente. — E vocês são idiotas de cair na dele!

As respostas vieram no mesmo tom, e Lorena revidou mostrando o dedo do meio.

— E você tá ajudando. — João segurou a mão dela. — Sossega!

Lorena não seguiu o conselho de João, mas não dei bola. Eu estava mais preocupado com a minha situação.

Esperei diante da porta fechada da sala da coordenação, vendo os alunos se aglomerarem. Meu pai apareceu segundos depois e mandou todo mundo para as suas respectivas classes. Houve resistência das duas turmas, mas ele foi firme. Inspetores e orientadoras apareceram, enxotando o pessoal de lá.

Enquanto meus amigos se afastavam, percebi Anita me analisando. Ela balançou a cabeça antes de seguir sua turma. Trinquei os dentes para conter a raiva. Quem essa garota pensava que era? Mal tinha chegado na escola e já estava me julgando? E dando ouvidos para Kevin, ainda por cima.

Aí percebi a postura mal-encarada do meu pai. De braços cruzados, ele analisava Kevin e a mim atentamente. Mal consegui engolir a saliva, pensando na frase que estaria na minha lápide.

Ele abriu a porta e indicou o caminho. Fui na frente, tentando bancar o corajoso, pronto para assumir meu erro, mas a verdade era que estava tremendo mais do que vara verde. E saber que Kevin veria tudo fez meu estômago revirar.

Desabei de cara feia na cadeira em frente à mesa. Nem olhei para Kevin quando ele se sentou também. Como se a sala fosse à prova de som, tudo ficou assustadoramente silencioso assim que a porta foi fechada. Então fui obrigado a prestar atenção na feição zangada do meu pai.

Com tom de autoridade, ele despejou o peso das palavras sobre nós. Só baixei os olhos e deixei que o discurso reverberasse em mim. Ele falou da pandemia, do tempo que ficamos em casa, de como tudo foi difícil e que mal fazia um ano que a vida tinha voltado ao normal. Repetiu sobre a convivência, o fato de termos perdido anos importantes de socialização e que precisávamos amadurecer, já que ficamos sem experiências essenciais. Por isso, a escola estava se esforçando para que o impacto fosse o menor possível, mas a gente teria que se esforçar também, não sair do eixo por causa de qualquer desentendimento.

Meu pai continuou falando, falando e falando. Minhas orelhas já estavam quentes, e com certeza eu ouviria muito mais em casa.

Depois de longos minutos que mais pareceram horas, ele se levantou satisfeito e exigiu um aperto de mão para selar as pazes. Com o ódio me queimando por dentro, fiquei em pé e estendi a mão para Kevin só para acabar logo com aquilo. Kevin nem hesitou em retribuir.

No minuto seguinte, a gente estava fora da sala do coordenador. Não trocamos olhares nem nada. Cada um seguiu para sua classe.

Assim que entrei, avistei a orientadora sentada na mesa do professor, observando os estudantes. No mais absoluto silêncio, todos me olharam como se esperassem o pior. Só dei de ombros e fui para o meu lugar.

Pela cara dos meus amigos, eles estavam ansiosos para saber o que havia acontecido. Peguei o celular disfarçadamente e mandei uma mensagem no nosso grupo.

O silêncio foi quebrado quando meu pai entrou na sala. Agora o sermão seria coletivo. Numa versão resumida, ele seguiu a mesma linha.

Na hora de ir embora, meus amigos e alguns colegas vieram até mim. Entendi que muitos se sentiram ofendidos com as atitudes do 3º A. Sem saber o que falar, só ouvi as reclamações.

Já no portão da escola, alguém me cutucou. Amanda me puxou levemente pela calçada, e eu fui. Na verdade, iria com ela para qualquer lugar.

— Só queria te dizer que a minha rede de informantes avisou que o 3º A não vai deixar quieto. Vocês vão ter que se preparar.

— Vocês? Isso virou uma guerra?

— É o que parece. Boa sorte. — Achando graça, ela ameaçou se afastar, mas a segurei pela mão.

Confesso que seus olhos castanhos atentos aos meus me tiraram o fôlego (em parte) e os reflexos (por completo). Eu poderia aproveitar a oportunidade. Afinal, apesar das pessoas em volta, ninguém ia ouvir se eu dissesse que gostava dela. Só que me perdi na minha falta de coragem e na beleza de Amanda.

— Alguém aqui esqueceu o que ia falar...

Sem jeito, soltei a mão de Amanda, totalmente envergonhado. Decidido a deixar meus sentimentos por ela de lado, limpei a garganta e retomei o assunto.

— Vou precisar da sua ajuda para lidar com o 3º A.

— Nem vem, Felipe. Minha sala é neutra. Mas posso te vender alguma coisa. — Piscou, convencida e engraçadinha, enrolando um cacho no dedo.

— Mercenária!

— Negócios são negócios.

Apesar de tudo, dei risada. Se havia alguém na escola que comercializava de tudo (desde camisinha até resumos), essa pessoa era Amanda.

— Te mando uma mensagem — finalizei a conversa, e ela concordou e deu tchau.

Acompanhei o caminhar dela. Quando eu criaria vergonha na cara para tomar iniciativa?

— Posso trazer um babador.

Lorena brotou como uma assombração. Meu coração veio parar na garganta.

— Puta merda! — Até pus a mão no peito.

— Felipe, você deveria falar com a Amanda logo. — Ela balançava a cabeça. — Tá muito na cara que você é a fim dela. Na verdade, acho até que ela já sabe. — Uma ruga se formou entre suas sobrancelhas.

— Será? — Isso era preocupante. Cocei a cabeça. — Preciso pensar no que fazer, então.

Ela fez que sim, me dando tapinhas encorajadores no braço.

— E você? Vai falar com o Rodrigo quando?

Lorena corou. Antes que ela pudesse desconversar, levei a mão ao topo da cabeça dela, para demonstrar apoio também.

— Relaxa. No seu tempo. E tem o lance da menina lá, né?

Sua feição mudou, como se sentisse uma dor repentina. Ela levou as mãos ao rosto e deu um gritinho contido.

— Eu não sei o que fazer! — A voz saiu abafada. — Nunca fiquei tão confusa na vida!

— Calma. — Segurei minha amiga pelos ombros. — Tudo no seu tempo. Se quiser conversar, tô aqui, tá?

Ela concordou e me deu seu típico abraço apertado. Não continuou assim por muito tempo, já que alguns alunos do 3º A passaram fazendo barulho. Lorena se afastou para mostrar o dedo do meio para eles.

Quando saíram, nós rimos, e eu não acreditei que o conflito entre as salas fosse tomar maiores proporções. Logo tudo seria esquecido.

Que engano!

Nos dias seguintes, a fofoca correu solta. Kevin parecia reforçar sua teoria de que eu sempre seria favorecido. Isso era mentira, lógico. Se ele estivesse em casa no dia da gincana, teria presenciado o maior sermão dos meus pais. Eles eram especialistas nisso.

Pelo jeito como o pessoal do 3º A me encarava, Kevin também continuava falando por aí que eu gostava de ser o centro das atenções.

— Ele gosta de fazer bullying, você sabe — comentou Cadu durante o intervalo. Só tinha a gente ali. Rodrigo, Lorena e João estavam na cantina. — Mas ele percebeu que não adianta fazer com você o que faz com o Rodrigo. Então tá tentando te queimar de outro jeito.

— E a sala toda dele tá indo nessa.

— Pois é. E parece que estão planejando algo. — Se virou para os lados e, vendo que não havia ninguém, baixou a voz. — Uma pegadinha, pelo que ouvi.

Cadu ainda explicou que ficou sabendo que a ideia do 3º A era pregar uma peça na minha turma para se vingar pela gincana. Como se a culpa tivesse sido minha...

Não gostei de saber daquilo, ainda mais pela história mal contada. Por isso, mandei uma mensagem para Amanda, que ficou de averiguar a situação.

Em poucos dias, ela apareceu com um relatório impresso. Na hora da saída, num canto vazio, me entregou as páginas.

Paralisei por alguns segundos, olhando incrédulo das folhas para Amanda. Então só me restou folhear, surpreso com a organização. O choque foi tomando conta de mim durante a leitura. Havia coisas absurdas, como os boatos de que não só meu pai me protegeria, mas os demais professores também. Minhas notas seriam as maiores da escola.

— Como alguém acredita nisso?!

— Olha o país em que a gente vive, Felipe. Não é de se espantar.

— É... — Soltei um logo suspiro e voltei a encarar as folhas. — Óbvio que vão acreditar...

— Kevin veio me procurar. — Ela tocou meu braço para atrair meu olhar. — Ele tá mesmo planejando uma brincadeira contra vocês.

— E onde você entra nessa história?

— Fornecendo material. Negócios são negócios, lembra?

— Então por que tá me contando tudo isso? — Até cruzei os braços, começando a ficar desconfiado. Já estava todo mundo contra mim mesmo.

— Porque você pediu — indicou o relatório — e porque gosto mais de você do que do Kevin. — Deu de ombros. — Não consigo ser totalmente neutra.

— Gosta de mim, é?

Amanda assentiu, quase fechando os olhos ao dar risada. Ela ainda me empurrou e disse para eu não ficar me achando. Sorri, certo de que deveria tomar uma atitude. Esse era o meu momento!

Juro que tomei ar para dizer que também gostava dela. Mas uma inspetora apareceu, soltou um "o que vocês ainda estão fazendo aqui?" e nos mandou embora.

E lá se foi toda a minha coragem... Amanda seguiu para um lado, e eu, para outro.

Como meus amigos estavam me esperando do lado de fora da escola, mostrei a papelada. Disseram que a gente precisava reagir.

Concordei, até porque não ficaria sentado esperando Kevin atacar. Se o problema era comigo, que ele viesse me enfrentar de igual pra igual.

— Até parece que você não conhece a peça — disse João. — Kevin não vai te atacar diretamente. Então talvez a gente tenha que fazer o mesmo.

Ponderei. Bem, então que assim fosse.

De repente, tive uma ideia. Quando joguei na roda, vi olhinhos brilhando de empolgação. Todos aceitaram na hora.

Mandei uma mensagem para Amanda. A gente ia precisar de material, e ela com certeza ia providenciar tudo.

Esfreguei as mãos animado. Era hora de se organizar. Pegaríamos o 3º A primeiro. Eles nem saberiam de onde tinha vindo o golpe.

Seis

No caminho para a escola naquela quarta-feira quente, eu não parava de balançar a perna, ansioso com o que estava prestes a acontecer.

Meus amigos e eu, junto de alguns colegas de turma, tínhamos passado os últimos dias estudando os horários do 3º A e preparando o ataque. Apesar de nem todos da sala quererem participar daquilo, a gente era maioria.

Enquanto a nossa segunda aula do dia seria química, o 3º A teria sociologia. A professora, assim como tinha feito com a gente, levaria os alunos até a grama, embaixo de uma árvore, para uma atividade oral. Excelente oportunidade para pôr o plano em ação.

Ao chegar, me despedi dos meus pais como de costume. Em vez de ir para a classe, corri até o banheiro masculino no térreo. Um garoto da sala de Amanda me esperava na porta. Assim que me viu, ele entrou. Fui atrás. Ele indicou uma das cabines e pediu que eu fosse rápido.

Dei duas batidas na porta de madeira. E Amanda me puxou para dentro.

— Se te pegarem, você não me conhece — ela abriu a mochila e tirou um saco plástico. — Toma. Na segunda aula, te aviso quando estiver tudo no esquema.

Apenas concordei, guardando as coisas nos bolsos da calça. Encarei Amanda pedindo aprovação, e ela levantou os polegares.

Nem tive tempo de me perder em pensamentos por causa da presença dela. Só fui enxotado de lá, então corri para a minha sala. Meus amigos estavam ansiosos. Quando confirmei que estava com tudo pronto, eles comemoraram.

A primeira aula da manhã era português. Procurei me dedicar ao máximo para esquecer os planos. Não deu muito certo, mas me esforcei.

Já química me fez afundar na cadeira. A dificuldade na matéria era algo que me corroía desde o nono ano. Eu não entendia muita coisa, ainda mais aqueles nomes difíceis e enormes. E quando misturava com matemática? Aí que eu desistia de vez.

"Ah, mas a sua mãe é professora de matemática." Cresci ouvindo essa frase como se isso me impedisse de ter problemas com exatas. Claro que ela me ajudava, assim eu não tirava nota vermelha. Mas não significava tranquilidade.

Eu era cem por cento de humanas.

Só voltei à realidade quando a professora Fabiana, de química, avisou que logo começaria o ciclo de provas. Por mais que eu soubesse o cronograma completo, fiz uma careta.

A primeira prova, na última semana de fevereiro, seria de linguagens; a segunda, de matemática; a terceira, de ciências da natureza; e a quarta, de humanas. Todas seriam aplicadas às quintas-feiras à tarde.

No momento em que meu celular vibrou, aproveitei um instante de distração da professora para dar uma olhadinha, confirmando a suspeita. Era Amanda.

já estou fora da sala

sua vez

Mandei um "ok" e me levantei na hora, chamando a atenção da professora. Cheguei perto dela e falei baixo, como se estivesse envergonhado, que precisava ir ao banheiro. Emendei com "acho que não tô me sentindo muito bem" e toquei a barriga.

Ela me deixou sair sem questionar. Assim que botei o pé no corredor, vi Amanda ao lado da inspetora, reclamando de cólica. A mulher desceu com ela as escadas.

Nos segundos que fiquei parado, contemplando o corredor vazio, sorri disfarçadamente. Eu tinha planejado ir ao banheiro de fato, enrolar um pouco e voltar, mas como tudo estava dando certo, corri para a sala do 3º A.

Como previsto, estava vazia. Entrei depressa e já fui tirando dos bolsos as bombas de peido que Amanda tinha arranjado. Antes de acender com o isqueiro, fechei todas as janelas e confirmei que a sala estava sem nenhuma circulação. Então, espalhei as bombas, fazendo questão de deixar uma ao lado da mochila de Kevin. A fumaça começou a empestear o lugar, e eu ri, admirando minha obra-prima.

Já fora da sala, fechando a porta devagar, senti alguém se aproximar.

— O que você tá fazendo aí?

Dei de cara com Anita, parada, de braços cruzados e cara feia.

Fiquei sem reação.

— O que você estava fazendo dentro da minha sala, Felipe? — ela repetiu, ficando mais séria.

Sem ter para onde correr, resolvi atacar.

— Não era pra você estar na atividade de sociologia?

— Eu estava, só que... — ela parou de repente, estreitando o olhar. — Não muda de assunto! Vai, fala. Você estava aprontando, né? Tem a ver com a brincadeira idiota do Kevin?

— Você sabe o que ele tá planejando? — Cheguei mais perto. — Bem que podia me contar, né? Pelo jeito você também não curte o Kevin.

— E nem curto você! — Deu um passo para trás. — Já que não vai falar, sai da frente.

Aí bateu um desespero. Segurei o braço dela. Anita olhou a minha mão e me encarou como se dissesse "se você não me soltar agora, vou te matar". O olhar era tão frio que poderia me transformar em pedra. Acatei o pedido silencioso e recolhi o braço.

— Olha, acho melhor não entrar aí — falei devagar e sem jeito, preocupado que me vissem dando bobeira.

Anita cruzou os braços.

— Que besteira você fez?

Suspirei e me rendi.

— Tá um cheiro ruim. Melhor você voltar depois.

Ela chegou a abrir a boca, estufando o peito.

— Vai, Anita. Quebra essa pra mim. Fico te devendo uma. Vai ser o nosso segredo.

Juntei as mãos diante do rosto para suplicar.

Anita me avaliou atentamente, sem descruzar os braços, numa postura imponente apesar da pouca altura, e pensei que tudo estava perdido. Mas felizmente ela se afastou. Sem saber se isso era bom ou ruim, resolvi ser otimista. Poderia até ser uma brecha, uma possível aliada no campo do inimigo.

Sem mais tempo a perder, corri para a minha classe e fiquei bem quieto. Pisquei para os meus amigos, para indicar que tudo tinha dado certo.

Não mencionei o fator Anita. Até porque acreditei que já estava resolvido.

Ingênuo...

Minutos antes do primeiro intervalo, ouvimos uma movimentação no corredor. Saber que eram os alunos do 3º A me fez querer rir alto. Mas me contive, prestando atenção no barulho e olhando para a professora.

Fabiana acabou abrindo a porta para espiar o corredor. Isso foi o suficiente para a turma se amontoar na entrada por mais que a professora pedisse que a gente voltasse aos lugares.

Consegui avistar gente saindo da sala do 3º A abanando o rosto. Aí, sim, comecei a rir, o que contaminou a minha turma. Kevin me encarou. E como eu não podia deixar passar, fiz um joinha para ele com direito a uma piscadinha. Eu estava tomado pelo triunfo.

Quando as orientadoras e o coordenador apareceram, me enfiei dentro da classe. Que meu pai nem me visse perto do auê.

Ao sinal do intervalo, fui rir com os meus amigos no banco de sempre. Aí ninguém me segurou, eu ri de chorar e doer as bochechas.

Meu ego estava tão inflado... Eu me sentia muito bem, obrigado. A sensação de pegar Kevin no joguinho que ele mesmo começou era uma delícia. Se ele acreditou que passaria por cima de mim, inventaria um monte de mentiras e que eu ficaria de cabeça baixa, estava redondamente enganado.

Nem o vi no intervalo, e gargalhei ainda mais ao imaginar que estivesse tentando tirar o fedor da mochila.

Subi para a sala como se nada no mundo pudesse me atingir. Isso durou cerca de dez minutos.

A inspetora bateu na porta, pediu licença para a professora de sociologia e me chamou, porque o coordenador queria falar comigo.

Confesso que gelei de cima a baixo.

Segui a mulher pelo corredor e perguntei o que meu pai queria. Ela não sabia. Meu coração já acelerado saiu ainda mais do ritmo. Será que algo tinha dado errado? Engoli em seco enquanto descia a escada.

Já perto da sala dele, a porta se abriu. Se eu já estava nervoso, meu estômago pareceu se desprender e cair no chão quando avistei Anita saindo de lá. Até parei de andar, acompanhando o olhar frio da garota na minha direção. Ao passar por mim, ela empinou o nariz, como se nada fosse capaz de a abalar.

Por alguns segundos, senti o suor frio escorrendo pelas costas. Fechei os olhos. Eu só podia estar ferrado.

Sete

A inspetora deu três batidinhas na porta, pôs a cabeça para dentro e avisou que eu estava ali.

Encontrei meu pai à mesa, as mãos unidas sobre a madeira. O silêncio pesou entre nós. Então fiz a única coisa que podia.

— Desculpa...

Ele respirou fundo, tirou os óculos, apertou os olhos com os dedos, passou a mão pela cabeça raspada, depois pela barba e soltou um grande suspiro. Eu não sabia se tinha mais medo do meu pai bravo ou desapontado.

Ele deixou os óculos na mesa. Respirou fundo mais uma vez. Ainda apoiou a testa na mão por um tempo, o que me deixou pior a cada segundo.

Quando ajeitou os óculos no nariz, voltou a me encarar. Me resignei a ficar lá sentado, cabisbaixo.

— Quero que olhe para mim. Se tem tanta coragem de fazer o que fez, precisa ter coragem de lidar com as consequências.

Engolindo em seco, decidi enfrentar a situação. Mais alguns segundos pesados de silêncio. Meu pai limpou a garganta e se inclinou um pouco para a frente.

— Você é bolsista, Felipe. Tem noção de que pode perder a bolsa por causa dessas atitudes? E no ano do vestibular! Sua mãe e eu sempre buscamos trabalhar nas melhores escolas para garantir a educação de vocês. Acha que vai continuar com o mesmo padrão de vida se for expulso e a gente tiver que pagar um colégio? Em vez de aproveitar, você faz besteira.

— Desculpa, pai, eu...

— Desculpa? — O tom era mais alto e mais irritado. — Você deixou a sala do 3º A fedendo! Meus Deus, Felipe! O que está acontecendo com você? Sua maturidade regrediu? Eu aceitaria isso se você tivesse doze anos, não dezessete!

Baixei a cabeça. Nada que eu dissesse poderia me redimir. Mas voltei a olhar para ele, para lidar com as consequências.

— A minha vontade é te deixar de castigo para sempre! — Bufou enquanto tirava um papel da gaveta. — Mas não vou te trancar em casa depois desses anos. Apesar de tudo, me preocupo com a sua saúde mental, e o isolamento não vai resolver nada. Mas você vai ser suspenso. — Escreveu e assinou na folha. — E, na próxima, eu mesmo te expulso. — Ele se levantou, e eu também. — Vai pegar as suas coisas. Em casa a gente conversa mais.

Segui meu pai para fora. Por mais que eu fosse um pouco mais alto, me senti pequeno, uma criança de castigo por ter aprontado. Meu ego estava minúsculo, e eu questionava se tinha valido a pena.

Na sala de aula, meu pai pediu licença para a professora e avisou que eu recolheria meus pertences porque estava sendo suspenso. A turma exclamou surpresa. Entrei devagar, envergonhado, e fui até a minha carteira.

Meus amigos estavam de olhos arregalados. Lorena ainda me pegou pelo pulso, mas fiz que não para qualquer que fosse a ideia dela.

— Não banque o herói — ela sussurrou.

Só dei de ombros. O plano tinha sido meu, então nada mais justo do que enfrentar as consequências sozinho.

De mochila nas costas, segui meu pai rumo ao estacionamento dos funcionários. Dentro do carro, nenhuma palavra. Eu mal respirava, tentando evitar a atenção dele. Só conseguia pensar nesse rumo inesperado.

Em casa, me joguei na cama e encarei o teto, enquanto meu pai dizia que só estaria de volta no fim da tarde mas minha mãe chegaria na hora do almoço.

Não demorou muito para Milena aparecer. Parou na porta do meu quarto, ao lado do meu pai, com as sobrancelhas franzidas.

— Suspenso — ele disse, o que arrancou uma reação de surpresa da minha irmã. E se virou para mim. — Se comporte.

Logo que ele se foi, Milena correu para se sentar na cama, querendo detalhes.

— Me deixa, Mi. — Me virei para a parede.

— De jeito nenhum! — Me sacudiu algumas vezes. — Vai, garoto. Me conta. Sou curiosa.

Não teria como me livrar dela de outro jeito. Milena riu em alguns momentos e ficou séria em outros. No fim do relato, deu tapinhas no meu braço, dizendo que eu estava bem ferrado e que ouviria o maior sermão da minha vida.

Suspirei, dando razão a ela.

— Eu ainda não acredito nisso! — minha mãe repetiu pela milésima vez. Ela andava e bufava, inconformada, para lá e para cá na sala. Mais um pouco e sairia fumaça da cabeça. — Meu próprio filho fazendo essas coisas na escola! Inadmissível! Nem parece que os pais são professores!

Sentado no sofá, eu já estava cansado de pedir desculpa, e minha mãe nem ouvia. Então fiquei quieto, deixando que ela falasse o quanto quisesse.

Depois do almoço, me joguei de volta na cama, mas minha mãe veio bater na porta. Ao me ver deitado, surtou mais um pouco.

— Se você acha que vai passar a suspensão descansando, está muito enganado! — Estendeu a mão. — E vou confiscar o celular enquanto você estuda.

Sem alternativa, entreguei o aparelho e me sentei à escrivaninha. As duas primeiras horas correram bem. Na seguinte, eu quis desistir de tudo, me afundar no livro e ser tragado pelas letras. Quem sabe assim eu absorveria o conteúdo ou sumiria de vez, podendo voltar só quando meus pais estivessem tranquilos.

Já merecendo um descanso, fui até a porta do quarto e dei uma espiada. Podia ver minha mãe no quarto dela, no fim do corredor. Ela estava trabalhando na escrivaninha. Saí de fininho em direção à sala e avistei meu celular em uma prateleira. Estava explodindo de mensagens dos meus amigos.

Acomodado no sofá, fiquei sabendo que Kevin estava adorando o desenrolar da brincadeira.

> **João**
> Amanda disse que agora ele quer ser amigo da tal Anita

Anita...

Tinha esquecido dela. E foi só lembrar que a raiva me consumiu. Claro que eu sabia que a culpa era minha, não era tão vitimista assim. Mas Anita me dedurou. A garota nem me conhecia e foi me entregar. Quem ela pensava que era?

Prometi a mim mesmo que não deixaria barato.

Quando meu pai voltou do trabalho, ele e minha mãe me chamaram para conversar, como esperado. Precisei ouvir de novo sobre a minha situação na escola e que era bolsista. Mas dessa vez ficaram mais sérios, menos bravos e mais preocupados. Temiam que as consequências tomassem proporções maiores.

— Como assim?

Eles ficaram um pouco em silêncio e trocaram olhares. Quando minha mãe respirou fundo, eu já tinha compreendido.

— Você é um dos únicos alunos pretos da escola. É carta marcada. Mais do que ninguém deveria saber como são as coisas, como qualquer erro seu repercute de outro jeito.

— Não quer dizer que foi isso que aconteceu — meu pai se adiantou. Deve ter percebido o meu nervoso. — Mas a gente se preocupa.

Fiz que sim, infelizmente me lembrando de alguns episódios, como a vez que um celular sumiu e a minha mochila foi a primeira a ser aberta.

Ou quando a turma entrou numa guerrinha de bolinha de papel e a bronca caiu em mim, o único a ser tirado da sala.

Outros momentos vieram à mente, mas balancei a cabeça para esquecer. Por mais que eu só tivesse estudado em colégios em que meu pai ou minha mãe trabalhassem, isso não era suficiente para me blindar. Afinal, eram colégios particulares e de fato sempre fui um dos poucos alunos pretos. Pensando no terceiro ano, havia só João, Amanda e eu.

Meus pais deram outro rumo à conversa, mas já era tarde. Eu não conseguia mais parar de pensar nisso, na minha cor se destacando no meio de tantos brancos.

Me arrastei até o quarto sentindo o peso de quem eu era. Por que eu não tinha o direito de errar como qualquer adolescente branco? Até quando toda a minha vida, até meus erros, seria ditada pelo racismo?

Foi inevitável não lembrar da conversa que meus pais tiveram comigo assim que entrei na adolescência. Para um garoto de doze anos, era pesado demais ter a noção do que poderia acontecer comigo quando fosse abordado por policiais. "Quando", não "se", como meus pais frisaram.

Fiquei arrasado, de estômago embrulhado e dormi mal por alguns dias depois daquela conversa. Desde então, toda vez que saía de casa, repassava mentalmente o que meus pais tinham falado: documento no bolso, os números na ponta da língua, nada de capuz, mãos fora dos bolsos; não correr, não reagir, fazer o que me mandarem com o único objetivo de voltar vivo.

"Talvez você se sinta humilhado", meu pai comentou na ocasião. "Mas só pense em voltar para casa. Isso é o mais importante."

Caí deitado na cama de olhos fechados, precisando engolir o amargor da situação. Respirei fundo, repetindo que nada havia acontecido, era apenas preocupação dos meus pais.

Foi aí que me arrependi da brincadeira.

Era hora de focar no que realmente importava. Por isso, nos dias de suspensão, me dediquei aos estudos, ainda mais porque as provas estavam prestes a começar.

Quando voltei à escola, na terça-feira, fui recebido pelo abraço apertado de Lorena. Meus amigos estavam juntos, cada um demonstrando apoio do seu próprio jeito. Cadu me deu soquinhos no braço, Rodrigo se ofereceu para me ajudar com as matérias de português e inglês, já que a prova de linguagens seria na próxima quinta, e João ficou do meu lado durante as aulas.

Nenhum comentário sobre a suspensão. Por mais que meu pai tivesse dito que não haveria maiores consequências, aquilo ficou na minha cabeça. Eu não podia mais sair da linha.

Só que, no primeiro intervalo, fui bombardeado de informações a respeito de Anita.

— Pedi pra Amanda puxar a ficha da garota — comentou Lorena, mostrando a conversa delas no celular. — Só que ela não conseguiu muita coisa.

Li as mensagens. Tinha o nome do antigo colégio e as redes sociais, que também não ajudavam. Sem vídeos nem fotos dela. Nada além de um post do pôr do sol e de um violoncelo.

— Ela não tem foto com nenhum amigo — falou João, sentado ao lado de Lorena, de olho no perfil de Anita. — E aqui na escola vive sozinha também.

Eu não tinha me dado ao trabalho de prestar atenção na garota em todo o primeiro mês de aula, mas lembrar do que ela havia feito comigo me deixou inquieto. Então fiquei em pé num pulo, deixando meus amigos com cara de interrogação.

— Vou falar com ela.

Dei as costas e saí andando. Ainda ouvi Lorena perguntar se queria companhia, mas neguei. Aquilo era um problema entre mim e Anita.

Rodei a escola e só a encontrei minutos depois, saindo da biblioteca. Com um livro em mãos e fones de ouvido, caminhava devagar, folheando algum romance. Eu a segui a uma boa distância, esperando o melhor momento para me aproximar.

Anita deixou o pátio e foi se sentar no chão, encostada no muro perto da quadra, onde havia sombra. Ela estava concentrada no livro quando chamei sua atenção. Percebi como respirou fundo, fechou brevemente os olhos e tirou um dos fones.

— O que você quer? — perguntou sem um pingo de simpatia.

Isso já me enfureceu.

— Você é sempre grossa assim?

— Sim. Era só isso? — Pôs o fone de volta, desviando os olhos para o livro.

Garota insuportável...

Não me permiti baixar a cabeça para Anita. Talvez vencida pelo cansaço, de tanto que a encarava, ela tirou os dois fones, mexeu no celular e enrolou o fio no aparelho.

— Vai, Felipe. Fala logo o que você quer.

— Quero saber por que você me dedurou.

Ela revirou os olhos antes de se levantar. Em pé, cruzou os braços.

— Ué, quem tá errada sou eu, e não você?

— Eu não disse isso.

— Tá fazendo o que aqui, então? Você quer tirar satisfação comigo porque contei pro coordenador a "brincadeira" — fez as aspas com as mãos — incrível que você fez.

— Você podia ter falado comigo antes. — Me aproximei mais para não falar alto. Algumas pessoas já estavam prestando atenção. — A gente podia ter conversado, sei lá. Você me entregou a sangue-frio.

— E faria de novo. Essa guerrinha entre você e o Kevin é ridícula, a coisa mais infantil do mundo. E envolve pessoas que não têm nada a ver com isso.

— É só você não ficar no caminho.

Ela deu uma risada forçada e fez cara de tédio, como se não tivesse mais tempo a perder comigo. Chegou a dar um passo adiante, mas se virou para mim.

— Se as idiotices de vocês me afetarem de novo, vou contar pra quem for preciso. Não tenho medo nenhum de dois moleques imaturos. Então fica longe de mim.

— Você é inacreditável. Tá me tratando como se eu fosse seu inimigo.

— Você que tá se pondo nessa posição. — Arqueou a sobrancelha.
— Só me esquece.

Não ia deixar Anita ter a última palavra.

— Não sou imaturo do jeito que você pensa.

Ela encolheu os ombros, em silêncio. E continuou andando, inabalável.

Eu não era de odiar pessoas, sempre fui bem tranquilo, mas essa menina estava me tirando do sério. Anita passou a ocupar o terceiro lugar na lista de odiados. O segundo era de Kevin.

O primeiro? De um tal ex-presidente.

Oito

Que o povo da escola era fofoqueiro, eu sabia. Mas nessa escala eu nunca tinha imaginado.

No dia seguinte, a conversa com Anita já estava na boca de todo mundo. E os fatos foram distorcidos, é claro. Diziam que a gente tinha discutido feio, até gritado, entre outros absurdos. Se existisse um jornal da escola, aposto que isso seria manchete.

Quem estava gostando do alvoroço era Kevin. Fiquei sabendo das tentativas dele de se aproximar de Anita e dos foras que ela dava nele. Pelo jeito, ela não estava interessada em fazer amizades. Mas um dia vi os dois juntos, sentados na cantina. Recebi um sorriso vitorioso de Kevin e soube que o meu sossego havia chegado ao fim. As duas pessoas que mais me odiavam se uniram contra mim. Fora os antigos boatos que continuavam comendo solto pela escola, e o clima entre as turmas, que ainda estava tenso.

Mesmo sem querer, acabei prestando mais atenção em Anita, principalmente quando estava sozinha. E ela ficava muito sozinha. Sua única companhia era uma garota mais nova, também asiática. Elas sempre estavam juntas na entrada e na saída. Logo descobri que era sua irmã, do nono ano. Como nossos intervalos eram separados dos do ensino fundamental, fazia sentido que eu as visse juntas só nesses momentos.

Se reparei nisso, foi contra a vontade de Anita, porque quando nos encontrávamos ela arqueava a sobrancelha, como se perguntasse se eu havia perdido algo por ali, ou revirava os olhos.

Garota difícil!

Nos primeiros dias, confesso que não me aguentava de raiva dela. Mas fui ficando mais na minha. Nem mesmo sua possível amizade com Kevin conseguiu me abalar.

Tá, essa parte é mentira.

Mesmo assim, concentrei minha atenção no início das provas. A de linguagens seria depois do Carnaval, e minha mãe já estava no meu pé, querendo saber se eu vinha me dedicando.

Cansado de estudar, com a vista já embaralhando as palavras, mandei mensagem no grupo dos meus amigos pedindo — pelo amor de Deus — que alguém me resgatasse dessa tortura. Se eu passasse mais uma hora do feriado revisando conteúdo, ia arrancar a pele do rosto com as unhas.

Lorena
já começou o drama

você fala isso porque não são os seus pais que trabalham na escola

Lorena mandou uma figurinha de uma mulher rindo e cuspindo a bebida com uma caneca na mão. Ri, mas também fiquei indignado com a empatia zero.

que falta de respeito é essa, garota?

Lorena
kkkkkkkkkk

João
ei, o que acham de jogar videogame aqui em casa?

Cadu
só se sua mãe fizer aquele bolo de
cenoura

Lorena
se o Cadu vai nem vou

Cadu
qual é, feio?

não vai então, sobra mais bolo. você
sempre come tudo mesmo

Lorena mandou uma figurinha de um dedo do meio.

Rodrigo
aceito

Sem desistir da sua paixonite, Lorena respondeu a mensagem de Rodrigo com um emoji de coração. Como ele não reagiu, decidi ajudá-la. Se fosse esperar pelo Rodrigo, nada ia acontecer.

Eu pensava em como poderia bancar o cupido quando chegou outra mensagem de João. Ele disse que o pai estaria em casa, então a gente já sabia como deveria agir.

Suspirei com pesar, incomodado com a situação.

A sexualidade de João nunca foi segredo para a gente, mas era para os pais dele. João não pretendia contar porque achava que a reação seria negativa. O problema era que ele mudava o comportamento na presença dos pais. Alguns assuntos eram proibidos quando estávamos na sua casa, e o único jogo que rolava no videogame era futebol.

Eu até que curtia jogar futebol, e João também, mas havia uma pressão do pai para que ele gostasse muito daquilo.

Combinamos de ir para lá no meio da tarde. No horário marcado, cheguei de bicicleta e o encontrei no portão recebendo Rodrigo. Ainda bem que ia poder conversar com ele sem Lorena por perto.

Depois de cumprimentar os dois, já fui entrando e me sentindo da casa. Célia, a mãe de João, logo puxou papo, querendo saber dos meus pais. Sentei à mesa da cozinha enquanto ela servia um copo com água e conversamos.

Ela era uma mulher negra retinta, magra e de tranças. Apesar de sempre estar séria, era simpática do seu jeito. Quando eu me esforçava um pouco, conseguia tirar um sorriso singelo dela.

Será que ela realmente reagiria mal ao saber da sexualidade do filho? Eu me perguntava isso com frequência. Sentia que João e ela só precisavam conversar mais.

Voltei à sala, sentei ao lado de Rodrigo e o cutuquei com o cotovelo. Ele me encarou pensativo.

— E aí, feio. Você acha a Lorena bonita?

Rodrigo arregalou os olhos, e as bochechas começaram a corar.

— Felipe... — João me repreendeu. Nem dei atenção.

— Acha ou não acha? — insisti.

Rodrigo limpou a garganta, visivelmente sem graça e ainda mais corado. Abriu a boca, mas as palavras não saíram. Por isso dei batidinhas nas suas costas.

— Acho... — falou tão baixo que mal ouvi.

Mesmo assim, abri um largo sorriso.

— E se ela estivesse a fim de você?

Ele franziu as sobrancelhas e negou com a cabeça.

— Que ideia. De onde você tirou isso? — E continuou negando.

João me pediu para buscar os controles extras no quarto dele, e eu entendi o que ele queria com isso. João apareceu assim que entrei no cômodo.

— Vai com calma — falou, baixo. — Você vai assustar o Rodrigo.

— Só quero ajudar.

— Eu sei. — Pôs os controles na minha mão. — Só vai devagar.

Fiz que sim e voltei à sala.

Cadu foi o próximo a chegar. Ele se afundou no sofá mexendo no celular sem dar muita atenção pra gente. João e eu trocamos olhares. A gente conhecia muito bem o modo de operação dele.

— Ei, Cadu — chamei. Ele ergueu os olhos. — Você não tá fazendo nada de errado, né?

— E desde quando eu faço coisa errada? — Deu um sorriso debochado e voltou a digitar.

— Se você magoar outra menina, a gente vai deixar arrancarem teu couro. — João apontou o dedo para ele.

Cadu riu, dando de ombros. João ia reforçar a ameaça, mas Theo, seu pai, entrou na sala. Meu amigo recolheu o dedo no mesmo instante. Endurecendo a fisionomia e mudando a postura, se recostou no sofá.

— E aí, rapaziada — Theo nos cumprimentou e parou ao lado do filho, dando tapinhas no ombro dele. — Vão jogar o quê?

Enquanto João respondia, reparei em como seu tom de voz ficava mais grave. O pai, um sujeito branco de cabelo castanho e um pouco grisalho, ouvia tudo com atenção. Antes que João terminasse, Lorena o chamou no portão.

Acompanhado da nossa amiga, João voltou à sala. Lorena disse oi para todo mundo e se sentou ao meu lado.

— Lorena — Theo chamou. — Ainda não desistiu desse negócio de futebol? — Ele sorria.

Ao mesmo tempo que Lorena semicerrou os olhos e abriu a boca, vi João engolindo em seco.

— E por que eu ia desistir se sou melhor que todos vocês juntos? — Ela sorriu e pegou dois controles do videogame. Estendeu um para Theo. — Quer tentar?

— Não, não. — Ele balançou a mão. — Vou deixar os meninos ganharem. — Ainda sorrindo, se afastou.

Lorena teria retrucado se João não tivesse arremessado uma almofada nela. Ele pedia com o olhar para ela ficar quieta. Lorena se afundou novamente ao meu lado, bufando, e murmurou "machista" só para eu escutar. Dei tapinhas de solidariedade na cabeça dela.

Jogamos alguns minutos antes de Célia trazer o bolo de cenoura com cobertura de chocolate. Lorena deu pulinhos de alegria e pegou o primeiro pedaço, não sem antes ter uma pequena discussão com Cadu, que falou para ela deixar bolo para o pessoal.

Apesar de Theo ter passado a maior parte do tempo assistindo TV em outro cômodo, João se manteve tenso. Eu o conhecia há anos e sabia como não relaxava. Era como se esperasse pelo pior a todo instante. Ele não voltou ao normal nem quando saímos para conversar na calçada antes de ir embora.

— Relaxa, feio. Deu tudo certo — comentei.

Ele assentiu, sorrindo.

Na despedida, Lorena deu um abraço bem apertado em Rodrigo. Quando ela foi para um lado e Cadu, para o outro, restando só Rodrigo e eu, resolvi dar continuidade ao plano.

— Ei, você ficou mais quieto hoje do que o normal. — Passei o braço pelos ombros dele enquanto a gente andava. Com a outra mão levava a bicicleta. — Ficou pensando no que te falei sobre a Lorena?

— Não. — Balançou a cabeça. — Não é isso. Deixa pra lá.

— O que foi? — Tirei o braço dele e parei de andar. — Tá a fim de outra garota?

— Não, Felipe. — Bagunçou os próprios cabelos curtos. — Não existe nenhuma garota.

— Então...

Continuei ansiando por uma resposta. Rodrigo não estava disposto a pôr nada para fora, por isso mudei de estratégia. Passei boa parte do caminho dizendo que ele podia confiar em mim e desabafar sobre qualquer coisa. Se fosse algo sério, poderia contar comigo também. Eu estava ali para ajudar.

Rodrigo só concordava de cabeça baixa. Sentindo que eu estava perto de convencê-lo, perguntei se ele gostaria de ir lá para casa. Para minha surpresa, ele aceitou.

Meus pais o cumprimentaram, e o levei para o meu quarto. Rodrigo se acomodou na beirada da cama ainda de cabeça baixa, apertando as mãos. Foi aí que comecei a ficar preocupado. Será que o assunto era sério mesmo? Puxei a cadeira da escrivaninha para sentar diante dele.

Apertando ainda mais as mãos, como se tomasse coragem, meu amigo forçou um sorriso.

— Seus pais se dão bem, né?

Minha primeira reação foi franzir o cenho. Depois fiz que sim. Rodrigo forçou mais um pouco o sorriso, mas logo a fisionomia se transformou. Antes do choro, ele cobriu o rosto. Sua voz saiu embargada.

— Os meus pais estão se separando. Minha casa tá um inferno. Não aguento mais ficar lá. — Os dedos puxaram os cabelos. E o choro ficou mais forte.

Espantado com o rumo disso tudo, e culpado por ter cutucado a ferida, dei um abraço nele.

Nove

Fiquei sem saber o que fazer, levemente desesperado com o choro de Rodrigo. Era a primeira vez que eu o via chorar.

O que a gente faz quando um amigo chora? O que falar? Como agir?

De bate-pronto, fui pegar água para ele. As pessoas sempre oferecem água nesses momentos, né?

Rodrigo bebeu devagar, respirou fundo, secou os olhos e pediu desculpa.

— Vai, conversa comigo. Tô aqui pra te ouvir.

Ele demorou para pôr a história para fora. Acompanhei a linha cronológica, de volta a 2020, no início da pandemia. Com os pais em home office convivendo o tempo todo, a relação deles, que já não era aquela coisa, desandou de vez. Pequenas implicâncias viraram discussões sérias, com gritos e objetos quebrados.

— Eu tinha que intervir, senão eles iam se agredir na minha frente.

Toquei meu amigo no ombro, transmitindo meu apoio. Como nós, os amigos dele, não tínhamos percebido que algo terrível estava acontecendo? Aí lembrei que fiquei meses sem ver meus amigos.

Rodrigo sempre foi o mais reservado. Então não estranhei por estar mais quieto do que o normal, achei que era por causa da pandemia, de tudo mais, das pessoas que todos nós havíamos perdido para a doença. Ninguém estava como antes.

Mas ali, ouvindo sobre o problema dos pais dele, percebi como isso vinha afetando Rodrigo.

— E agora eles finalmente vão se separar. — Ele afundou os dedos no cabelo e fechou os olhos com força. Lágrimas escorreram. — Achei que as coisas iam melhorar, mas eles ficam me pressionando, querendo saber com quem vou morar. Meu pai diz que preciso ficar com ele, que somos amigos. Que um vai ajudar o outro. Minha mãe apela para chantagem emocional, diz que sou o único filho dela, que sem mim vai ficar sozinha. Que logo meu pai vai arranjar outra. — Ele apertou forte a cabeça. — Eu não aguento mais isso, Felipe. Queria sumir.

As lágrimas voltaram com tudo, então o abracei de novo. Permiti que chorasse no meu ombro e pensei nos meus pais. Eles nunca brigaram igual aos do Rodrigo. Nas poucas discussões que presenciei, eles achavam que estavam sozinhos. Quando me viam, o tom mudava na hora e o assunto morria. Vendo o estado do meu amigo, agradeci o cuidado deles comigo.

Na pandemia, meus pais ficaram ainda mais unidos. Passaram juntos pela adaptação da sala de aula presencial para a on-line e todas as consequências. Era nítida a parceria deles, o amor e respeito recíprocos. Eu admirava a relação dos dois, como construíram tudo juntos e continuavam inabaláveis depois de tantos anos de casados.

Por isso, ao ver meu amigo desolado, senti certo constrangimento por causa dos meus pais, mas não no mau sentido. Eu não tinha problemas com eles, e eles não tinham grandes questões entre si. Então eu não sabia quase nada sobre o que era estar na pele de Rodrigo.

— Ei, sei que é foda tudo isso, mas acho que falar ajuda, né?

— É, acho que sim. Foi bom desabafar.

— Por que você não conta pro resto do pessoal? Acho que vão poder te ajudar também. Porque não sei bem o que fazer além de ficar aqui te ouvindo e oferecendo água.

Rodrigo me deu tapinhas no braço.

— Sua família é perfeita demais, né?

Encolhi os ombros. Rodrigo se pôs em pé, respirou fundo e limpou o rosto.

— É, ficar guardando tudo isso pra mim não ajudou em nada. É melhor ter os amigos comigo.

Concordei enfaticamente, arrancando um sorriso dele. E o abracei, esperançoso de que tudo fosse dar certo. Pode ser apenas impressão, mas Rodrigo foi embora mais leve.

Será que ele não percebia as investidas de Lorena porque era lerdo ou porque só tinha cabeça para os problemas familiares?

O celular vibrou com uma mensagem de Amanda quando voltei ao quarto.

Falando em lerdeza…

> fica esperto com o Kevin na escola essa semana

Não gostei disso. Claro que perguntei o que ela sabia, mas Amanda não falou. Ainda disse que estava fazendo muito por mim, porque não podia ficar do meu lado desse jeito.

Não insisti, só mostrei a mensagem para o meu grupo. Por causa da minha suspensão, Kevin tinha baixado a bola e estava mais na dele. Pelo visto, agora queria voltar à ação.

Apesar de eu ter dito que focaria no que importava, uma inquietação se espalhou por cada centímetro do meu corpo. Se eu desmascarasse Kevin antes de ele agir… Ou pelo menos se eu estivesse preparado, já seria uma vitória.

Estralei os dedos e o pescoço, ansioso para a curta semana pós-Carnaval. Seria interessante.

Cheguei à escola na quinta-feira pisando em ovos. Como eu pegava carona com meus pais, quase nunca entrava pelo portão dos alunos. Então passei pelo estacionamento devagar, olhando para cima. Vai que tinha um balde de tinta.

Tudo parecia normal no pátio, e logo encontrei Cadu. Com o celular na mão, provavelmente conversando com alguma garota. Cheguei por trás para ler a tela.

— Que isso, Carlos Eduardo?! — falei alto, dando o maior susto nele. Cadu enfiou o celular no bolso com rapidez. — Essa hora da manhã e você mandando putaria? — Até cruzei os braços.

— Vai se foder, Felipe. — Me deu um soco no braço e voltou a pegar o aparelho. — Deixa que eu me entendo com a garota.

— Quem é ela? — Colei ao lado dele. Eu precisava de mais informações para protegê-la caso Cadu fizesse merda.

— Paula, do segundo ano. — Guardou o celular. — Ela tá chegando.

Ele olhou para os lados, e eu o acompanhei. Uma menina branca de cabelo preto na altura dos ombros acenou para Cadu e se despediu de uma amiga.

— Se a professora de inglês perguntar, diz que tô no banheiro — Cadu me deu um tapinha no braço antes de se aproximar de Paula. Sorriram um para o outro e seguiram para longe das salas de aula.

Por mais que eu soubesse que Cadu não prestava, tinha um pouco de inveja dele por essa facilidade. Ele simplesmente ia e pronto. Já eu ficava pensando, esperando, pensando de novo, um ciclo sem fim.

Com um suspiro, virei rápido para o lado, sem prestar atenção. E acabei trombando com alguém. Uma mochila e um livro caíram. O pior de tudo foi perceber que a pessoa era Anita.

— Deu pra derrubar minhas coisas agora? — Ficou zangada como se planejasse me bater.

Eu ia me desculpar, mas a irmã dela entrou no meio e pegou o material do chão.

— Foi sem querer, Anita. — Ela recolheu tudo e deu um sorrisinho para mim. — Não liga, ela é sempre brava mesmo.

— Priscila! Não fala besteira.

— Só falo a verdade.

Enquanto Priscila ria, Anita cerrava o maxilar. Pude prestar a devida atenção ao rosto dela. Os lábios estavam levemente franzidos, mas eram pequenos e bem desenhados, assim como o nariz, arredondado. Ela era até bonita para uma pessoa grossa como um ogro.

Sem me dar chance de pedir desculpa, Anita saiu puxando a irmã. Priscila ainda acenou para mim, toda simpática.

Subi para a sala remoendo a situação. Me afundei na cadeira e nem me lembrei mais do aviso de Amanda.

Já fazia uns dez minutos que a professora de inglês estava na sala quando Cadu apareceu. Ele pediu desculpa, falou algo sobre ter ficado preso no banheiro e veio sentar perto de mim, sorrindo de orelha a orelha. Exalava confiança. Joguei uma borracha nele e mandei sair de perto.

Ele só riu.

A segunda aula era de sociologia, e a professora entrou reclamando do calor e das janelas fechadas. A partir daí tudo aconteceu muito rápido.

No momento em que ela apertou o botão para ligar os ventiladores, houve um clarão porque uma nuvem cobriu a sala. Fechei os olhos imediatamente, sentindo um pó cair em mim. Quando arrisquei espiar, uma camada de farinha pairava em tudo e todos.

O silêncio durou pouco tempo, assim como o espanto da professora. Quando ela abriu a porta para pedir ajuda, alguém sacou o celular para tirar uma foto, e a sala toda começou a rir. Isso, é claro, só até meu pai aparecer.

Dez

Meu pai analisou cada centímetro da sala. Eu baixei o rosto, sem dar brecha para que ele suspeitasse de mim. Por isso, não o vi sair, mas ouvi a professora mandar a gente se limpar e ir para a coordenação.

No banheiro, tirei a camiseta do uniforme e sacudi, espalhando farinha para todos os lados. Limpei parte do cabelo e da roupa antes de ir até a sala do meu pai. Meus amigos foram junto.

— Kevin se superou nessa — comentou João, e todos assentimos.

Fui para o lado de Rodrigo e dei um cutucão nele, perguntando com o olhar se estava bem. Ele fez que sim, sorrindo. No corredor, paralisamos ao ver o 3º A amontoado diante da coordenação.

— Ah, pronto! — Lorena reclamou.

Meu pai estava de braços cruzados na porta. Quando minha turma chegou, ele começou a bronca, dizendo que era um absurdo duas turmas de terceiro ano estarem se comportando desse jeito e blá-blá-blá…

De repente, Anita levantou a mão.

— Rômulo, essa bronca deveria ser direcionada para alguns alunos, não todos. E todo mundo aqui sabe muito bem quem são os responsáveis.

E ela se atreveu a olhar pra mim!

Meu sangue ferveu. Dei um passo à frente, e João me segurou pelo braço.

— O que você tá querendo dizer? Que eu fiz aquilo na *minha* sala?

— Não, mas você e seus amigos têm culpa também — Anita me respondeu de braços cruzados, com a sobrancelha arqueada.

Eu teria retrucado, mas ela desviou o olhar para Kevin e disse:

— E quem armou tudo na sala do 3º C foi o Kevin e o Murilo.

Todos se viraram para os dois. Kevin encolheu os ombros e deu um sorrisinho.

— Pô, Anita. Pedi pra não me dedurar.

— E eu avisei que ia contar se você fizesse mesmo essa palhaçada.

Apesar da situação, Kevin ria. Murilo, por outro lado, fuzilava Anita com o olhar. Ela nem dava bola.

— Podemos ir então, Rômulo?

Meu pai respirou fundo antes de fazer que sim para Anita, mantendo ali apenas meus amigos, Kevin, Murilo e eu. No momento em que ela passou por mim, só faltou sair faísca. Eu faria de tudo para não ter mais contato com aquela garota. A gente não se suportava, e isso estava mais do que claro.

Quanto ao meu pai, eu me senti injustiçado. Na minha vez, Kevin não precisou ouvir bronca nenhuma. Pelo menos ele e Murilo foram suspensos. Mesmo de volta à sala, a raiva me consumia mais e mais. Se fechava os olhos, via Anita e sua arrogância.

— Ei, feio! — Cadu me cutucou enquanto a gente descia para o primeiro intervalo. — O que você vai fazer com a tal da Anita?

Tomei ar, só que João nem me deixou começar.

— Não vai fazer nada, né? — Deu tapinhas no meu ombro. — Felipe agora vai focar nos estudos porque hoje tem prova de linguagens e, semana que vem, de matemática.

Fiquei todo arrepiado só de imaginar a minha mãe no meu pé por causa da prova da matéria dela. A raiva logo se dissipou, dando lugar à preocupação. Infelizmente tive que concordar com João. Eu precisava focar nas coisas importantes, não me deixar levar desse jeito. Pelo menos Anita era de outra turma. Eu não teria que lidar com ela.

As provas de linguagens e matemática foram mais fáceis do que imaginei. O problema mesmo seria a de ciências da natureza. Apesar da dificuldade, eu até que conseguia entender um pouco de física e biologia, mas química não entrava na minha cabeça por nada desse mundo.

Enquanto eu me lamentava em cima do livro de química, acabei cochilando. Sonhei que era Teseu no labirinto do Minotauro. Me sentindo o próprio herói, empunhava a adaga, pronto para o bicho. Eu o mataria e salvaria os jovens atenienses!

Quando o encontrei, o Minotauro estava de costas. Prendi a adaga entre os dentes e me preparei para pular sobre ele. Só que aí ele se virou, ajeitou os óculos de grau na cara horrenda e perguntou:

— Quais são os produtos obtidos na oxidação do 1-fenil-1-propeno em solução aquosa de permanganato de potássio?

Fiquei paralisado. O Minotauro repetiu, mas eu não sabia, não sabia! No final, fui devorado.

Acordei sobressaltado, quase caindo da cadeira. Esfreguei o rosto, aliviado que havia sido um sonho. O livro de química ainda estava me esperando. Sem pensar duas vezes, fechei o livro e joguei na cama. Credo, que pesadelo.

Duas batidas na porta me trouxeram de volta à realidade. Era meu pai.

— Ainda estudando? Já passou das dez, é melhor descansar pra prova.

— Sim, também acho. — Levantei e estiquei o corpo, que estralou em vários lugares.

— Você ficou sabendo das bolsas de monitoria?

Quando confirmei, uma ruga se formou entre suas sobrancelhas.

— Achei que você fosse se inscrever para a monitoria de história.

Por mais que eu gostasse da matéria e achasse a oportunidade interessante, a preguiça reinou. Mas para o meu pai dei outra resposta.

— Ia ser muita coisa, então deixei pra lá. Por quê?

— É que hoje recebi as inscrições dos alunos, só isso. Vá descansar.

Assim que ele saiu, apaguei a luz, caí na cama e fechei os olhos. Eu estava tão cansado que dormi em instantes. Acordei só no outro dia com o despertador do celular.

Naquela quinta-feira, cheguei em casa do colégio, almocei e me preparei para sair. Às duas da tarde, eu estava entrando de novo na sala de aula para fazer a prova de ciências da natureza.

Conhecendo muito bem a minha dificuldade, comecei por física. Fácil não foi, mas me saí bem. Em biologia, arrepiei a cada termo estranho que eu não me lembrava do significado. Mal conseguia ler sem hesitar. Mesmo assim, respondi todas as perguntas. Se eu tirasse cinco, já estaria no lucro.

O problema mesmo foi química. Li e reli os enunciados, porque nada do que eu tinha estudado grudou no meu cérebro.

Fiquei até o final das duas horas de prova e de nada adiantou. Entreguei a avaliação certo do fracasso.

Todos os meus amigos já me esperavam no pátio. A expectativa deles foi frustrada quando balancei a cabeça.

— Não fica assim, Fê. — Lorena passou o braço pela minha cintura, me abraçando. — A gente te ajuda a estudar depois.

— Sim — João confirmou. — Com certeza eu fui bem.

— Convencido. Só porque vai prestar medicina. — Lorena mostrou a língua.

João riu e arremessou uma bolinha de papel nela. Lorena devolveu o arremesso, e, antes que pudessem continuar com a guerrinha, o celular de Cadu tocou. Ele olhou inexpressivo e desligou sem atender.

O silêncio que tomou conta depois disso foi significativo. Quando Cadu perguntou o que havia acontecido, Lorena olhou para ele, mas se dirigiu a mim, João e Rodrigo.

— Vocês vão dar um jeito nisso. Porque eu não aguento mais o moleque fazendo esse tipo de babaquice e vocês passando pano.

Sem dizer mais nada, Lorena foi embora.

— O que você tá fazendo, feio? — João foi para cima de Cadu, mas não conseguiu pegar o celular.

— Qual é? Me deixa, feio.

— Era a Paula? — Foi minha vez de chegar perto dele. — Por que não atendeu?

— Você também, Felipe? — Enfiou o celular no bolso. — Minha vida, lembram? Eu cuido dela.

— Aposto que ele já tá na fase de dar ghosting. Deve até estar com outra — comentou Rodrigo, num suspiro.

— Você tem que parar de fazer isso, Cadu! — João o pegou pelo braço, só que Cadu se desvencilhou. — As meninas estão cada vez mais bravas com você.

Cadu revirou os olhos, tirou da mochila os fones de ouvido, pôs na cabeça e deu as costas, se afastando com um sorriso cínico e mostrando o dedo do meio. Quando ameacei ir atrás, ele saiu correndo.

Lorena cobrava um posicionamento da nossa parte, mas o que a gente ia fazer se Cadu não escutava? Não estava nem aí para nada.

— A gente precisa começar a cortar o Cadu dos rolês — falou João. — Quem sabe assim ele entende.

Concordei. Era um começo.

No caminho para casa na companhia dos meus amigos, Rodrigo comentou que queria conversar com João. Como eu já sabia do assunto, deixei os dois sozinhos. Demorou alguns dias, mas Rodrigo resolveu contar ao pessoal o que estava acontecendo na casa dele. João seria o primeiro.

Como o resultado da prova sairia apenas na semana seguinte, fui revisar o conteúdo de química assim que cheguei em casa. Se eu achava que tinha ido mal, nessa hora tive certeza.

Me recostei na cadeira da escrivaninha me sentindo péssimo. Eu precisaria de ajuda para me recuperar desse desempenho deplorável.

Para o meu desespero, a professora Fabiana teve a mesma percepção. Na quarta-feira, depois de corrigir a avaliação em sala e entregar as notas, ela me chamou para conversar quando o pessoal saiu para o primeiro intervalo.

— A sua nota foi a mais baixa — disse, sem dó nenhum. Fiz careta pensando no dois marcado de caneta vermelha. — Você vai precisar de toda a ajuda possível, Felipe.

— Eu sei. Vou me esforçar mais.

— Sei que vai, por isso estou te convocando para as aulas de reforço. Elas vão começar semana que vem, na quarta-feira à tarde. Já conversei com os seus pais e eles estão cientes. Como é uma convocação, você precisa comparecer.

Vendo minha cara de espanto, ela me deu tapinhas no braço e falou um "vai dar tudo certo" antes de me deixar sozinho com essa bomba no colo.

Onze

Fui muito bem, obrigado, na avaliação de humanas. Assim, o primeiro ciclo de provas terminou, e a gente teria duas semanas de descanso antes de começar tudo de novo.

Mesmo assim, eu estava incomodado e levemente nervoso com essa história de reforço de química. Nunca tinha precisado disso.

Em casa, meus pais estavam achando a solução ótima, principalmente porque a minha nota de química sempre tinha sido baixa. Como eu prestaria o vestibular? Só que ninguém lembrava que eu ia cursar história. Química para quê?

Quanto mais eu pensava a respeito, mais indignado ficava, mesmo que soubesse que ia precisar de ajuda. Então, fingi que nada estava acontecendo. Seria um problema para o eu do futuro.

Lorena nunca gostou muito de Cadu, mas estava suportando o garoto ainda menos nos últimos dias. Quando ele chegava perto, ela saía. Essa atitude forçou a gente a ser mais duro.

Em um intervalo, pressionamos Cadu até ele contar o que estava fazendo. Não me surpreendi por ter simplesmente cansado de Paula e já estar saindo com outra. Que vontade de esganar esse garoto.

— Qual é o seu problema? — Dei um tapa na nuca dele. — Você não pode fazer isso. Magoa as meninas.

Cadu deu de ombros e foi a vez de João dar um tapa no mesmo lugar.

— Vai esperar o pior acontecer pra aprender, Carlos Eduardo?

— O que vai acontecer, feio? — Cadu se recostou despreocupado no banco e esticou as pernas.

— Parece que a Paula tá uma fera — comentou Rodrigo. — Vi ela chorando e conversando com a Amanda.

Cadu arqueou as sobrancelhas, talvez começando a se preocupar. Mas logo ele sorriu.

— Relaxa, pessoal. Daqui a pouco ela me esquece.

Suspirei, sem saber mais o que fazer. Rodrigo e João estavam com a mesma dúvida no olhar. O que a gente teria que fazer para Cadu mudar?

O dia do reforço de química chegou rápido. De volta à escola à tarde, me arrastei pelo portão, ainda desacreditado. Eu realmente estava indo dedicar mais tempo a uma matéria que, além de não entrar na minha cabeça, passou a me dar raiva.

Andava tão distraído pelo pátio que nem notei Lorena se aproximar sorrateiramente. Ela pulou nas minhas costas e quase caímos no chão.

— Você tá louca, garota?!

Ela riu e me fez carregá-la nas costas até um banco. Quando nos sentamos, ela tirou um pote com cupcakes da mochila e ofereceu um.

— Tô treinando. Vê se gosta.

Aceitei prontamente. Estava uma delícia. Fiz um joinha e ela sorriu, pegando um bolinho. Comemos em silêncio, coisa rara para Lorena. Estranhei, mas deixei que ela puxasse assunto.

Assim que terminou de comer, ela deu um longo suspiro.

— Acho que gosto de meninas também...

Pois é, eu já sabia. Era tão claro quanto a luz do dia. Mesmo antes de beijar a garota da festa, comentários e olhares me fizeram ter certeza. Ainda assim, fiz o papel de amigo e perguntei como ela havia descoberto.

— Fiz umas pesquisas. — Encolheu os ombros. — E me analisei bastante. Acho que sempre foi assim, mas só percebi agora.

— E tá tudo bem?

— Sim e não. Sim porque me entendi. Faz muito sentido eu ser bissexual. E não porque as pessoas invalidam muito a bissexualidade. Essa parte vai ser uma bosta.

— Ah, que bom pela descoberta. E quando precisar desabafar tô aqui. — Baguncei seu cabelo, e ela me empurrou, dando risada. — E como fica o Rodrigo?

Ela deu um longo suspiro.

— Ele tá com tanto problema em casa...

Fiz que sim. Rodrigo já tinha contado sua história para todo mundo. Por mais que a gente não soubesse como ajudar, estávamos do lado dele. Com o apoio, percebi Rodrigo mais tranquilo.

— Então você vai deixar pra lá?

— Por enquanto, sim. — Ela me deu chocolates. — E trouxe isso pra te ajudar com o reforço de química.

Agradeci e enfiei um pedaço na boca, precisando de toda a energia possível.

Como Lorena tinha ido na escola só para me encontrar, foi embora quando me dirigi à sala no térreo. Lá encontrei três alunos do terceiro ano, dois do 3º A e um do 3º B. Cumprimentei a galera com um aceno de cabeça e me acomodei perto deles. Por mais que o clima continuasse estranho entre a minha turma e o 3º A, o pior tinha passado. A suspensão de Kevin e Murilo ajudou.

Os poucos minutos de espera serviram apenas para lamentar o meu azar e a falta de aptidão em química.

Nem imaginava que a verdadeira tortura não havia começado.

Eu suspirei no instante em que a professora Fabiana apareceu. Mas aí fiquei perplexo quando Anita entrou na sala. Ao trocar olhares surpresos, entendi que o desafio seria aturar Anita como monitora.

Doze

Eu devo ter tacado pedra na cruz. Certeza! Ou até sambado em cima do caixão de alguém muito importante. Começado uma guerra talvez? Não sei... Mas alguma coisa muito errada eu fiz em outra vida para o universo me castigar deste jeito — me empurrando aquela garota goela abaixo.

A professora estava explicando um tópico em que não prestei atenção porque não tirava os olhos de Anita, lá na frente, com um crachá dizendo "Monitora".

Baixei a cabeça. Não era possível!

— Tudo bem, Felipe? — Fabiana quis saber.

Assenti, levemente tonto. Quando encarei Anita, ela revirou os olhos e desviou o olhar. Cheguei a trincar o maxilar. Aquele maldito deboche!

A professora entregou folhas para Anita e explicou para a classe que não ficaria com a gente o tempo todo, pois havia turmas de reforço das outras duas séries do ensino médio. Então Anita estava mais do que habilitada para tirar nossas dúvidas e explicar o conteúdo.

Ah, claro! Que ótimo! Era tudo que eu precisava!

Com a professora fora, Anita pediu que formássemos um grupo. Quando fui arrastar a minha carteira, ela se aproximou para me entregar a folha. Cheguei a puxar o papel de sua mão com certa agressividade.

— Você vai tornar isso aqui mais difícil?

— Quem começou a coisa toda foi você. Então não vem encher a porra do saco.

Quando me dei conta, a frase já havia saído. Todo mundo estava prestando atenção. Mais combustível para fofoca.

Eu esperava uma resposta no mesmo nível, mas Anita apenas deu um passo adiante, chegando mais perto de mim. Pude sentir seu perfume suave pela primeira vez. A fragrância não combinava com a personificação da grosseria.

— Nesta sala, eu sou a monitora — falou, bem séria e baixo, só para que eu escutasse. Confesso que engoli em seco. — Lá fora você pode até brigar comigo, mas aqui dentro, não. Se eu vou te respeitar, você também vai fazer o mesmo.

Eu mal respirava. Ela apenas se afastou e puxou uma cadeira. Quando se acomodou perto dos outros alunos, eu também sentei.

Anita leu o enunciado dos exercícios, semelhantes aos da avaliação. Disse o que precisava ser feito e pediu que resolvêssemos.

De cabeça baixa, me forcei a começar a atividade. O problema era que só pensava em Anita. Ela me pôs no meu lugar sem levantar a voz ou dizer palavrão.

Fui humilhado pra cacete!

Limpei o suor da testa. Que garota insuportavelmente chata!

Dei um gole de água para me acalmar. Ia ser uma delícia sentir tudo isso cada vez que pusesse os pés na aula de reforço. Minha vontade era fugir e nunca mais voltar. Infelizmente meus pais estavam cientes da situação. Então não havia a possibilidade de faltar.

Apertei o lápis numa mão e afundei o rosto na outra. Nossa, como sou azarado!

Uma cadeira sendo arrastada me fez erguer a vista. O barulho só parou quando Anita sentou ao meu lado. Voltei a engolir em seco.

— Quer ajuda? — Apontou para a folha.

Meu primeiro impulso foi negar. Mas fiquei quieto, olhando para ela. Anita puxou a folha, leu novamente comigo a primeira atividade e acompanhou as frases com uma caneta. Depois explicou como resolver.

Fiquei tão surpreso com a calma dela que não prestei atenção em uma única vírgula. Só via uma Anita totalmente diferente. Ela nem exalava a ferocidade de um pinscher raivoso.

Quando perguntou se eu tinha entendido, pisquei algumas vezes, perdido no tempo, e fiz que não, me preparando para o esporro. Ela podia muito bem usar o meu livro de química para me bater, né?

Indo contra as expectativas, Anita puxou a cadeira para mais perto e recomeçou a explicação. Circulava alguns elementos no enunciado, me ensinando cada passo de forma didática.

Como dessa vez prestei atenção, entendi o que precisava ser feito e lembrei do que já tinha estudado.

— Ótimo. — Ela se levantou. — Se precisar de ajuda, é só chamar.

Observei Anita ir na direção da garota da sua turma. Ela repetiu com a menina o que tinha feito comigo.

Voltei ao exercício com um suspiro, resolvendo sem maiores problemas. E fiz o próximo. Aí travei. Um pouco envergonhado, ergui a mão. Anita voltou, me ouviu com atenção e esclareceu minha dúvida.

Ela foi atender outro aluno, e eu resolvi o exercício pensando em como Anita podia ser uma pessoa completamente diferente ali. Bem, pelo menos o convívio seria tranquilo dentro do possível. Estritamente profissional? Que assim fosse. Menos um problema na minha vida.

A professora apareceu duas vezes, na última para nos dispensar. Saí da aula exausto, porém com uma sensação boa de ter finalmente compreendido a matéria. Se continuasse desse jeito, logo não precisaria frequentar o reforço.

Quando passei pela escada, em direção ao pátio, alguém desceu correndo e trombou comigo. A menina veio tão rápido que precisei segurá-la pelos ombros para que não caísse. Ia perguntar se estava tudo bem, mas fiquei quieto ao ver seus olhos úmidos. Então a reconheci: Paula, a garota com quem Cadu estava saindo.

Ela se desvencilhou e saiu correndo. Pensando em limpar a bagunça do meu amigo, e sobretudo preocupado, fui atrás dela. Quando Paula entrou no banheiro, esperei do lado de fora.

Ela deve ter passado uns quinze minutos lá dentro, mas fiquei ali sem reclamar. Se Cadu continuava fazendo aquele tipo de coisa, eu também tinha certa culpa por não tomar nenhuma atitude.

De rosto lavado, Paula saiu, cabisbaixa. Apressei o passo atrás dela, que me olhou surpresa.

— O que o Cadu te fez? — Fui direto ao ponto.

Ela sentou num banco e desatou a falar. Como sempre, Cadu seguia um roteiro: conquista, beijos, pegação, sexo e pé na bunda. Só que ele incluiu um novo passo.

— Só fiquei sabendo da fama dele depois do fora — Paula contou. — Ainda tentei insistir, mas vi que não daria certo. Até a Amanda do 3º B veio conversar comigo. Pra ver se eu esquecia o traste do Cadu, comecei a ficar com um garoto bem legal da minha turma. Tava tudo dando certo até o Cadu voltar a aparecer. Ele foi lá fazer a cabeça do menino contra mim, você acredita?

— Essa é novidade. Nunca vi o Cadu fazer isso.

— Mas ele fez. E agora esse menino nem quer conversar comigo, o que é uma merda. — Os olhos dela se encheram de lágrimas. Paula esfregou as bochechas para impedir que caíssem. — Tô com tanta raiva do Cadu. Mas isso não vai ficar assim. Tem um negócio rolando aí contra ele e queriam saber se eu podia ajudar.

— Que negócio? — Fiquei curioso.

— Meninos estão proibidos de saber. — Deu de ombros. — Sei que você é amigo dele, mas não conta nada, tá? Nem sei por que falei tanto com você.

— Não vou contar. Cadu precisa mesmo de uma lição. — Vasculhei os bolsos e encontrei um chocolate de Lorena. Entreguei para Paula. — Não sei como fazer o Cadu mudar.

— Nem eu, mas isso também não importa mais. Só quero que ele sinta na pele tudo que fez comigo e com outras meninas.

Concordei antes de desejar boa sorte e me despedir. No caminho para casa, só pensava em Cadu. Por mais que fosse meu amigo, eu não ia falar nada. Que ele lidasse com as consequências dos próprios atos.

Treze

A segunda aula de reforço confirmou que a nova Anita não era um sonho. Ela me tratou bem, e não tivemos problemas. Um grande alívio. Até porque abril começaria com um novo ciclo de provas para fechar o trimestre, e eu já tinha problemas demais.

Sábado de manhã, estava sentado diante do notebook na escrivaninha do meu quarto, fazendo um trabalho de história, quando o celular vibrou. Ignorei para me concentrar na pesquisa, procurando as fontes corretas. Só que não parou de vibrar.

Lorena já tinha me mandado dez mensagens.

> Felipe!

> preciso de você!

> convence o Cadu a ir no cinema

> sei que você tá sabendo que estão planejando algo contra ele

> mas pra acontecer ele tem que ir no shopping hoje

> aí você vai também

> a Amanda vai estar lá

> Felipeeeeeeeeee!

> me responde!

A décima mensagem era uma figurinha de alguém impaciente olhando o relógio de pulso. Mandei um "tá" para ela e abri o nosso grupo. Lorena chamava todo mundo para ir ao cinema. João e Rodrigo tinham aceitado, mas Cadu não deu certeza.

Com um suspiro, sem saber se estava fazendo a coisa certa, falei que eu ia também.

> vamo, Cadu. enrola não

Ainda houve uma longa discussão sobre a escolha do filme. Cadu não se interessou por nenhum. Como eu não sabia o que estava em cartaz, insisti que era para ir pelo rolê. Quando ele aceitou, Lorena me mandou "eu te amo!" no privado.

> posso pelo menos saber o que é?

> não, mas seu amigo vai ficar bem. não se preocupe

Como não me preocupar? Deixei o celular de lado, inquieto. Mesmo tentando me convencer de que elas não fariam nada de mais, tive dúvidas. Cadu aprontou muito, bem que merecia as consequências, mas...

Apoiei as costas na cadeira e estiquei o corpo, repousando as mãos atrás da cabeça. Girei para lá e para cá. Bem, pelo menos eu estaria lá. Se o negócio fugisse do controle, poderia intervir, né?

— Ahá!

A voz aguda e alta me fez dar um pulo da cadeira. Meu coração veio parar na boca. Parada ao lado do batente, Milena apontava o dedo para mim.

— Te peguei com a cabeça nas nuvens! — Ela ria como se tivesse me flagrado fazendo alguma coisa. — Não vai passar no vestibular desse jeito.

— Eu estava estudando antes de você aparecer que nem uma assombração! — Joguei uma almofada nela, que desviou. — Chegou agora?

— Não, cheguei ontem enquanto você dormia e me escondi debaixo da sua cama. — Revirou os olhos e sorriu quando fiz uma cara de tédio. — Sim, cabeça-oca. — Ela deu batidinhas na minha testa, como se esperasse ouvir um barulho oco. — Cheguei agora. Tá fazendo o quê? — Já foi me tirando da frente do computador para xeretar as minhas coisas.

Quando Milena estava em Campinas, eu esquecia como ela era expansiva. Tudo ficava na mais completa paz sem ela. Mas quando vinha passar os finais de semana, com mais frequência do que eu gostaria, eu perguntava ao universo por que não nasci filho único.

Empurrei minha irmã de volta e fechei o notebook. Curiosa, ela ainda fuçava o material escolar, procurando sabe-se lá o quê.

— Ei! Para de mexer! — Tirei um caderno das suas mãos.

Achando graça, ela foi até o espelho na porta do guarda-roupa e ajeitou a faixa vermelha sobre os cabelos soltos e crespos que iam até a altura dos ombros. Ainda alisou a longa saia azul-marinho antes de perguntar se estava bonita. Revirei os olhos e voltei às minhas coisas na mesa.

Tirando o dia para grudar em mim. Milena pôs a mão no meu livro de química.

— Ainda com dificuldade?

— Mais ou menos. Mas tô fazendo aula de reforço — falei a última parte mais baixo, quase desistindo.

O riso dela saiu pelo nariz. É, eu não deveria ter contado... Milena bateu com o livro na minha cabeça, com força suficiente para eu reclamar e tirar o livro dela.

— Química não é tão difícil assim, vai. — Me empurrou de leve.

— Você faz faculdade de biologia. Não tem lugar de fala. Aliás, biologia também é um inferno.

Ela riu e apertou a minha bochecha como se eu fosse um bebezinho. Esfreguei o rosto, torcendo para que ela me deixasse em paz.

— Vou almoçar no shopping com a Valentina. Quer ir junto?

Fiquei atônito. Minha irmã estaria lá durante a vingança contra Cadu? E se acabasse abrindo a boca sobre isso em casa? Mesmo sem estar envolvido, sempre sobra pra mim... Se meu pai ficasse sabendo, ia me pressionar para obter informações. E, diferente da Anita, eu não era dedo-duro.

Falei que sim, e Milena finalmente deu o fora. Corri para fechar a porta, sem saber se tinha tomado a decisão certa. Respirei fundo algumas vezes. Eu poderia garantir que Milena ficasse bem longe dos meus amigos.

No horário do almoço, saímos de carro. A praça de alimentação do shopping Vale Sul estava cheia. Na confusão de pessoas e mesas, estiquei o pescoço para encontrar Valentina. Assim que a vi, do outro lado, indiquei o caminho para Milena.

Sentada sozinha, Valentina estava atenta ao celular, de modo que os cabelos castanhos e lisos, apesar de curtos, caíam no rosto. Nem percebeu quando nos aproximamos. Milena parou ao meu lado, resmungou sobre como Valentina era distraída e foi devagar colocar a mão no ombro dela. Um grito ecoou pela praça de alimentação.

Milena chorava de rir enquanto Valentina ficava vermelha, o peito subindo e descendo rapidamente, as mãos trêmulas ajeitando os óculos.

— Assim você vai me matar! — Valentina se recompôs e ficou em pé, de cenho franzido e o rosto avermelhado.

— Desculpa. — Milena contorceu a boca para segurar o riso. E Valentina deu um beliscão no braço dela. — Desculpa, desculpa. — Milena parou de rir, puxou Valentina pela cintura e a beijou devagar nos lábios.

— Eu te odeio — Valentina cedeu rápido ao pedido de desculpa. Principalmente quando Milena a abraçou toda carinhosa, afagando seus cabelos.

— Ela pede desculpa mas vive fazendo isso — comentei assim que Valentina veio me cumprimentar.

— Ela é terrível. — Valentina encarou minha irmã com os olhos semicerrados.

Milena só encolheu os ombros.

Quando nos sentamos à mesa, decidimos o que comer. Como Valentina não comia carne, minha irmã a acompanhou na refeição vegetariana. As duas foram buscar a comida enquanto fiquei mexendo no celular.

O cinema estava marcado para o começo da tarde, aí avisei meus amigos que já tinha chegado no shopping. Mencionei que estava com a minha irmã e a namorada dela e que a gente se encontraria no horário combinado perto da bilheteira.

Fui buscar meu hambúrguer. De volta à mesa, Valentina quis saber sobre a minha dificuldade em química. Ao contrário da minha irmã, era fácil conversar com Valentina. Ela era cem por cento de humanas, como eu. Entendia as minhas dores como ninguém.

Milena ficou quieta durante toda a conversa. Ela ainda se comportava melhor perto da namorada, não pegava no meu pé nem ria da minha cara, mas era só uma questão de tempo. Elas ainda estavam no começo do namoro. Minha única chance de manter Milena assim era cativar Valentina para ser protegido quando minha irmã me atacasse. E confesso que estava me saindo muito bem no papel de cunhado simpático e bonzinho.

Felizmente elas avisaram que iriam embora depois do almoço. Fui para o cinema aliviado. Eu só tinha pensado no pior cenário. Se bem que ainda faltava o lance do Cadu.

Vi meus amigos de longe. A voz de Lorena soava alterada. Ela logo colocou o dedo na cara de Cadu.

Apressei o passo a tempo de ouvir:

— Fica longe dela! — Lorena ainda erguia o dedo.

— Fica na sua. Isso não tem nada a ver com você.

Parei ao lado da minha amiga, que estava vermelha, bufando de ódio. João e Rodrigo tinham os olhos arregalados. Toquei Lorena no ombro, querendo saber se ela estava bem e o que havia acontecido.

— Tô cansada do amiguinho de vocês!

Ela se afastou. Cadu pôs as mãos nos bolsos, fazendo que não.

— Alguém vai me explicar?

— Sua amiga tá surtando porque vou ficar de novo com a Paula. — Cadu encolheu os ombros como se não fosse nada de mais.

Fiquei calado. Sem saber se aquilo era parte do plano, falei que ia atrás de Lorena. Ela estava no corredor, sentada em um banco de madeira. Ao lado de Paula.

Eu não estava entendendo absolutamente nada, e elas pararam de rir ao me ver. Paula me cumprimentou e foi em direção ao cinema. Lorena me puxou pelo braço para sentar ao lado dela.

— Vai acontecer — ela sussurrou.

— E você vai me contar quando?

— Você já vai ver. — Seu sorriso era triunfante.

— A bronca era encenação? Pareceu bem real.

— Um pouco dos dois. Você sabe que quanto mais a gente fala que o Cadu tá errado, mais ele apronta. Então só reforcei que ele é um cafajeste. Cadu se acha esperto, mas caiu muito fácil na nossa armadilha. Não é pra menos, só pensa com a cabeça de baixo.

Ela riu, e fui obrigado a rir também. Paramos ao ver Paula de novo. Para a minha surpresa, ela estava de mão dada com Cadu, levando meu amigo para algum lugar. Passaram por nós, ele confiante, com peito estufado. Lorena fechou a cara, mas voltou a rir assim que foram embora.

Logo João e Rodrigo vieram até nós, e Lorena não conseguiu explicar nada, sem parar de rir. Ela só sossegou quando Amanda apareceu. Nem tive tempo de admirar tamanha beleza, dar em cima dela de algum jeito ou sorrir. Ela acenou e disse para Lorena:

— Já vai começar. Se prepara. — Apontou para o próprio celular e seguiu pelo caminho de Paula e Cadu.

Nós três nos viramos para Lorena, que apenas acionou a câmera do celular.

— Venham. — Ela se levantou, andando rápido por aquela mesma direção.

Sem questionar, fomos atrás. Ela subia as escadas rapidamente, empolgada. No andar de cima, paradas diante do longo corredor dos banheiros, vi Amanda e mais duas meninas da escola. Esperamos poucos minutos até Paula chegar rindo sozinha.

Na frente das garotas, ela sacudiu peças de roupa. Meu queixo caiu no chão quando entendi que eram do Cadu.

Catorze

Paula estava sendo filmada balançando as roupas no alto, rindo. Repetia que Cadu ia sentir na pele as merecidas consequências. Eu fiquei estarrecido.

— O vídeo ficou muito bom — comentou Amanda, mostrando o celular para Paula. — Agora é só esperar ele sair de lá e pronto. Vamos ter a melhor compilação de todos os tempos.

— É agora que vocês entram. — Lorena ligou a câmera do celular. — Vão lá salvar seu amigo. Ou podem esquecer dele até o shopping fechar. Uma ótima opção também.

Ela e as meninas riram. Lorena foi a única que ficou por ali. As outras esperariam por Cadu na saída perto do cinema. A gente teve que prometer que ele sairia por lá.

Segui pelo corredor num misto de sentimentos. João e Rodrigo ficaram em silêncio. Ao entrar no banheiro masculino, chamei Cadu. Uma das cabines se abriu minimamente, e ele gritou "tô aqui".

— Ei, feio. — Bati na porta. — Você tá totalmente pelado?

— Tô de cueca e tênis.

Juro que tentei me segurar, mas foi mais forte do que eu. Precisei cobrir a boca com a mão. O riso saía pelo nariz, então me afastei, deixando que João assumisse o diálogo.

Parei diante da pia, ainda rindo, e respirei fundo. Eu só conseguia rir da situação. Cadu admitiu que Paula prometeu dar uns beijos nele desde que tirasse a roupa primeiro. Fácil assim.

Molhei o rosto para me recompor. Enquanto eu me secava, Rodrigo se aproximou com cara de preocupado.

— Como a gente vai tirar ele de lá?

Balancei a cabeça. Voltei para a cabine de Cadu. A cada dez palavras, onze eram xingamentos a si mesmo ou a Paula. Ele repetia que foi muito idiota por cair nessa, que deveria ter ficado mais esperto quando descobriu que Amanda estava por perto.

— Faz tempo que elas queriam me pegar! — falou alto, socando a divisória.

— Vítima você não é, né, Cadu? — João cruzou os braços como se Cadu pudesse ver. — A gente cansou de falar que em algum momento o negócio ia feder pro seu lado. Olha aí no que deu.

O silêncio pesou.

— Preciso sair daqui... — Cadu choramingou.

Fiquei com pena dele e dei um longo suspiro.

— Vamos ter que comprar uma roupa pra ele.

— Vocês não têm nada aí? — A voz de Cadu era baixa e envergonhada.

Eu e Rodrigo só estávamos com uma camiseta. Nos viramos para João, de regata branca e camisa estampada aberta por cima. Ele revirou os olhos.

— As gay não têm um segundo de paz mesmo... — resmungou e me entregou a camisa. — Mas vai ficar pequena no Cadu.

Passei a roupa por baixo da porta e avisei Cadu que a gente ia procurar algo para a parte de baixo. Saímos do banheiro, dando de cara com Lorena. Ela começou a filmar, perguntando por Cadu. Só avisei que a gente ia comprar uma roupa.

Rindo, Lorena nos seguiu. Entramos na primeira loja de departamentos. Rodamos a seção masculina, e me surpreendi com os preços.

— Tudo caríssimo — comentou João, pegando uma peça com a ponta dos dedos.

— Não tem nada em promoção? — Procurei qualquer coisa que custasse menos de três dígitos.

Rodrigo indicou uma arara de saldão, e corremos para lá. Lorena se manteve quieta, apenas filmando. Tive que perguntar por que raios ela estava fazendo isso.

— Pra posteridade.

Fuçamos a arara até encontrar a bermuda mais barata, que sairia por um valor razoável numa vaquinha. O problema era o tamanho grande demais. Nos entreolhamos, o silêncio dizia tudo. Bati o martelo. Seria aquela.

Saímos da loja com Lorena ainda registrando cada passo, dando um destaque especial para a bermuda tactel com estampa de coqueiro. De volta ao banheiro, passei a roupa para Cadu.

— Vocês só podem estar de sacanagem comigo!

— Foi o que deu pra arranjar — ainda tentei justificar. — Vai logo, sai daí pra acabar com isso de uma vez.

Cadu saiu da cabine. A camisa emprestada de João, aberta na frente, apertava os braços, e Cadu tinha que segurar a bermuda larga para não cair.

Tentei me controlar, mas a imagem fez o riso subir pela garganta. Rodrigo começou a ficar vermelho, desviando os olhos de Cadu. João comprimiu os lábios, mal se segurando.

Isso durou alguns segundos. Logo explodimos na gargalhada.

Cadu começou a corar. Segurando mais forte a bermuda, falou que ia embora. Não deu tempo de avisar que Lorena estava do lado de fora. Corremos atrás dele, que já estava paralisado, cara a cara com nossa amiga.

— Ficou ótimo esse look, Caduzinho.

— Vai se foder, garota! — Cadu passou irado por ela, que riu, indo atrás dele sem baixar o celular.

A gente nem precisou fazer nada, Cadu foi sozinho para a saída perto do cinema. Quando chegamos lá, Paula, Amanda e as outras meninas também estavam com o celular: filmavam de todos os ângulos.

— Até que os seus amigos foram rápidos. — Paula comentou, gravando sem parar.

— Sua... sua...

— Da próxima vez, pensa bem antes de ferrar com alguma garota — piscou para ele.

Todas começaram a rir.

Senti o peso da humilhação, os ombros de Cadu se curvando, o rosto cada vez mais avermelhado. Cadu engoliu em seco, respirou fundo, baixou os olhos e se afastou. As meninas continuaram rindo.

Me senti mal por mais que repetisse que ele merecia. Cadu nunca foi uma vítima. Mesmo assim, avisei ao pessoal que ia atrás dele e corri, atravessando o estacionamento. Em silêncio, andei ao lado dele, que caminhava olhando para baixo. Antes de chegarmos à avenida Andrômeda, perguntei o endereço dele para chamar um carro de aplicativo.

Ficamos em silêncio até o apartamento. Cadu entrou apressado, nem dando atenção à irmã, que brincava na sala. Ouvi bater a porta do quarto. A mãe dele, uma mulher loira de olhos claros, me encarou preocupada, perguntando o que havia acontecido. Achei melhor ficar na minha. Só comentei que ele teve uma questão com uma menina.

— O Carlos Eduardo não toma jeito. — Ela suspirou ao se sentar no sofá. — Já falei que ficar trocando de namorada desse jeito não ia acabar bem.

Concordei. O padrasto dele apareceu e ficou a par da situação. Esperei alguns minutos antes de bater na porta do quarto. Sentado na cama e com a cabeça entre as mãos, ele me deixou entrar. Usava roupas do tamanho certo. Me acomodei e toquei seu ombro.

— Ei, Cadu. Como você tá?

Ele jogou os braços para trás e caiu deitado na cama.

— Você já se sentiu obrigado a ser pegador? Porque vivem dizendo isso pra mim. — Bateu com a ponta do dedo na cabeça repetidamente.

Fiquei sem resposta. Só neguei, pensando que muitas coisas foram diferentes na minha criação. Se algum parente insinuava algo assim, logo era repreendido pelos meus pais. Cresci com meu pai ensinando que eu deveria respeitar as mulheres, independente da natureza do relacionamento.

— Meu pai, cara. Meu pai. — Passou as mãos no rosto. — Ele fica em cima de mim, não me deixa pensar em outra coisa. Não aguento mais. Olha só a merda que deu tudo isso.

— Deve ser ruim mesmo toda essa pressão. Mas, Cadu, você já é bem grandinho. Pode mudar, né? E a gente sempre avisou.

— Eu sei, eu sei. — Voltou a se sentar, afundando os dedos nos cabelos. — Mas é difícil. Eu sei o que preciso fazer, só que não consigo, entende? É como se a voz do meu pai ficasse ecoando na minha cabeça. É como se eu fosse me tornar menos homem se não ficar com alguma menina, se não tiver sempre uma mulher para mim. Tô cansado...

Ele secou as lágrimas. Passei o antebraço pelos seus ombros e o puxei para um abraço. Cadu cobriu o choro com as mãos. Permaneci em silêncio, deixando que ele se mostrasse vulnerável pela primeira vez.

Por mais que tivesse negado, eu sentia essa pressão, embora nada comparada a que Cadu sofria. Isso machucava meu amigo. Que horrível pensar que as atitudes babacas dele foram pautadas pela pressão externa.

Dei mais conselhos. Mesmo sabendo que era difícil se livrar das imposições sociais e familiares, Cadu precisava se esforçar. Afinal, ele era inteligente e podia contar com o nosso apoio.

Cadu só concordava.

Para amenizar o clima, sugeri que jogássemos videogame. Passamos uma hora matando zumbis. Nada melhor para esvaziar a mente.

No fim da tarde, a mãe dele nos chamou para tomar café. Me sentei à mesa com a família toda: uma mãe preocupada, que quis saber o que havia acontecido, um padrasto que também se mostrou interessado e uma irmã de cinco anos que estava mais entretida com seu desenho.

Cadu não deu todos os detalhes, mas mencionou que tinha sido preso no banheiro por uma menina. Horrorizada, a mãe arregalou os olhos.

— A culpa é minha — disse Cadu, de cabeça baixa.

A mãe se calou quando o marido a tocou no ombro. Ela assentiu, oferecendo bolo para mudar completamente o rumo da conversa.

No começo da noite, o padrasto de Cadu me deixou em casa. Entrei muito cansado, ainda refletindo a respeito da pressão na vida do meu amigo. Fiquei imaginando o que Cadu não deve ter ouvido a vida toda do pai. Não só dele. Toda uma sociedade falando como a gente tinha que ser.

Fiquei vendo série no computador até de madrugada. Quando fui me preparar para dormir, recebi uma mensagem da Lorena. Um link do TikTok.

Sentado na cama, revivi aquela tarde. A narração contava como Paula tinha dado uma lição no garoto mais cafajeste da escola.

Por mais que o rosto de Cadu tivesse sido censurado, o pessoal da escola ia reconhecer. O vídeo terminou com ele indo embora, humilhado, ao som das risadas das meninas.

Me dei conta da quantidade de curtidas. O negócio já tinha viralizado.

Quinze

No domingo, mandei mensagem para Cadu perguntando como ele estava. Ele só respondeu com o link do TikTok. Mandei um "sinto muito" e não conversei mais com ele esse dia. Deixei que absorvesse tudo.

Na segunda-feira, ao sair do carro dos meus pais, corri para o portão dos alunos. Sabe-se lá como seria o dia de Cadu.

O portão estava quase fechando quando ele chegou. A aba do boné cobria os olhos, mas não o tornava invisível. Bastou que ele pisasse no pátio para que as meninas começassem a apontar, rindo muito.

Cadu parou, e o segurei pelo braço.

— Vamos, feio. Você consegue passar por isso.

— É humilhante demais... — Sua voz mal saía.

— É, eu sei. — Dei batidinhas nas suas costas, incentivando que andasse. — E você vai precisar lidar com as consequências, lembra?

Cadu engoliu em seco, assentindo, e puxou o boné ainda mais sobre os olhos.

Por onde a gente passava, as meninas continuavam apontando e rindo. E não eram só as do terceiro ano, e sim de todo o ensino médio. Perto das salas de aula, Amanda estava encostada na parede, conversando com as amigas, talvez só esperando pela gente.

— Acho que agora o seu amigo toma jeito, né? — Ela piscou para mim.

Dei de ombros. Anita também apareceu, saindo do 3º A, e eu achei que fosse para se juntar ao coro de risadas. Mas ela nos olhou séria, depois para as garotas, e balançou a cabeça antes de voltar para a sala.

A reação dela ficou na minha cabeça. Mas não tive tempo para refletir, porque Lorena nos abordou. Em um dia comum, ela teria me abraçado apertado, mas dessa vez parou diante de Cadu, batendo na aba do boné para descobrir os olhos dele.

— Como estamos hoje, Carlos Eduardo? Ouviu muitas risadas por aí?

Cadu não respondeu, só engoliu em seco, se ajeitou e entrou na sala. Lorena riu, mas parou para se dirigir a mim. Eu estava sério, cansado daquilo. Lorena cruzou os braços, me desafiando.

— Tá bravinho por quê? Vai ficar do lado dele?

— Não é isso, mas acho que já deu, né?

Lorena balançou o indicador, fazendo que não.

— É só o começo. Um dia pra cada garota da escola que ele usou e depois chutou.

Respirei fundo, sem tirar a razão dela. Mas Lorena não tinha ideia da minha conversa com ele, então a puxei num canto.

No fim do corredor, ao lado de uma grande janela, contei tudo a Lorena. E pedi que ela não me interrompesse, pois eu precisava ser rápido. Ela prestou atenção e apenas franziu as sobrancelhas.

Quando terminei, o professor Emerson estava acenando para nós, pedindo que fôssemos para a classe. Mas Lorena me agarrou pela camiseta.

— Eu te odeio, Felipe. Vai mesmo me fazer ficar com dó dele? Depois de tudo isso?

— Não quero que fique com dó, só que saiba os motivos.

— Eu estava melhor sem saber disso. Porque se fosse ao contrário ele nunca teria empatia. — Ela bufou, passando a mão na testa. O professor nos chamou de novo. — Entendo que ele seja uma vítima do machismo, mas todo mundo é. Ele escolheu o pior caminho. Então, pode estar arrependido, mas isso não apaga toda a merda. E ele vai pagar por cada uma delas. — Apontou para mim como se eu também fosse culpado.

— Eu sei e acho que ele também sabe. Mas a gente podia dar uma ajudinha, né? Sei lá, me parece pior deixar o moleque jogado, remoendo sozinho toda a humilhação. Ou ele melhora ou piora de vez. Todo mundo merece uma segunda chance, né?

Era um apelo, mas Lorena fechou a cara. E foi para a sala.

Eu gostaria de dizer que ela tinha mudado de atitude, o lance do Cadu estava resolvido e as coisas ficariam bem. Mas isso não aconteceu.

As duas semanas que se seguiram foram difíceis para Cadu, que não deixou de ser o centro das atenções. As meninas continuaram rindo, apontando, saindo de perto. Nas poucas atividades em grupo, nenhuma delas se aproximava dele.

As coisas só foram melhorar na semana do feriado de Tiradentes. No primeiro intervalo da quinta-feira, dia da prova de ciências da natureza, eu estava sentado com João, que me explicava a matéria de química. Cadu estava quieto, seu novo normal. Lorena mostrava o celular a Rodrigo. Apesar de não ter mudado seu jeito com Cadu, percebi Lorena mais próxima nos últimos dias. Talvez dando sinal de que estava disposta a ajudar.

Cada um estava no seu mundo, sem maiores preocupações, até uma voz conhecida repreender Kevin. Logo estranhei. Afinal, eu nunca tinha ouvido Anita falar alto. Kevin estava vindo na nossa direção. Anita se mantinha parada, não muito longe. Emburrada e de braços cruzados, avaliava Kevin. Atrás dele vinha Murilo.

— E aí, gordo! — Kevin falou alto, se aproximando.

Me levantei quando Anita foi atrás de Kevin. Parei diante de Rodrigo, já irritado. Kevin tinha ficado na dele depois da suspensão, e as fofocas a meu respeito pararam. Quase acreditei que ele tinha desistido.

— Nem começa, Kevin — tentei pará-lo com um gesto.

— Não falei com você, Felipe. — Pôs a mão no meu braço, tentando me tirar da frente. Mas o empurrei.

— Não chega perto do Rodrigo.

— Senão o quê? — Kevin estufou o peito.

Ele teria chegado mais perto se Anita não o tivesse segurado pelo braço.

— Para com isso — ela falou baixo, séria, olhando bem no fundo dos olhos dele. — Você não precisa disso.

— Não se mete. — Murilo tirou a mão de Anita do braço de Kevin.

O clima ficou tenso. A postura inabalável dela desafiava Murilo. Ela mediu Murilo de cima a baixo, revirando os olhos, e encarou Kevin.

— Ouve quem você quiser então. — Anita sumiu sem dizer mais nada.

Kevin a observou se afastar, quieto, e só se voltou para mim depois de um cutucão de Murilo.

— Você fica aí pagando de bonzão, defendendo o gordo. — Deu um riso sarcástico. — Por que não deixa ele se defender sozinho?

— E por que você não vai pra pu…

— Deixa, Felipe. — Rodrigo me interrompeu. — O que você quer comigo, Kevin? Me chamar de gordo? Não sei se você percebeu, mas todo mundo aqui sabe disso.

Notei a surpresa no rosto de Kevin. Ele logo começou a rir, acompanhado de Murilo.

— Olha só, ele não é mais um peso morto.

Rodrigo corou. Nessa hora, Lorena pegou Kevin pela gola da camiseta.

— Quem vai se tornar um peso morto aqui é você — disse, baixo, entre dentes.

Eu teria deixado que ela batesse nele, mas João, sempre um mediador, pôs a mão sobre o braço de Lorena e pediu que soltasse o Kevin.

— Que isso, Lorena? Tá querendo me beijar de novo? — Kevin ria.

Lorena o segurou com mais força e o soltou.

— Um dos meus maiores arrependimentos foi ter te beijado. — Ela fez cara de nojo. — Beija muito mal.

Toda a graça de Kevin se dissolveu nas risadas das pessoas por perto. Visivelmente ofendido, ele disse:

— Você fala isso agora, mas com certeza gostou.

— Se eu tivesse gostado, tinha te beijado de novo, e a gente sabe que isso não aconteceu, né? — Lorena sorria. — Só isso? Queria um feedback meu? Nota zero, tá? Melhore. Agora pode ir. — Balançou a mão para que ele se afastasse.

Dessa vez, quem estava vermelho era Kevin. Lorena, se apoiando em Rodrigo, pediu que a gente saísse de perto daquele verme. Concordei na hora. Não queria mais encrenca, principalmente em dia de prova.

Mas Kevin não pensou como nós.

— Vocês são um bando de covardes. Um mimadinho do papai — passou os olhos por mim —, um viado nerd, um bundão capacho das meninas e um gordo indefeso. — Parou os olhos em Lorena. — E você é sapatão, né? Por isso não gostou do beijo.

Lorena foi tão rápido para cima de Kevin que eu só pude intervir quando ela o agarrou pelo pescoço. Seria muito bom ver minha amiga dar uns tapas nele, mas pensei no bem dela. Com a ajuda de João, puxamos Lorena. As marcas das unhas reluziam na pele de Kevin.

Os alunos em volta se amontoaram, pedindo briga. Lorena gritou vários palavrões para Kevin. Ele e Murilo revidavam. Então começou uma discussão generalizada.

Mais alunos entraram no meio para evitar os socos. Isso dificultou que a gente visse a cara de Kevin e Murilo. Mas ajudou a acalmar os ânimos. Quando os inspetores chegaram, a briga estava controlada.

Apesar de haver duas orientadoras na escola, sempre que eu estava envolvido, quem nos atendia era o meu pai. Seria de propósito?

Na sala dele, baixamos a cabeça durante a bronca. Kevin passava a mão o tempo todo no pescoço arranhado e olhava feio para Lorena. Ela ignorava.

— Se mais alguma coisa acontecer entre vocês, vou suspender todo mundo. E muitos aqui já foram suspensos. Para expulsão será um pulo. — Os olhos dele caíram em mim.

Engoli em seco, sabendo que ouviria muito quando chegasse em casa.

Eu não queria mais me meter em confusão. Era bolsista, filho de professores, um dos poucos alunos pretos da escola. Preferia ficar na minha, sem grandes emoções, terminar o ensino médio o mais rápido possível. Só que Kevin insistia em mexer com a gente e era cada vez mais implicante.

O que estava acontecendo com ele?

Fora da coordenação, com as orelhas quentes, decidi dar um basta naquilo por conta própria. Parei diante de Kevin, que me olhou com o cenho franzido.

— O que você quer da gente, cara? Quer provar alguma coisa? Quer se sentir superior? Quer resolver no soco? Diz o que você quer, porque não tô mais a fim de ouvir bronca por sua causa.

— Tá com medinho do papai? — O sorrisinho torto de sempre.

— Sim. E tô de saco cheio também.

A surpresa dele me deu certeza de que eu estava no caminho certo.

— Vai, Kevin. Diz o que você quer. Quer resolver os nossos problemas? É só dizer que eu topo.

Ele ergueu o queixo depois de encarar Murilo numa conversa silenciosa. Analisou todo mundo antes de declarar:

— Uma partida de LOL então. O grupo que perder vai servir o outro durante um dia todo na escola. Topa?

Isso ia dar muito errado, mas eu não podia voltar atrás. Selei o acordo com um aperto de mão. O jogo seria no fim de semana depois das provas.

Dezesseis

— Que papo é esse de jogo valendo servidão?

Eu mal tinha posto o pé dentro de casa e minha mãe me jogou esse balde de água fria. Ainda atordoado pela prova de humanas, demorei a entender o que ela estava falando. Afinal, foram duas horas lendo um monte de texto e escrevendo respostas que mais pareciam redações.

— Quê? — Tentei ganhar tempo para pensar.

Saber o que exatamente ela tinha ouvido também me ajudaria a inventar uma desculpa.

— Já faz alguns dias que estou ouvindo sobre uma partida de um certo jogo. Não tinha ligado a você, mas hoje fiquei sabendo dos detalhes. Você tá metido nisso, né, Felipe?

— Lógico que não, mãe. — Massageei a têmpora. — Olha, acabei de sair da prova. Tô cansado. Depois a gente conversa.

Fui para o meu quarto, acreditando ter despistado a minha mãe.

— Você se acha esperto, né? Já tive a sua idade, moleque. E dou aula pra adolescentes há quase trinta anos. Você nunca vai conseguir passar a perna em mim!

Fiz careta sem que ela visse e corri para o quarto. Respirei aliviado quando fechei a porta, encostando a cabeça na madeira. Bati a testa ali algumas vezes. Como a minha mãe ficou sabendo da partida de LOL?

Na hora imaginei que Anita tivesse contado tudo. Ela estava se metendo na minha vida de novo? Dando com a língua nos dentes?

Mandei mensagem para os meus amigos sobre a minha teoria. Enquanto esperava respostas, pensei na última aula de reforço. Anita estava agindo normal como monitora, me tratou bem e explicou a matéria. Não levou nada para o pessoal, muito menos deu a entender que sabia do jogo. Mas, pensando melhor, era possível que soubesse, já que estava toda amiguinha de Kevin. Nem a minha nota mediana na prova de química, que só consegui por causa dela, me faria perdoá-la.

Ninguém sabia se Anita tinha falado com a minha mãe. Lorena ia investigar.

Acabei deixando o assunto pra lá. Era melhor bolar algo para a minha mãe não ficar no meu pé. Então fui tomar banho, clarear as ideias.

Na cozinha, ela estava passando café. Me acomodei em silêncio e não tive tempo de relaxar.

— Você vai ficar em casa no fim de semana.

— Por quê? O que eu fiz?

— É o que você não vai fazer. — Apontou o dedo. — Não te quero metido nessas coisas. Vou confiscar o notebook também.

— Mãe! Eu não fiz nada! Não vou fazer nada!

— Comigo você não mete o louco, não, moleque. Te conheço, você saiu daqui. — Encostou na barriga. — Você e o Kevin só vão parar quando um dos dois for expulso. E não vai ser o meu filho.

Eu ia rebater, mas ela levantou a mão.

— Assunto encerrado. A ditadura está instalada nesta casa até segunda ordem.

Sabendo que nada que eu dissesse faria diferença, saí da cozinha batendo o pé e bufando. Voltei ao quarto, agora com fome. Se eu não estivesse on-line para o jogo, Kevin ia vir para cima de mim. Desistir não era uma opção. Meus amigos e eu teríamos que cumprir o castigo mesmo assim.

Avisei o pessoal por mensagem. Torci para que tivessem uma ideia, porque da minha cabeça não saía nada.

— Lorena, o que você vai fazer?

No portão da minha casa, Lorena mexia na mochila. Era sábado, dia do jogo, e minha mãe não tinha amolecido. Eu estava de castigo sem ter feito nada. Apesar de todas as suspeitas verdadeiras, continuei negando.

Lorena achou o que procurava, mas não me mostrou. Ela tinha conseguido pensar em um jeito de me tirar de casa.

— Tá. — Fechou a mochila e me olhou, séria. — Vou falar com a sua mãe. Só concorde com tudo o que eu disser.

— O que você vai falar?

— Você já vai descobrir. — Indicou o portão. — Vamos? O jogo é daqui a pouco e a gente não pode mais perder tempo.

Apenas concordei. Meus pais estavam na sala, minha mãe vendo filme e meu pai folheando um livro antigo, cheio de anotações. Fizeram cara de interrogação para a gente.

Meu coração estava acelerado, sobretudo por não fazer a mínima ideia do plano de Lorena. Quando ela me estendeu a mão, meu sangue gelou. Sentia que ia dar muito errado.

— Aconteceu alguma coisa? — minha mãe perguntou.

Meu pai ajeitou os óculos no nariz.

— Luciana... — Lorena começou. Estranhei a voz embargada. — Preciso que você deixe o Felipe ir comigo lá em casa. É urgente.

A desconfiança reinava.

— Ele não vai. Se depender de mim, esse jogo não vai acontecer.

— Não. — Lorena negou enfaticamente. — Não tem nada a ver com isso. É que a gente... Eu...

Ela baixou a cabeça. Fiquei desesperado com a encenação, ainda mais quando ela começou a chorar. Meu pai até se aproximou. Segurando seu ombro, perguntou o que havia acontecido. Como se esperasse a deixa, Lorena puxou a mochila. Pegou um tipo de caixa de medicamento.

— Acho que tô grávida do Felipe. Comprei esse teste. Mas eu queria que ele estivesse comigo...

Fiquei em absoluto choque. Minha pressão deve ter baixado. Era como se eu estivesse num limbo, estagnado no tempo e no espaço. Não via nem sentia nada, as palavras de Lorena reverberavam na minha mente.

— Meu Deus do céu! — Minha mãe se levantou com a mão no peito, o que me fez recobrar os sentidos.

— Desculpa... — As lágrimas marcavam o rosto de Lorena. — Tô com tanto medo. Deixa ele ir comigo...

Nem ouvi minha mãe concordando, eu só prestava atenção na fisionomia assustada dela e do meu pai. Lorena me puxou pela mão e assim fiquei livre.

Saímos para a garagem, tentando sustentar a cena. Cheguei a pegar a minha bicicleta, mas fiquei paralisado na calçada, enquanto minha amiga me chamava para ir logo. Só precisei de mais alguns segundos para ter noção do que ela tinha feito.

— Você ficou louca?! — Até deixei a bicicleta cair.

Lorena levou o indicador aos lábios, pedindo silêncio. A gente ainda estava na frente de casa, e eu poderia estragar tudo.

— Eles vão me matar! Vão achar que fico transando sem camisinha por aí!

— Felipe! — Ela me pegou pelo rosto. — Quieto!

Voltou a me puxar, assumindo o controle da bicicleta e me levando para longe de casa.

— Tinha que ser uma boa mentira para conseguir te tirar de casa.

— Boa? Eles vão arrancar meu couro!

Ela revirou os olhos, mandando que eu guiasse a bicicleta. Resmunguei, mas obedeci.

— Não faz essa cara. — Apertou minhas bochechas. — Depois você diz que deu negativo.

— Você só pode estar de brincadeira, né? Eles vão cair matando em cima de mim.

— Então diz que a gente ainda é virgem. Pelo jeito vai ser assim por muito tempo.

— Não joga praga em mim não, garota.

Ela riu e alisou meu braço. Me permiti rir, pois era o que me restava. O estrago já tinha acontecido. Suspirei com pesar. O que eu falaria para os meus pais? Balancei a cabeça. Um problema de cada vez. A gente precisava ganhar do time de Kevin primeiro.

Levando a folgada da Lorena no cano da bicicleta, segui pela avenida Andrômeda. Pelo menos era descida… No caminho, ela foi contando como teve aquela ideia. Foram os meninos que ajudaram a comprar o teste de gravidez.

Eu estava bem de amigos mesmo.

Entramos correndo na casa dela. Acenei para os pais de Lorena rapidamente. No quarto, ela enxotou a irmã mais nova, que saiu batendo a porta. Me entregou um notebook, mouse e fones de ouvido.

No horário marcado, logamos no jogo. Lorena, João, Cadu, Rodrigo e eu enfrentaríamos Kevin, Murilo e mais três garotos do 3º A. Estralei os dedos e encarei Lorena, que assentiu. Escolhemos os campeões, prontos para começar.

O objetivo era empurrar as tropas inimigas e destruir as torres do outro time. Não sabia se Kevin e os amigos dele mandavam bem, mas eu acreditava no nosso potencial. A gente arrasava. Só melhoramos com os meses de isolamento. Pelo menos alguma coisa boa na pandemia.

Quando derrotei o campeão de Kevin, fortalecendo o meu, abri um sorriso largo para Lorena. Ia ser mais fácil do que imaginei.

Kevin e seu bando começaram a partida organizados, mas o negócio desandou com as mortes. Eu ria tanto que ficou difícil enxergar por causa das lágrimas. Pelo fone, ouvia a reação animada dos meus amigos.

Não sei se esses otários realmente entendiam como o jogo funcionava. Alguns queriam fazer as coisas sozinhos, sem as tropas, e acabavam morrendo toda hora.

Me deliciando com a situação, sugeri que a gente encurralasse os inimigos. Eu queria usar a habilidade especial do meu campeão e acabar com a partida em grande estilo. Deixei que me matassem. Por causa disso, tive acesso à minha habilidade mais forte. Levei a vida de todos de uma vez.

Enquanto não reviviam, atacamos a base adversária, sem ninguém para proteger. Foi satisfatório demais ver a destruição.

Lorena deu um pulo e socou o ar, comemorando o fim do jogo. Ganhei um abraço apertado dela. E rimos muito.

O peso da vitória fez meu ego inflar. Só imaginava o que Kevin teria que fazer para mim na escola. Ahhh... seria bom demais ver a derrota estampada no rosto dele.

Dezessete

A nossa vitória ofuscou completamente o que Lorena tinha falado para os meus pais. Só fui lembrar quando pus o pé na sala de casa. Quis sair correndo, de preferência para as montanhas. Teria dado meia-volta se minha mãe não tivesse me flagrado. Ela veio apressadamente perguntar do resultado. Levantei as mãos em sinal de rendição e falei o mais rápido que consegui:

— Era mentira dela!

Minha mãe ficou de cara amarrada. Meu pai se aproximou para me analisar. Ficaram em silêncio, então expliquei, me enrolando nas palavras, que Lorena tinha inventado tudo aquilo para me tirar de casa por causa de um assunto pessoal. Não seria louco de confirmar as suspeitas da minha mãe.

— Você tá mentindo pra gente, Felipe? — Minha mãe cruzou os braços.

— Não, mãe. É verdade. Juro.

Ela me mediu de cima a baixo.

— Você e a Lorena estão transando?

Fiz careta. Quando neguei, a expressão da minha mãe não mudou. Meu pai a tocou no ombro.

— Confia nele.

— Como que vou confiar depois dessa mentira? — Se virou para o meu pai. — Você já viu como esses dois ficam agarrados? Devem estar transando.

— Mãe! — Aquele assunto era tratado com naturalidade dentro de casa, mas isso não me impedia de ficar constrangido. Meu rosto estava quente. — Nunca aconteceu nada entre a gente, nem vai acontecer. Somos só amigos.

— Como se amizade fosse impedimento pra sexo. — Ela me encarou séria, e meu pai conteve um sorriso.

— Felipe — meu pai começou, sabendo que minha mãe não deixaria barato. — A gente acredita em você.

Minha mãe franziu os lábios. Ele continuou:

— Mas por favor, sem mais brincadeiras, tá? Ficamos realmente preocupados.

— Desculpa. Não vai mais acontecer.

— E se eu descobrir que você tá transando por aí sem proteção, eu… — Minha mãe apontou, mas foi interrompida pelo meu pai, que fez carinho na mão dela.

— Com certeza ele sabe.

— É bom saber mesmo!

Ela saiu irritada da sala. Eu estava ofegante, mas respirei fundo.

— Ela ficou muito preocupada — meu pai comentou. — Você só tem dezessete anos. Pensa em como é pra gente imaginar essa situação.

Assenti, resignado.

— Foi mal mesmo. Mas não precisam se preocupar. Eu ainda não…

Meu pai me tocou no braço.

— Sua hora vai chegar. Não precisa ter pressa.

Fui para o quarto pensando em como a expectativa em relação a sexo aumentava a cada ano. Fiquei incomodado por ser atingido mesmo que em casa ninguém me pressionasse.

Balancei a cabeça. Uma hora ia acontecer, e eu deveria ficar tranquilo.

Depois que o clima melhorou, minha mãe quis descobrir o que fui fazer na casa de Lorena. A mentira estava na ponta da língua. Repeti que era assunto pessoal dela, mas que tinha a ver com o fato de estar gostando de um amigo nosso.

Minha mãe, fofoqueira, perguntou detalhes.

— Não vou contar. É coisa dela.

Desapontada, garantiu que tinha seus métodos de investigação. Segundo ela, os alunos se acham espertos, mas são todos boca aberta.

Isso ficou na minha cabeça. Quem será que tinha contado sobre o jogo? Lógico que Anita rondava meus pensamentos. Era bem a cara dela.

Por mais que eu quisesse descobrir a verdade, achei melhor deixar para lá. Ocupei a mente com a vitória. Confesso que eu não via a hora de tirar proveito. Até o feriado de 1º de maio me incomodou. Eu queria que o tempo passasse rápido.

Na terça-feira, acordei de bom humor. Fui para o portão dos alunos empolgado. Como parte do acordo, Kevin me aguardava na companhia dos amigos. Nada alegres.

Eu mal me aproximei e já joguei minha mochila para Kevin, que a segurou de cara fechada.

— Vai ser muito bom ter um criado hoje — sorri, me apoiando no ombro de João.

Kevin e seu bando continuaram calados. Murilo era o mais irritado. Nem liguei, só achei graça.

Fiz Kevin levar a mochila até a sala, puxar a cadeira para que eu me sentasse e pôr o material na carteira. Meus amigos repetiram a cena, cada qual com um servo.

— Eu deveria ter arranjado um sino. — Dei risada da cara de Kevin.

O pessoal da minha turma riu também.

Logo que os alunos do 3º A saíram da minha classe, as risadas aumentaram. Nunca estive tão realizado.

No primeiro intervalo, ficamos inventando tarefas. Devo ter pedido para Kevin encher a minha garrafa de água umas três vezes. Fiz ele me abanar com a própria mão, o que não serviu de muita coisa, além de fazer rir. Eu deveria pelo menos ter arranjado um leque.

No segundo intervalo, o pessoal das outras turmas estava de olho em nós, alguns até filmavam. Séria, Anita ficou por perto o tempo todo. Achei divertido mexer com ela desse jeito. Um tipo de vingança? Quem sabe?

Quando Kevin voltou (pela segunda vez) da cantina, trazia uma garrafa de suco. Fiz ele me servir em um copo plástico. A cada minuto, eu via como ele se irritava mais. E eu ficava mais feliz.

Quando fui pegar o suco, umas gotas caíram no meu tênis.

— Vai, limpa.

Kevin ficou parado, me encarando. As risadas cessaram, e João segurou meu ombro.

— Vai, cara. Limpa aí. Se demorar muito, vai ter que ser com a língua.

Kevin se agachou. Estava puxando a barra da própria camiseta para limpar meu tênis quando Anita surgiu.

— Levanta — ela o pegou pelo braço. — Essa brincadeira imbecil vai acabar aqui.

— Ei! — Fiquei em pé. — Quem é você para decidir isso?

— Cala a boca, Felipe!

Fiquei quieto. Kevin se levantou sem graça, dizendo para Anita que estava tudo bem e fazia parte do acordo.

— Humilhação não é brincadeira. O Felipe passou do ponto.

Meu sangue ferveu. Cheia de seu ar inabalável, arrogante, dona da razão do mundo. Cheguei perto de Anita.

— Você tá se metendo de novo na minha vida. Aposto que foi você que abriu a boca sobre o jogo pra minha mãe, né?

Ela teve a audácia de arquear as sobrancelhas e revirar os olhos! Como se eu não existisse, tocou Kevin no braço e falou para ele sair de perto de mim. Ver Anita tratando Kevin como vítima, como se aquela ideia não tivesse partido dele, como se ele não fosse fazer pior se tivesse ganhado, me cegou de raiva.

Peguei Anita pelo braço, atraindo a atenção dela e a de todo mundo. Ela me encarou séria, sem se desvencilhar.

— Me larga agora.

A voz soou baixa. A vontade era continuar segurando Anita, mas me dei conta do quanto essa cena era errada. O que eu pretendia fazer, afinal? Então a soltei, mas deixei meu aviso:

— Não se mete na minha vida de novo.

— E você acha que eu me importo com a sua vida? Que a sua existência me afeta? Não, Felipe. Não. Mas a partir do momento que você ultrapassa os limites, vou agir, sim.

— Você tá defendendo o Kevin! — Alterei a voz. — Isso tudo foi ideia dele. Acha mesmo que ele não faria coisa pior? Ele não é uma vítima.

— Mas quem tá humilhando é você. Se fosse o contrário, eu teria a mesma reação, apesar de você não merecer.

— Ah! Então eu não ia *merecer* ser defendido por você? — Ri forçado. Notei como as pessoas em volta prestavam atenção. E eram muitas.

— Não seja ridículo. Para de ser infantil e pensa direito.

— Infantil? Eu, infantil?

— Surpreso? — Ela ergueu a sobrancelha. — Achei que era de propósito. Pelo jeito, você é tão infantil que nem percebe as próprias atitudes.

O pessoal soltou um "ui" seguido de risadinhas. Bufei, ignorando a mão de Lorena me puxando pelo pulso. Me livrei dela. Como Anita ousava falar de mim daquele jeito na frente de todo mundo?

Eu quis sair por cima.

— Antes infantil do que insuportável.

Ela fechou a cara.

— Uma prova de como você é insuportável é que não tem amigos. Ninguém aguenta ficar perto de você, não é mesmo? Vive aí sozinha.

Anita não revidou, o que me deu a confiança de ter atingido o ponto certo.

— É arrogante, dedo-duro, mandona. Mais alguma coisa? Ah é, insuportável. Com certeza teve que mudar de escola porque mais ninguém te aguentava!

Eu estava pronto para receber a resposta dela e revidar. A surpresa foi o silêncio e ver lágrimas nos seus olhos. Antes que escorressem, Anita as limpou, ainda me encarando, e se afastou.

Kevin foi atrás, gritando por ela, mas Anita sumiu do meu campo de visão.

Fiquei parado, vendo as pessoas se dispersarem. Algo me dizia que eu deveria estar feliz por ter saído por cima. Esse era o objetivo. Mas não era assim que eu me sentia.

Dezoito

Depois da discussão com Anita, o clima ficou pesado entre mim e meus amigos. Por mais que não dissessem, ficou claro o que achavam: eu tinha passado do ponto.

Voltei para a sala remoendo tudo, as palavras de Anita, seus olhos cheios de lágrimas. Eu me sentia mal por ter tocado em um ponto sensível. Só queria vencer a discussão, não fazê-la chorar.

Encostei a testa no caderno, repetindo mentalmente como eu tinha sido um imbecil. Por que essa necessidade de sair por cima?

Na saída, andei pelo corredor procurando Anita. Era como se ela tivesse desaparecido. Lorena finalmente falou o que achava.

— Você vai se desculpar?

— Só preciso pensar no que dizer.

— Basta pedir desculpa, Felipe. Não tem segredo.

— Você fala isso porque nunca conversou com aquela garota. Ela é difícil, bem difícil. Capaz de me bater.

Lorena riu e me beliscou.

— É impressão minha ou você tem medo dela?

Encolhi os ombros. Lorena continuou rindo, repetindo que era muito engraçado que eu, do meu tamanho, tivesse medo de Anita.

Não era *medo*. Talvez receio? Um incômodo quando ela abria a boca, toda cheia de razão? Uma insegurança de ser humilhado por suas palavras sempre precisas? Seus argumentos sensatos? Perto dela, eu parecia um bebê aprendendo a falar.

De qualquer forma, precisava me desculpar. No dia seguinte, o objetivo era falar com Anita, só que não a vi em lugar algum. Comecei a ficar preocupado. Será que tinha pegado tão pesado a ponto de ela ter faltado? Eu não era aquele tipo de pessoa.

No final das aulas, fui atrás de Amanda. Mesmo que não fossem da mesma turma, Amanda sabia de tudo. Quando ela confirmou que tinha conversado com Anita, respirei aliviado. Pelo menos ela foi para a escola.

Logo eu soube dos detalhes.

— Ela tá te evitando, sim. Você foi bem grosso, né?

— Você também? Sei que exagerei. Vou me desculpar, tá?

Amanda sorriu e me surpreendeu com um beijo na bochecha.

— Eu sei que vai. Você é bonzinho. E ela é uma garota legal apesar de se esforçar tanto para não deixar ninguém se aproximar.

Como fiquei sem reação, ela riu da minha cara e se afastou. Comecei a desconfiar de que Amanda sabia do meu crush e, pior, do poder que exercia sobre mim.

Eu tinha minhas dúvidas de que Anita era tão legal assim, mas precisava me desculpar, e o único jeito era falar com ela na aula de reforço.

À tarde, no horário de sempre, entrei na sala e só encontrei um aluno. Com o fechamento das notas do trimestre, eu já desconfiava que o pessoal fosse começar a faltar. Bem que eu queria, mas não era uma opção quando seus pais trabalhavam na escola.

Depois que me acomodei, se passou um tempo. Uma inspetora bateu na porta aos dez minutos de aula.

— Aí estão vocês. — Ela foi entrando. — A professora Fabiana testou positivo pra covid hoje, mas a monitora já está vindo.

Ela contou que Fabiana estava bem, com sintomas leves, e que ficaria alguns dias em casa. Provavelmente não compareceria na semana seguinte.

Quando ela saiu, o outro garoto disse que ia embora e perguntou se eu também não ia. O peso da culpa não permitiu. Eu precisava me desculpar.

Logo que ele se foi, uma tensão me percorreu. Ficar sozinho com Anita. Que pavor. Bebi um golão de água, estralei os dedos e bati incessantemente os pés no chão.

Esperei cinco minutos até ela finalmente aparecer. Com as bochechas coradas e o cabelo meio desalinhado, Anita entrou ofegante carregando um instrumento musical enorme, quase do tamanho dela, numa capa preta.

— Desculpa o atraso. — Ela deixou o instrumento em uma mesa e avisou que pegaria água.

Me aproximei do instrumento, curioso. Olhei de todos os ângulos, sem saber do que se tratava. Lógico que Anita me pegou bisbilhotando.

— O que é?

— Um violoncelo. — Foi se sentando na carteira ao lado das minhas coisas.

— E você toca? — Fiquei surpreso.

Fria desse jeito, achei impossível ter qualquer sensibilidade.

— Não, meu passatempo é ficar carregando um violoncelo por aí. — Sem me olhar, folheava o livro de química.

Menina grossa...

Fechando a cara, me sentei ao lado dela. Enquanto passei dias preocupado, aposto que ela só sentiu raiva. Devia ter uma vingança planejada, me humilhando a ponto de eu gritar desculpas e lamber o chão onde pisava.

Balancei a cabeça para controlar a minha imaginação.

O silêncio pesado durou alguns instantes até Anita respirar fundo.

— Desculpa. Tô um pouco irritada hoje.

— Só hoje?

Ela ficou indignada, a boca entreaberta e os olhos fixos nos meus. Me arrependi por ter jogado no lixo a chance de ficar numa boa, mas aproveitei a deixa.

— Olha, sobre a nossa briga, quero te pedir desculpa. Fui um idiota. Foi mal mesmo. Nunca foi minha intenção te fazer chorar.

Anita desviou o olhar e abriu a garrafa de água, bebendo devagar. Suspirou algumas vezes antes de me encarar de novo.

— Você não sabe o que aconteceu na minha outra escola. Não tem ideia do que me fez mudar pra cá. Então sim, é um assunto sensível pra mim.

— Desculpa mesmo. É que depois que você me dedurou pro meu pai e das nossas discussões, criei uma imagem sua e fiquei sempre esperando o pior de você.

Anita assentiu e se levantou para empurrar a carteira. Colocou a dela na frente da minha.

— Eu não contei pra sua mãe sobre o jogo. Fiquei sabendo pelo Kevin, mas não contei. E sobre eu ter falado com o seu pai, não foi por querer. Meio que fui obrigada.

— Como assim? — Me inclinei para perto dela.

— Quando o pessoal viu o que você tinha feito na sala, todos desconfiaram de mim, já que fui a única a sair da atividade. Óbvio. Agora imagina a minha situação, aluna nova, sem amigos... O único que ficou do meu lado foi o Kevin, que imaginava que era coisa sua. Então o único jeito de provar que não tinha sido eu foi te entregar.

Boquiaberto, encarei Anita para processar a informação. Sem querer, eu a tinha posto em uma situação difícil.

— Nossa, foi mal. Faz todo o sentido.

— É, tenho que me colocar em primeiro lugar, né? Até pensei que a gente devesse conversar, mas você chegou todo bravinho. Não é só você que é orgulhoso.

Ela cruzou os braços, séria. Mas começamos a rir. Era a primeira vez que dávamos risada juntos. É... talvez Amanda não estivesse tão errada sobre Anita.

— A gente deveria fazer mais isso — comentei enquanto ela massageava as bochechas.

— Isso o quê?

— Rir. A gente só brigou desde que se conheceu.

— Você não tá pondo toda a culpa em mim, né?

— Não, lógico que não. Sou tão culpado quanto você. Mas a gente podia pelo menos parar de brigar, né?

Anita concordou, sorrindo. O silêncio que caiu sobre nós não foi incômodo.

Como se tivesse ativado o modo monitora, Anita indicou a página do livro que a gente estudaria naquela tarde. Por causa do atraso dela e de toda a conversa, teríamos pouco tempo. Então pegamos firme.

Com o fim da aula, enquanto Anita guardava suas coisas, minha atenção se voltou ao violoncelo. Ela perguntou se eu já tinha visto um desses ao vivo. Quando neguei, ela abriu a capa, tirando um instrumento marrom-avermelhado. Parecia novo, até reluzia. Fiz um monte de perguntas, e Anita achou graça.

— Curioso você, né?

— É de família. — Dei de ombros.

Ela contou que tocava violoncelo desde os seis anos. Uau! O atraso foi por causa de um ensaio geral com a orquestra da sua escola de música. Os ensaios nunca aconteciam às quartas, mas esse foi excepcional e a deixou irritada porque teria que correr.

— E, com a professora com covid, não sei como vai ficar a aula da semana que vem. Ela que prepara a matéria. — Alisou o violoncelo. — Parece que isso nunca vai acabar...

Eu tinha a mesma sensação. Assenti. Com o climão que caiu sobre nós, mudei drasticamente de assunto.

— Ei! Por que você não toca pra eu ver?

Anita hesitou. Tive a impressão de que ficou levemente corada. Ela me deu as costas, mexendo na capa do violoncelo.

— Não sei...

— Vai, toca. Se bem que, se for música clássica, não vou conhecer.

— Não toco só música clássica. Toco qualquer coisa.

— Qualquer coisa?

— Qualquer coisa. — Sorriu, confiante. Aí estava um pouco da Anita de sempre. — Pode pedir.

Decidida, ela puxou uma cadeira e ajeitou o violoncelo entre as pernas. Mexia no arco enquanto eu pensava em qual música pedir. Fiquei nervoso com o olhar dela e soltei a primeira coisa que me veio à mente.

— Sabe a primeira abertura de *Attack on Titan*?

O sorriso que Anita abriu foi diferente de tudo que eu já tinha visto nela. Havia uma confiança que fazia seus olhos brilharem.

Ela respirou fundo e fechou os olhos. Analisei Anita detalhadamente por um instante. O cabelo castanho e liso, que ia até abaixo dos ombros, estava jogado de um lado do pescoço; do outro, o braço do violoncelo. O arco estava sobre as cordas, assim como os dedos. Anita se concentrava.

De repente, antes de abrir os olhos, ela moveu o arco, e o som grave tomou o ambiente, me atingindo em cheio e causando arrepio. Ela me encarou e seguiu a música agitada.

Tanto os dedos de Anita quanto o arco se moviam com rapidez. Fiquei de queixo caído. Assim que o ritmo mudou, ela fechou os olhos, bem mais entregue. Seu corpo se movia junto da música.

Fui transportado para um mundo desconhecido, notando como ela dominava a técnica. Seria clichê demais dizer que Anita e o violoncelo pareciam um único corpo, mas era exatamente isso.

Quando a música voltou a acelerar, ela seguiu com maestria, como se fosse a coisa mais fácil do mundo, ainda mais de olhos fechados. Continuava dançando com o violoncelo, e reparei que vez ou outra franzia levemente o nariz. Ela reagia a cada parte da canção.

Que fascinante.

A música chegou ao fim. Anita encerrou deixando no ar a última nota, o arco levantado, os olhos em mim. Ela respirava um pouco mais rápido, com o sorriso iluminando os lábios, e as maçãs do rosto corando. Era uma garota completamente diferente. A aura calma. E me olhava com expectativa.

Eu estava praticamente sem fôlego. Encarar Anita tão de perto quase parou a minha respiração. O que dizer além de que tinha sido perfeito? Meu conhecimento musical era zero, mas com certeza ela era perfeita naquilo.

Agora seria impossível imaginar Anita sem a música. Na verdade, eu ficaria muito tempo com essa imagem dela na cabeça.

Dezenove

Meu coração batia acelerado, e eu tinha dificuldade para respirar. Inspirar e exalar parecia impossível. Então tossi, precisando beber água.

Quando tudo passou, voltei a encarar Anita, que tinha as sobrancelhas arqueadas.

— Você tá bem? — Ela se levantou, segurando o violoncelo.

Fiz que sim, desviando o olhar. Fiquei envergonhado. Era como se aquela Anita que tocava violoncelo fosse demais para mim.

Passei as mãos no rosto, imaginando que estava exagerando. Ainda meio perdido, umedeci o lábio antes de dizer:

— Você toca muito bem. Dizer isso não é o suficiente. Nunca me senti assim vendo alguém tocar um instrumento. Foi perfeito demais.

Ela corou de fato. Sem me olhar, disse "obrigada" baixo e começou a guardar o violoncelo. Eu não sabia o que fazer. Meu coração seguia acelerado, e mesmo piscando várias vezes continuava vendo Anita tocar.

O clima ficou estranho. Assim que Anita arrumou suas coisas, falou que tentaria descobrir se haveria aula de reforço na semana seguinte. E saiu da sala praticamente correndo.

Como se eu estivesse grudado no chão, com o cérebro derretendo, me mantive ali por tempo demais. Eu sentia as batidas do coração no peito, a boca seca, os pelos do braço arrepiados.

Tentei fazer o cérebro pegar no tranco. Bebi quase toda a água da garrafa. De volta ao controle, fui embora.

No trajeto dentro da escola, procurei Anita. Ela já devia ter ido embora. Depois de um dia corrido, provavelmente só queria descansar.

Cheguei em casa, tomei banho e me joguei na cama. Olhando para o teto, de olhos bem abertos, eu ainda enxergava Anita tocar daquele jeito impossível. Era tão boa mesmo ou eu fiquei impressionado demais? Afinal, era o meu primeiro contato com um violoncelo.

Deixei os questionamentos de lado quando minha mãe me chamou para o café da tarde. Apanhei o celular na escrivaninha. Havia uma mensagem de Lorena. Me surpreendi com um link do TikTok.

> quando procurei as redes da Anita, nem imaginei que pudesse ter uma conta com outro nome

> mas aqui está. te apresento a Kaori Cello

> esse parece ser o verdadeiro, o outro deve ser só pra enganar kkkk

Cliquei no link. A foto de perfil era Anita de máscara segurando o violoncelo. Ela tinha cerca de cem mil seguidores e vários vídeos. Cliquei em um aleatório, no qual ela tocava uma música que eu não conhecia.

Sentei na cama e vi o vídeo até o fim. Passei para o seguinte e para o próximo. Eram TikToks com cerca de dois minutos, e em todos ela usava a mesma máscara preta da foto de perfil. Reconheci algumas músicas, ainda mais encantado. Ela realmente tocava qualquer coisa.

Eu me preparava para mais um vídeo, mas minha mãe bateu na porta. O celular caiu no chão e o coração veio parar na garganta. Como se eu estivesse fazendo algo errado, pus o pé sobre o aparelho quando ela entrou.

— Tô te esperando faz tempo. — Havia uma ruga entre suas sobrancelhas. — Não vem tomar café?

— Ah sim, claro. Já vou. Só… — Me enrolei tanto que inspirei desconfiança. Limpei a garganta. — Já vou. Eu só estava resolvendo um negócio de um trabalho da escola.

Não parecendo acreditar, ela saiu e fechou a porta. Respirei aliviado, até suando, e apanhei o celular. E foi aí que meu coração parou. Sem querer, comecei a seguir Anita e, ainda por cima, curti o vídeo aberto.

Pensei em voltar atrás, mas imediatamente Anita me seguiu de volta.

Larguei o celular como se estivesse pegando fogo e saí do quarto. Me entupi de pão, bolo e suco. Tentei esvaziar a mente, mas não parava de balançar a perna.

Minha mãe me encarava desconfiada, e eu nem conseguia despistar. Felizmente meu pai chegou, desviando a atenção dela. Quando terminei de comer, corri para o meu quarto.

Fechei a porta ainda receoso e sentei na cama. O celular me esperava. Engoli em seco. Para o meu desespero, havia uma mensagem de Kaori Cello.

como você me achou?

Ela era tão direta que nem tinha mandado "oi". Resolvi optar pela verdade.

me mandaram seu perfil

por que Kaori?

é um nome japonês, né?

Percebi minhas mãos tremendo e torci para que ela ignorasse a primeira parte. Eu não saberia explicar como encontrei seu TikTok.

Aproveitei para ver mais vídeos até receber a resposta.

sim, é japonês. é meu segundo nome

Assenti como se ela pudesse ver e me senti ridículo. Fui ficando nervoso.

> muito legais seus vídeos

Anita agradeceu e a conversa morreu ali. Por um lado, fiquei aliviado; por outro, a falta de assunto me incomodou. Depois de vários vídeos, quis saber mais a respeito dela e do violoncelo, desvendar tudo que me deixou fascinado.

Balancei a cabeça, desaprovando meus próprios pensamentos. Deixei o aparelho na escrivaninha e liguei o notebook, buscando uma série, mas meus olhos não desviaram do celular. Foi mais forte do que eu.

Voltei para os vídeos de Anita.

Eu estava obcecado.

Na semana seguinte, vi vídeos de Anita em qualquer tempo livre. Já tinha alguns favoritos. Descobri que ela tinha gravado, semanas antes, justamente a abertura de *Attack on Titan*. Vi esse TikTok infinitas vezes, e cada vez era mais perfeito.

Não conversamos mais por mensagem, mas Anita me procurou para avisar que haveria a aula de reforço, mesmo com a professora ainda afastada.

Então, na quarta-feira, lá estava eu esperando a monitora. Mais apavorado ainda por não ter os outros colegas.

Eu bebia água para me tranquilizar quando ela chegou. Anita me cumprimentou, pôs a mochila na mesa e perguntou se eu estava bem. Eu só lembrava dos vídeos. Quando respondi que sim, ela sorriu com os lábios fechados e indicou o conteúdo no livro de química.

Anita explicou e perguntou se eu ainda lembrava. Na hora dos exercícios, me concentrei nos enunciados, mas fui traído pelos meus olhos, que buscaram Anita.

Olhando o próprio caderno, ela apoiava o rosto na mão fechada. Lia as páginas e franzia os lábios vez ou outra. Confesso que fiquei hipnotizado pela concentração dela. Quando suspirou, passou a mão no rosto, incomodada. Eu quis saber por quê.

— Nada. — Folheou o caderno. — Quer dizer... — Soltou o ar. — Fui mal na segunda prova de história. O professor quer que eu frequente o reforço. Só que não posso, é bem no dia da aula de violoncelo.

Fiquei surpreso. Na minha cabeça, Anita tirava dez em tudo. E a dificuldade logo em história me deixou intrigado. Puxei a cadeira para o lado dela.

— Então hoje é o seu dia de sorte. — Peguei seu caderno. — Só não sou o monitor de história porque não quis. Vai, vou te ajudar.

— Lógico que não. — Puxou o caderno de volta e até a caneta da minha mão. — Tô aqui pra te ajudar em química. Isso não seria certo.

— Qual é, não tem ninguém aqui. E estamos revendo conteúdo. — Tomei a caneta de volta. — Vai, para de ser cabeça-dura.

Segurei a caneta com firmeza quando Anita tentou puxar. Ela precisou fazer força para arrancá-la de meus dedos, fazendo o objeto voar no seu rosto. Por sorte, só deixou um risco azul na bochecha.

— Olha só, se não fosse teimosa, não tinha se riscado.

— Você que é teimoso. Falei que não precisava. — Passou a mão no rosto, esfregando o lugar errado.

— Mas precisa, sim. Não, mais pra cima. — Apontei para o risco.

Anita passou o dedo na parte errada de novo. Inquieto, toquei bem em cima do risco e esfreguei. Aí me dei conta de que estava com a mão no rosto dela.

Anita me encarava de perto, com a boca entreaberta, talvez surpresa com a minha ousadia. Seu rosto quente, ficando vermelho, me fez tirar a mão. Sem jeito, me virei para o lado e cocei a cabeça.

— É, saiu um pouco. — Limpei a garganta e peguei o celular para ver a hora.

Que merda eu estava fazendo? Onde já se viu encostar na menina desse jeito?

Sem dizer nada, Anita se levantou balançando a garrafa de água. Quando saiu, respirei fundo repetidas vezes. Por que meu coração tinha acelerado?

Peguei o caderno de Anita, observando as anotações de história. Eu me lembrava bem da prova. Até porque tirei dez. Como Anita podia ter ido mal? Foi tão fácil.

Já sem o risco no rosto e com a garrafa cheia de água, Anita se sentou ao meu lado, repetindo que não precisava de ajuda. Eu a ignorei, querendo saber qual havia sido a dificuldade na prova. Depois de um longo suspiro, ela se rendeu.

Abri o livro na parte de exercícios. Sugeri que resolvesse um só para eu ver como ela estava.

Acompanhei sua leitura. Quando ela fez careta, me segurei para não rir.

— Não entendo — ela desabafou. — Como eu vou saber dessas coisas? Isso aconteceu há quase cem anos! Não tem nada no enunciado que me dê uma pista.

— Você precisa saber o contexto histórico. — Indiquei o texto-base. — Olha o ano aqui. O que estava acontecendo no mundo nessa época?

— Eu sei lá!

Tive que rir.

— Para quem entende muito de química, você realmente é péssima em história.

Ela fingiu estar ofendida. Puxei a cadeira para mais perto.

— Você sabe o que estava acontecendo na época, só não lembra agora. Vai, vou te ajudar.

Fui dando pistas. Anita parecia não fazer ideia do que eu estava falando. Só que aí ela arqueou as sobrancelhas.

— É o período entreguerras!

Confirmei, e ela marcou a alternativa certa.

— Viu? Não é tão difícil assim.

— Lógico que é. Guardar acontecimentos históricos não é pra mim. Ainda bem que você tá aqui. Não sabia que era bom em história.

— Achou o quê? Que eu era só um rostinho bonito?

Anita revirou os olhos, folheando o livro.

— Bonito e convencido.

Sorrindo de canto e realmente convencido, resolvi me aproveitar da situação. Me debrucei na carteira, mais perto de Anita.

— Então você me acha bonito?

Ela chegou a abrir a boca e mudou drasticamente de cor. Comecei a rir na hora. Como o estrago estava feito, ela pôs o livro sobre o rosto. Dei mais risada.

— Para de rir! — Ainda com o rosto coberto, ela me empurrou.

— Não consigo! — Foi minha vez de esconder o rosto.

O riso foi sumindo. Anita estava levemente corada. Para não a deixar ainda mais sem graça, mencionei outro exercício parecido com o que havia caído na prova.

Voltando ao normal, ela leu em voz baixa. Dessa vez resolveu sem problemas. No seguinte, fez careta. Expliquei o que precisava ser feito, e ela seguiu meu raciocínio.

Continuamos assim até o fim da aula de reforço.

— É, pelo jeito não sou a única aqui que explica bem a matéria.

— Nossa, como você é convencida. Nem consegue me elogiar sem falar de si. — Joguei uma borracha nela, que riu.

— Igual a você. — Deu de ombros, e continuamos rindo.

Eu podia ver as pintinhas perto do seu nariz. Seus dentes alinhados formavam um bonito sorriso. Os lábios finos e bem desenhados estavam úmidos, e não consegui tirar os olhos deles.

De repente, achei Anita tão bonita... Cheguei mais perto, encarando seus olhos escuros. Nossos sorrisos desapareceram. Notei quando umedeceu os lábios. Ela abriu a boca, e esperei que dissesse alguma coisa que quebrasse o encanto, mas nada saiu.

Senti seu nariz no meu, sua respiração ofegante muito perto da minha boca. No instante em que nossos lábios se tocaram, um grande vazio tomou a minha mente.

Apenas aproveitei a sensação das bocas unidas, a maciez dos seus lábios, a língua na minha, receosa, o gosto do beijo lento.

Tudo aconteceu tão rápido que nem consegui processar o porquê de a gente estar se beijando. Mas entendi o que tudo significava quando ela se afastou de forma repentina.

Com a respiração acelerada, Anita ficou em pé, os olhos arregalados.

— O que foi isso? — Ela tremia ao tocar os próprios lábios.

— Não sei...

— Por que você me beijou?

— Hã? Não, você que me beijou.

Anita negou enfaticamente com a cabeça.

— Lógico que não, Felipe! Por que eu ia fazer isso?

— E por que você acha que *eu* ia fazer isso?

Ela engoliu em seco e voltou a negar com a cabeça. Ao apanhar a mochila, ainda tremia. Fechei os punhos sentindo o mesmo em mim.

— Não sei o que aconteceu aqui, mas isso não vai se repetir, entendeu?

Eu teria assentido, falado que foi um delírio, mas o tom de acusação me irritou.

— Por que você tá me culpando por algo que você fez? E mesmo que tivesse partido de mim, não te forcei a nada.

Ela não respondeu, travando o maxilar. Ali eu reconhecia a Anita de sempre. E quis dar um basta.

— Olha, só esquece, tá?

— Lógico que vou esquecer!

E saiu pisando duro, sem me dizer mais nada. Deixou a porta da sala bater quando passou como um furacão.

Dei passos com a mão na testa, com raiva de mim mesmo. Como pude permitir que isso rolasse? O que diabos estava acontecendo comigo?

Durante todo o caminho para casa, fui remoendo nossas reações. A gente só brigava, a trégua havia durado exatamente uma semana. Depois de tanto tempo sem beijar, resolvo retomar com Anita? A garota que mais me odeia no mundo?

Minha mãe falou alguma coisa que não me dei ao trabalho de entender. Me tranquei no banheiro e liguei o chuveiro. Enquanto a água caía no boxe, sentei na tampa do vaso com mochila e tudo.

Passei as mãos no rosto pela milésima vez, tentando entender como chegamos nisso. Eu tinha certeza de que não havia tomado a iniciativa, mas ela também estava certa disso. O que rolou então?

Afundei os dedos no cabelo. Eu nunca tinha imaginado beijar Anita.

Balancei a cabeça várias vezes para tirar a imagem da mente, o gosto dos seus lábios nos meus.

Entrei embaixo da água quente, jurando que ia clarear as ideias.

O tempo sozinho, em silêncio, pareceu só intensificar os sentimentos. Se é que sentia algo, porque era uma grande mistura de tudo e nada.

De banho tomado, fui para o quarto. Ao desbloquear o celular, dei de cara com o perfil dela. Tratei de jogar o aparelho longe.

Não, eu não ia mais lidar com isso. Anita nunca mais na minha vida.

A melhor coisa seria me afastar dela.

Vinte

— Por que você tá tão agitado? — Lorena, sentada na carteira atrás de mim, me tocou no braço. Parei de balançar a perna. — Tá nervoso por quê?

Neguei com a cabeça, dei de ombros e voltei à aula de inglês. Quando Lorena me cutucou de novo, notei a perna balançando.

Pois é, eu estava nervoso. Anita preenchia meus pensamentos, e isso era estressante. E estar na escola, podendo dar de cara com ela, me deixava ainda mais inquieto.

No primeiro intervalo, andei até o banco de sempre de cabeça baixa, repetindo mentalmente que não queria encontrá-la. Sentado com os meus amigos, mal prestei atenção na conversa. Meu cérebro me sabotava e sempre trazia o beijo de volta.

— Para com isso, Felipe! — João me deu um tapa na perna, balançando sem parar. — Tô ficando nervoso. Que bicho te mordeu, hein?

Desconversei, inventando que estava cansado, tinha dormido mal porque fiquei vendo série até tarde. Todos pareceram acreditar. A pauta passou a ser o aniversário de Lorena, no final do mês. Ela queria ter um dia de princesa. O que isso significava? Sei lá.

Fiquei tão preocupado em evitar Anita que cheguei em casa exausto. Me joguei no sofá de cabeça cheia. Os dias seguintes foram igualmente estressantes. Eu mal saía do lugar dentro do colégio, vivia olhando para baixo. Balançar a perna se tornou meu novo normal. Meus amigos bem que estranharam, mas eu sempre desconversava. Não queria contar sobre o beijo. Se fingisse que nada havia acontecido, as lembranças sumiriam.

Sou muito ingênuo mesmo.

Quanto mais força eu fazia para esquecer, mais lembrava. Eu me recordava perfeitamente do gosto dos lábios de Anita.

Para não alimentar a minha obsessão por Anita tocando violoncelo, a bloqueei no TikTok. Mesmo assim, me pegava no aplicativo procurando pelo perfil dela.

Uma semana havia se passado, e não avistei Anita nenhuma vez. Ela devia estar me evitando também. Melhor assim. Contudo, a quarta-feira havia chegado, o dia do reforço.

Em casa, eu olhava a hora no celular o tempo todo enquanto andava para lá e para cá na sala. Ia ou não para a aula? Por mais que meus pais não estivessem em casa, com certeza ficariam sabendo pela professora se eu não aparecesse.

Decidido a assumir o risco, mandei uma mensagem para João, perguntando se poderia passar na casa dele. Era urgente. Escrevi para minha mãe que faltaria na aula porque ajudaria João a estudar para a prova de linguagens.

Apenas apanhei a bicicleta e fui para a casa do meu amigo.

João tinha uma grande interrogação estampada na cara. No quarto dele, me afundei na cama, sem intenção de revelar o lance do beijo.

— Eu só precisava de um pouco de paz. Sem química, sabe?

João não pareceu convencido. Ele me encarou, sério.

— Tem alguma coisa a ver com a Anita?

Meu coração acelerou. Neguei, sorrindo de nervoso.

— Lógico que não. Quer dizer, ela é a monitora, chata pra cacete, mas não tem nada a ver com ela.

— E como tá a relação de vocês? Tinham se acertado, né?

Dei de ombros, dizendo que a gente tinha brigado de novo. Ele quis saber o motivo, mas alguém o chamou no portão. Salvo pelo gongo!

João franziu a testa e reconheceu a voz de Rodrigo. Lá fora, nosso amigo estava com as bochechas rosadas e os olhos vermelhos. Trazia uma mochila cheia nas costas.

— O que aconteceu? — João abriu o portão. — Fugiu de casa? Rodrigo travou o maxilar, corando ainda mais.

— Espera! — Apontei para ele. — Você fugiu mesmo de casa?

A feição dele se transformou, os olhos se fechando, as lágrimas escorrendo. João passou o braço pelos ombros de Rodrigo e o levou para dentro. Segurei a mochila pesada.

Acomodado no sofá, Rodrigo chorou de soluçar. Então fui buscar água. Ele só bebeu depois de se acalmar. Ao se recostar e respirar fundo, começou a contar tudo.

Os pais dele tinham brigado de novo, e Rodrigo precisou entrar no meio para evitar que se agredissem. Com as mãos nos cabelos e mais lágrimas, disse que deu um ultimato a eles, não aguentava mais viver daquele jeito. Mandou que se separassem logo, só voltaria quando finalmente tivessem se resolvido. Então encheu a mochila de roupas e correu para a casa de João.

— Eles já entraram com o pedido do divórcio. Não entendo por que ainda estão morando juntos. Todo dia discutem e ficam me pressionando pra saber com quem vou ficar. Não quero ficar com nenhum dos dois enquanto estiver esse inferno. — Fechou os olhos, marcando as bochechas com lágrimas.

Encarei João, sem saber o que fazer, e ele tocou Rodrigo no braço.

— Pode ficar aqui em casa sem problemas. Mas provavelmente a minha mãe vai ligar pra sua. E se ela mandar você voltar?

— Não vou voltar pra aquela casa. Já deixei bem claro. Só volto quando um dos dois tiver se mudado. E depois decido com quem vou morar.

João e eu assentimos. Percebi que João também não era muito bom em acolher problemas alheios, ainda mais relacionados a pais.

Para melhorar o clima, sugeri que a gente assistisse alguma coisa e comesse pipoca. João adorou a ideia e correu para a cozinha. Rodrigo abriu um sorriso contido, concordando.

Passamos a tarde vendo filmes sugeridos pelo streaming e nos entupindo de comida com muito sal ou muito açúcar, distraindo Rodrigo. No fim do dia, o pai de João foi o primeiro a chegar. A mãe veio em seguida, estranhando a nossa presença. Ficou estarrecida ao saber que Rodrigo passaria uns dias com eles.

João a tirou de lá para explicar a situação, e aproveitei para desenvolver a minha empatia. Me sentei mais perto de Rodrigo e comecei a falar que, por mais que não soubesse como era passar por isso, ele poderia contar comigo para qualquer coisa.

Rodrigo agradeceu, os olhos voltando a encher de lágrimas, mas ele não deixou que elas caíssem. Para mudar de assunto, perguntou se a gente tinha pensado no que dar de presente de aniversário para Lorena.

— Não sei o que a gente pode dar, mas com certeza ela ficaria feliz com um beijo seu.

Os olhos de Rodrigo se arregalaram, as bochechas já ficando rosadas. Antes que ele pudesse negar, contei tudo o que sabia sobre os sentimentos de Lorena. Ele me ouviu atento. Dei tapinhas no ombro dele.

— Confia, ela gosta de você. E se você também estiver a fim dela, pode rolar algo legal.

Visivelmente sem graça, Rodrigo ficou em silêncio. Assim que João voltou, dizendo que estava tudo certo para Rodrigo ficar lá, peguei minhas coisas para ir embora.

O tempo que passei com eles tinha me ajudado a voltar ao normal e não pensar em besteira. Durou até estar sozinho em casa, pronto para dormir. Deitado na cama, me peguei procurando o perfil de Anita. Larguei o celular na mesa de cabeceira. No escuro total, fui levado para o momento do beijo.

Balancei a cabeça e apertei os olhos com os dedos. O que eu precisava fazer para tirar Anita da minha mente?

Voltei ao celular. E aceitei a derrota quando a desbloqueei. Havia dois TikToks novos. Vi Anita tocar o violoncelo e fiquei totalmente encantado.

Com os fones de ouvido, revi os vídeos favoritados. A hora seguinte, em que eu deveria estar dormindo, foi preenchida por Anita.

Eu ia me arrepender disso. Mas apenas deixei rolar. Depois pensaria no que fazer, já que seria impossível evitar Anita para sempre.

Vinte e um

Cheguei no reforço mais agitado do que o normal, já querendo sair correndo, com o coração martelando o peito. De cabeça baixa, olhava para as minhas mãos no colo, apertando os dedos, cogitando sumir dali o quanto antes e encarar as consequências de faltar em mais uma aula.

Enquanto pensava na mentira que ia inventar para os meus pais, alguém passou pela porta. Inspirei fundo, me preparando para encarar Anita. Mas avistei a professora Fabiana.

Ela deu início às atividades normalmente e permaneceu com a gente durante todo o tempo. Nem sinal de Anita.

Ao fim da aula, quando todos já haviam saído, me aproximei para perguntar casualmente da monitora.

— Anita teve um mal-estar, mas deve voltar na próxima aula.

Ela se despediu e saiu da sala, enquanto eu fiquei parado. Era verdade ou Anita estava me evitando?

Talvez Anita estivesse tão incomodada quanto eu.

Para não dizer que meu plano de evitar Anita era infalível, eu a vi no dia seguinte, quando saí da sala depois da prova de matemática.

Logo que pus o pé para fora, ela estava no corredor, indo em direção às escadas. Então a acompanhei de longe. Assim que começou a descer os degraus, apressei o passo.

Anita seguia pelo pátio, e achei que fosse embora, mas ela foi em direção à biblioteca. Como quem não quer nada, parei na porta, vendo a bibliotecária e Anita transitar entre as prateleiras. Quando a perdi de vista, me repreendi por estar fazendo algo esquisito. O que eu queria observando a garota desse jeito?

Segui para um banco do pátio para esperar os meus amigos. A verdade era que eu precisava parar de me perguntar o que estava acontecendo comigo e encarar os fatos. Anita não saía da minha cabeça. O maldito beijo estava grudado na minha mente.

Respirei aliviado quando Lorena apareceu. Feliz e saltitante com o próprio aniversário, falou que já tinha planejado o seu dia preferido do ano. Conforme os meninos foram chegando, ela repetia o que tinha me contado: primeiro um show no final da tarde no parque Vicentina Aranha e depois sair para comer alguma coisa.

Eu não fazia ideia de que show se tratava e não me preocupei em descobrir. Afinal, eu teria que ir de qualquer jeito. Seria bom fazer um programa diferente.

Minutos antes das cinco da tarde, eu estava parado com João, Rodrigo e Cadu na entrada do parque Vicentina Aranha. Era um sábado nublado, 27 de maio, frio pra cacete. E a gente no vento, esperando a aniversariante. Só Lorena mesmo para nos arrastar para uma atividade ao ar livre.

Quando ela chegou, logo reparei na coroa de princesa sobre os cabelos soltos. Comecei a rir, sem acreditar que ela estava levando tão sério o dia de princesa. Fui obrigado a arrancar dela a coroa de plástico e pôr em mim para ver como ficava. Todos riram, incluindo Lorena.

Com a coroa de volta e depois dos parabéns, ela nos guiou pelo parque até o bambuzal, onde aconteciam as apresentações musicais. Já havia muita gente, vários sentados nas cadeiras verdes, mas a maioria em pé, assim como nós.

— Você não me contou que show é esse — comentei com Lorena.

— É uma banda de covers. Eles tocam músicas famosas de filmes. Parece interessante. — Se virou para os lados, como se estivesse procurando alguém. — Mas não estamos aqui só pelo show, a gente vai se divertir de outro jeito também.

— Que jeito? — Meu alerta vermelho disparou. Lorena era um perigo quando inventava moda.

— Se você vir a Amanda, me avisa.

— Putz! Você tá metida com a Amanda de novo? Isso não vai dar certo.

— Só de ver essas duas juntas, já me dá arrepio. — Cadu esfregou os braços, arrancando risadas.

— Mas alguém aqui tá andando na linha, né? — Lorena piscou para ele.

Cadu deu de ombros.

Desde que tinha perdido as roupas, ele não aprontou mais. Parecia um anjo. Não ficou com mais nenhuma menina nem comentou a respeito delas. Virou outra pessoa. Apesar de tudo, eu o via mais calmo, interessado em outras coisas, mais focado na escola e pensando no vestibular. As notas até melhoraram.

O show começou. Era uma banda formada por um guitarrista, uma baterista, um tecladista, um baixista e dois vocalistas, um homem e uma mulher. Fiquei surpreso ao reconhecer as primeiras músicas por mais que não soubesse os nomes.

Eu curtia a apresentação quando levei uma cotovelada na cintura. Lorena me puxou pelo moletom e perguntou se era Amanda ali. Quando confirmei, Lorena correu até ela.

De longe as vi conversando, Amanda com uma latinha de refrigerante na mão e uma ecobag na outra. E havia uma garota com uma mochila. As três vieram até nós.

Elas nos cumprimentaram, e me perdi por alguns segundos no sorriso de Amanda, nos lábios vermelhos, no cabelo cacheado caindo pelas costas. O trio de meninas passou um tempo mexendo furtivamente nas latinhas de refrigerante que traziam na ecobag e na mochila.

Ao pegar uma, dei um gole. O líquido desceu queimando e eu tossi.

— Isso aqui não é refrigerante.

— Não mesmo — Amanda sorriu e piscou. — Daqui a pouco você se acostuma. Vai ajudar com o frio.

Sorri. E dei mais um gole.

Depois de servir todo mundo, as três ficaram conversando, e me peguei encarando Amanda. O ambiente era favorável. Será que eu teria coragem de chegar nela? Apesar da certeza de que ela sabia do meu crush, uma insegurança me paralisava.

— Não pensa muito, só vai. — Cadu cochichou.

Concordei, dando mais um gole. Talvez, se eu beijasse outra pessoa, finalmente esquecesse o que aconteceu com Anita.

Animado com essa possibilidade, esperei um momento oportuno. Quando a amiga desconhecida avisou que precisava ir ao banheiro, Amanda disse que ia junto. Entreguei minha latinha para Cadu e chamei Amanda antes que ela se afastasse.

Sem que eu precisasse fazer mais nada, ela falou para a menina que ia depois.

— Como você consegue pensar nessas coisas? — Indiquei a latinha na sua mão.

— Sou mais esperta do que a maioria. — Sorriu, confiante, e deu um gole. — A minha é diferente da de vocês. Quer experimentar?

Dei um gole na bebida alcóolica doce.

— Gostei mais dessa.

— A gente pode dividir, mas já tá acabando. — Balançou a latinha.

Seu sorriso era tão lindo que me deixava sem ação. Toda vez eu ficava que nem um idiota na frente dela. Achando graça, Amanda tocou a ponta do meu nariz.

— Vai ficar me encarando até quando?

Decidi ir até o fim.

— É que você é muito linda. Não consigo evitar.

Sorrindo mais, ela diminuiu a distância entre nós. Passou os braços pelo meu pescoço, encostando os lábios na minha orelha.

— Achei que você nunca fosse tomar a iniciativa.

— Então você estava esperando eu dizer que sou a fim de você?

Ela se afastou um pouco para assentir. O sorriso lindo ainda iluminava o rosto. Então fiz a única coisa aceitável: a beijei.

O gosto doce da bebida ainda estava nos seus lábios macios. Apesar de frios por causa do vento, logo foram ficando quentes.

Beijei Amanda com todo o desejo acumulado de meses. Me deixei levar pelo carinho, pelo seu corpo colado ao meu, pelo cheiro gostoso de seu perfume. Tudo perfeito como sempre imaginei.

— Finalmente, Felipe!

A voz de Lorena quebrou o ritmo do beijo, já que começamos a rir. Mas não nos afastamos.

Trocamos selinhos no fim, e sorrimos um para o outro. Amanda passou os dedos pela gola da minha blusa de frio e me beijou no pescoço. Me arrepiei inteiro.

— Preciso ir atrás da minha amiga, mas eu volto. — Me deu um selinho. — Se quiser, pode beijar outra pessoa enquanto isso.

— Sério? — Até dei um passo para trás, sem saber se estava brincando.

— Sério. — Me puxou de volta, colando seus lábios nos meus.

O beijo foi mais intenso, com mais pegada, porém mais rápido. Ela se afastou acenando, até sumir do meu campo de visão. Precisei me sacudir para me recuperar desse evento chamado Amanda.

Quando voltei aos meus amigos, fui recebido com tapinhas nas costas. Dei um gole na latinha, mais confiante.

Acompanhamos o show, o dia se tornando noite. Nas músicas conhecidas, a gente pulava; nas desconhecidas, balançava de um lado para o outro.

Na volta, Amanda me deu um beijo de tirar o fôlego e sumiu de novo. Entendi que nosso envolvimento só seria nesses rápidos momentos. E por mim tudo bem. Então curti tudo ao redor, meu corpo mais leve, o riso mais fácil. Meus amigos e eu estávamos nos divertindo, e apenas isso importava.

A troca de olhares entre João e um cara não passou despercebida por mim. Quando ele falou que ia ali e já voltava, eu soube que ia demorar. Rodrigo avisou que precisava ir ao banheiro, e Cadu foi junto, procurar algo para comer.

Lorena e eu continuamos curtindo o show. Quando ia pegar a latinha de sua mão, ela ficou paralisada, o olhar fixo em uma direção. Logo entendi o que tinha visto. Acompanhada de duas pessoas, uma menina negra de longas tranças loiras vinha até nós. Reconheci a garota que minha amiga tinha beijado numa festa.

A garota acenou, e Lorena sussurrou "puta merda" ao acenar de volta. Sempre me surpreendia nas raras vezes que ela ficava com vergonha.

— Quer que eu fique ou saia? — perguntei rápido, perto do seu ouvido.

— Se você sair daqui, eu te mato — disse ela, baixo, a voz mal saindo por causa do sorriso forçado.

A menina se despediu dos amigos. Veio me cumprimentar e beijou Lorena na bochecha. Elas se atualizaram sobre os meses que não tinham se visto. Tentei focar no show, mas foi impossível não prestar atenção nelas. Que reencontro curioso.

Descobri que a garota se chamava Lígia.

— Adorei. — Lígia apontou para a coroa de Lorena. — Algum motivo especial?

— É meu aniversário.

A garota arqueou as sobrancelhas.

— Se eu soubesse que ia te encontrar aqui, tinha trazido um presente.

— Sempre dá pra improvisar.

Eita, porra! Eu tinha muito o que aprender com Lorena.

Ambas sorriram. A menina tocou Lorena no rosto antes de a beijar na boca. Me afastei para dar privacidade. Dei goles na bebida, prestando atenção no show, mas sempre de olho em Lorena.

Ao fim de uma música, a banda se reorganizou para começar a próxima. Toda a minha estabilidade se dissolveu como açúcar na água quando aquele instrumento subiu ao palco. O outro vocalista se sentou para tocar o violoncelo. Quando o som tomou o ambiente, as recordações voltaram a me atingir. Não resisti ao impulso de sair correndo.

Parei apenas perto da entrada do parque. Respirando rápido, passei as mãos no rosto. Percebi que tinha perdido a latinha no caminho. Ri de nervoso, pensando em Anita.

No meio dessa crise ridícula, ficou óbvio que meu esforço não surtiu efeito. Nem mesmo sentir o gosto do beijo de Amanda. O que mais eu precisava fazer?

Mesmo temeroso, decidi que o melhor seria conversar com Anita. Eu devia estar ficando louco.

Essa ideia ficou na minha mente enquanto fiz o caminho de volta ao show. Meus amigos estavam todos reunidos, e Lígia não estava mais por ali.

Alguém perguntou onde eu tinha ido. Só balancei a cabeça. Peguei a latinha da mão de Cadu e bebi de uma vez. Todos ficaram me encarando.

A última música da apresentação terminou. Aí fomos para a saída do parque. Lorena ainda queria comer um lanche para encerrar a comemoração do aniversário.

Na calçada, João me cutucou, perguntando com o gesto se eu estava bem. Fiz que sim. Quando ele indicou pessoas atrás de mim, me virei para ver Amanda. Ela me beijou sem demora.

Numa última tentativa, busquei me perder ali. Desejei com todas as forças que aquele beijo tão gostoso me pusesse no presente. Mas durou até Amanda se despedir.

Eu era um fraco mesmo.

Seguimos pela avenida até uma rede de fast-food. Lorena ria, saltitando pelo caminho, de braço dado com João. Sua coroa agora estava na cabeça dele. A plenitude deles me fez sorrir. Que os problemas ficassem para outro momento.

Depois de fazer os pedidos, nos acomodamos em uma mesa com bancos estofados. Cadu e eu ficamos de um lado, e João, Lorena e Rodrigo do outro.

Na bandeja de Lorena, além do hambúrguer, da batata frita e do refrigerante, havia um sorvete. Ela tirou do bolso da blusa de frio duas velas que formavam o número dezessete e enfiou no sorvete. Pedimos um isqueiro para o pessoal da cozinha e cantamos parabéns para ela.

Muitas fotos e risadas depois, ela assoprou a chama.

— Pediu para o ex-presidente ser preso? — João a cutucou.

— Lógico que não. Pedi isso pra toda a família dele.

A mesa toda riu.

Comemos e comentamos sobre a apresentação. Logo o assunto foi parar nos beijos. Cadu e Rodrigo foram os únicos que não pegaram ninguém. Lorena apontou uma batata frita para Cadu.

— Nunca imaginei ver você sair no zero a zero.

— E desde quando é uma competição? Tô aprendendo a curtir de outro jeito. — Deu de ombros. — E o Rodrigo também ficou zerado.

— Porque ele quis. — Lorena enfiou a batata na boca.

Troquei olhares significativos com João. Com um sorriso sapeca, com certeza ele ia pôr lenha na fogueira.

— Por que tá dizendo isso, Lorena?

Ela revirou os olhos e se virou para Rodrigo.

— Se ele quisesse, podia ter me beijado.

O "hmmm" que João, Cadu e eu fizemos foi alto. Rodrigo ficou com as bochechas coradas. Ele até chegou a abrir a boca, mas desistiu de falar. Tomando coragem, se levantou. Lorena segurou a mão estendida dele sem hesitar. Quando os dois saíram, o resto de nós começou a rir.

Já terminando o meu lanche, eles voltaram depois de muitos minutos. Rodrigo ainda estava corado, e Lorena tinha um largo sorriso.

— Esse foi o pedido de aniversário que se realizou mais rápido — Ela deixou Rodrigo ainda mais sem graça.

Como era de se esperar, a gente gargalhou.

Cheguei em casa mais leve. Depois do banho, caí na cama cansado, porém feliz.

Permiti que os pensamentos voassem até Anita. E fechei os olhos.

Decidi que precisava conversar com ela. Quem sabe assim ela saía da minha mente.

Vinte e dois

Fiquei tão estressado nas últimas semanas que simplesmente esqueci da excursão na terça-feira. Os terceiros anos iriam para a Pinacoteca e para o Museu da Imagem e do Som, em São Paulo. Por isso, corri para a sala da coordenação no primeiro intervalo da segunda-feira. Perguntei ao meu pai se ele tinha pagado a minha viagem. Nem disso eu tinha lembrado.

Quando confirmou, respirei aliviado. Ele me tocou no ombro, preocupado.

— Você anda meio estressado. Está tudo bem? Quer conversar?

Neguei com a cabeça, apesar de estar uma pilha de nervos. A gente sempre conversa sobre tudo em casa, mas eu queria manter os motivos só para mim.

— Tô bem, talvez um pouco cansado. Mas o passeio vai ajudar, né?

Ele fez que sim e me deu batidinhas nas costas. Saí da sala com destino ao banco de sempre, onde meus amigos ficavam.

Eu passava pelo pátio quando avistei Anita. Sentada em uma mesa da cantina, mexia no canudo de uma garrafa de suco. Estava ouvindo algo que a irmã contava. Em pé, Priscila gesticulava animada.

Estranhei ver a irmã dela, já que nossos intervalos eram separados. Olhando melhor, percebi que carregava alguns tablets. Elas se despediram, e conforme Priscila se afastava, Anita acabou me vendo.

Era a primeira vez que a gente se encarava desde o beijo. Séria como sempre, nada a abalava, nem me ver ali. Mas a presença dela mexeu comigo. O coração acelerou na hora e a boca ficou seca. Seus olhos continuavam em mim, assim como os meus nela. Ninguém desviou o olhar.

Será que esse era o momento mais adequado para conversar? Eu queria esclarecer as coisas. Como não tive coragem de avançar, então ela tomou a decisão por nós. Levantou da mesa, pegou a garrafa e saiu sem virar para trás.

Caminhei com o coração fora do ritmo, assolado por incertezas. Repeti que eu precisava ir até o fim. Não tinha como evitar Anita para sempre.

A meta seria falar com ela durante a excursão. Estar fora da escola talvez facilitasse. Minha saúde mental dependia disso.

Na manhã seguinte, as três turmas de terceiro ano estavam no pátio vazio, esperando para embarcar. Com meus amigos, observei a animação do pessoal.

Os professores responsáveis nos encaminharam para fora, onde havia dois ônibus. Estiquei o pescoço, procurando Anita. Ela estava sozinha do outro lado do mar de alunos, olhos baixos, celular na mão e fones de ouvido.

Com certeza não seria o melhor momento para conversar, ainda mais quando Kevin se aproximou dela. Anita tirou um lado do fone, sorriu e fez que não. Antes de se afastar, Kevin a tocou carinhosamente na cabeça. Eles realmente deviam ser amigos... Logo ele se foi, Anita voltou ao normal, imersa em si mesma.

As turmas estavam misturadas e cada um escolheu um lugar no ônibus. Me acomodei no corredor, ao lado de Cadu, na janela. Lorena e Rodrigo se sentaram nos assentos da frente e João ficou do outro lado, depois do corredor, com uma menina da nossa classe.

Desde que tinha saído da casa dos pais, Rodrigo parecia mais leve. Depois do beijo em Lorena, sua confiança se restaurava aos poucos. E eles não se largaram mais. Sorrisos o tempo todo, olhares carregados de sentimento. Falavam no ouvido um do outro de mãos dadas.

— Agora aguenta esses dois — João cochichou. Só concordei.

O ônibus estava quase cheio quando Anita entrou. Ela me encarou por alguns segundos até ir para o fundo. Ainda virei para acompanhar seus passos, mas ela nem deu bola. Se sentou ao lado de uma menina do 3º B e manteve a atenção no celular. João me cutucou.

— Não aconteceu nada entre vocês mesmo?

— Não. Por quê?

— Sei lá. Um pressentimento. Você tá estranho já faz uns dias. Mas se não é nada...

João se recostou melhor, e o professor Emerson entrou para passar orientações. Nem prestei atenção, focado no que João tinha dito. Eu precisava parar de ficar estranho.

A viagem até a Pinacoteca foi tranquila. Passamos a hora seguinte conversando sobre tudo e nada em particular. Em frente ao prédio, observei a arquitetura, entusiasmado com a exposição.

Andamos por todas as partes da Pinacoteca, prestando atenção em cada obra. Uma parte de mim se sentia realizada por estar conhecendo coisas novas. Mas outra estava preocupada com Anita.

Só fui encontrar Anita muito tempo depois. Sozinha e de fones de ouvido, diante de um quadro. Mas meus amigos, aos risos, disseram para a gente ir para outra direção.

Suspirei.

Um pouco antes da hora do almoço, voltamos ao ônibus. O combinado era almoçar no shopping e depois visitar o Museu da Imagem e do Som durante a tarde.

Na praça de alimentação, meus amigos e eu conversámos na fila de um fast-food quando notei Anita sentada sozinha em uma mesa para duas pessoas. Ela ainda nem tinha tocado no seu hambúrguer, com a atenção no celular.

Olhei em volta. Será que deveria? Reinava o caos comum de uma praça de alimentação. Esse era o momento.

De bandeja em mãos, Lorena indicou uma mesa grande para todo mundo caber. Parei no meio do caminho e falei que ia resolver um negócio. Meus amigos ficaram confusos quando pus a bandeja diante de Anita.

Ela ergueu os olhos, uma batata frita na mão.

— A gente precisa conversar — me aproximei, puxando a cadeira para a frente.

Anita largou a batatinha e limpou a mão no guardanapo. Depois de dar um gole no refrigerante, me encarou fundo nos olhos.

— Não tenho nada pra conversar com você.

Por que ela agia com tanta grosseria? Talvez não estivesse passando pela mesma crise que eu. Anita podia simplesmente não ter dado a mínima importância ao beijo. Eu nem passava por seus pensamentos.

Me senti ridículo e com raiva.

— Só queria esclarecer as coisas...

Ela franziu os lábios, olhou para os lados e chegou mais perto.

— O combinado não era a gente esquecer? Tô fazendo a minha parte. Faz a sua.

Anita tinha falado no tom irritante de sempre. A vontade era dizer que eu não conseguia, que já tinha tentado de todas as formas me livrar dela, que continuava me assombrando. Só que descartei contar a verdade.

— Você é muito grossa comigo. Vim aqui de boa e você me trata assim?

— De que jeito você quer ser tratado, Felipe? Você não é nada meu. Ao contrário de você, tô tentando esquecer. Agora, se me der licença, quero comer em paz.

Eu ia rebater, mas tudo ficou preso quando Kevin apareceu.

— Tudo bem, Anita? Ele tá te enchendo? — Os olhos dele pesavam em mim.

— Agora você tem um segurança? — Ironizei, me virando para ela.

— O Felipe já estava indo, né?

— Claro. — Me levantei. — Indo pra nunca mais voltar.

Saí irritado de lá, arrependido de cada segundo desde que me aproximei dela. Me afundei na cadeira com meus amigos. Todos me analisavam esperando uma explicação. Só dei uma grande mordida no meu lanche.

Eles entenderam o recado.

Kevin ainda fez companhia para ela. Anita não o enxotou.

Só fiquei menos agitado quando entramos no museu. Esqueci Anita e todo o resto.

Voltei a pensar nela no ônibus, quando a vi no mesmo lugar. Disfarcei para que ela não me visse olhando. Melhor esquecer tudo. Eu arrancaria aquele beijo da minha cabeça na marra.

Não procurei mais Anita. Bati papo com os meus amigos e ouvi música. Felizmente deu certo. Talvez eu só precisasse de um esporro, lembrar como aquela garota era grossa.

Chegamos à escola no fim da tarde. Muitos foram direto para casa, mas eu resolvi ir ao banheiro. Depois de jogar água no rosto, saí mais leve. Ia encher a minha garrafinha quando alguém parou do meu lado.

Dei de cara com Anita. Ela puxou de leve a manga da minha blusa de frio. Deu um passo para trás e apontou com a cabeça para um corredor. Apenas a segui. Ela ainda me puxava pela blusa. A sala da aula de reforço estava aberta e vazia.

Eu estava com quatro pedras na mão, esperando o ataque. Anita deu alguns passos, as mãos nos cabelos.

— O que você queria conversar comigo?

Então agora ela queria conversar? Anita estava muito enganada se achava que eu cederia depois daquela cena.

Vinte e três

— Agora não interessa mais — dei as costas e peguei a maçaneta.

— Espera, Felipe. — Ela me segurou pelo braço, bloqueando a porta. — Desculpa pela forma como falei com você. Acho que fiquei meio nervosa. Você chegou em mim do nada.

— Não sei se quero te desculpar. — Dei um passo para trás. — Toda vez é isso. A gente só briga. Tô cansado.

— Só me diz o que você queria conversar.

Havia um ar inusitado de súplica nos seus olhos. Anita não era assim. Mas meu orgulho estava abalado. Neguei com a cabeça.

— Você deveria ter me deixado falar. Agora não quero mais.

Os segundos em que nos encaramos se arrastaram. Minha respiração alterada, as mãos suadas, o coração disparado. Anita umedeceu os lábios, engoliu em seco e assentiu.

— Faz como achar melhor então.

Foi a vez dela de me dar as costas. Quando Anita ia abrir a porta, comecei a me odiar pelo que pretendia fazer.

Coloquei a mão na porta, impedindo que Anita saísse. A surpresa dela foi o gatilho para que eu começasse a falar sem freio.

— Você me irrita tanto quando age assim. O tempo todo querendo sair por cima, uma autoridade que não sei de onde vem. Eu só queria conversar, esclarecer a droga daquele beijo porque não consigo esquecer. Já fiz de tudo, só que você continua aqui. — Bati a ponta do dedo várias vezes na cabeça. O tom de lamentação tomou conta da minha voz. — Só consigo pensar em como foi inesperado, como fiquei confuso, perdido e sei lá mais o quê. Nada mais faz sentido. Até meus amigos perceberam como eu ando mal-humorado. Enfim, só quero que você me ajude a dar um jeito nisso. Porque me afastar não deu certo e não vou conseguir te evitar pra sempre.

Anita ficou boquiaberta. Eu ouvia apenas a minha respiração acelerada e sentia o coração bater violentamente contra o peito.

A primeira reação dela foi olhar demoradamente para baixo. Até que sua voz veio baixa.

— Não consigo te ajudar. — Me encarou com a testa franzida. — Porque tô sentindo a mesma coisa.

Fiquei sem palavras. Anita saiu de perto de mim, dando voltas pela sala. Os dedos se afundando nos fios de cabelo.

— Tentei de todas as formas não pensar no que rolou. Também te evitei, só que tudo o que eu fazia piorava a situação. Dormi mal, comi mal. Senti raiva de mim mesma. — Passou a mão no rosto, desolada. — Não sei mais o que fazer.

O clima ficou pesado.

Era recíproco. O que a gente ia fazer agora? Será que esquecer era a melhor escolha? Será que era possível?

E se...

Quando me dei conta, estava perto de Anita. Uma parte minha se sentiu importante por monopolizar sua atenção. Ela tomou a frente. Anita me tocou no rosto e me puxou para um beijo.

No fundo, era isso que eu sempre quis. Queria de novo, repetir todas as sensações, manter vívida na memória o gosto do seu beijo, a maciez dos seus lábios.

Peguei Anita pela cintura, colando nossos corpos. O beijo ganhou mais intensidade, satisfazendo até as vontades que eu nem sabia que existiam.

Ao nos afastarmos, acariciei sua bochecha para ter certeza de que era real, de que a gente tinha se beijado de novo. Mesmo assim, continuei confuso.

— O que isso significa?

— Não faço a mínima ideia.

A troca de olhares me fez hesitar. Eu estava pisando em terreno desconhecido. Só que o medo não foi o suficiente para me deter. Então a beijei de novo e fui correspondido.

A gente conversou, se beijou, trocou os números de celular e ficou tudo por isso mesmo.

Cheguei em casa perdido. Era como se vagasse em um grande vazio, um ambiente estéril que impedia a clareza dos meus pensamentos. Até as mínimas tarefas passaram a correr em velocidade reduzida, como se eu estivesse reaprendendo a me mexer.

Demorei para ver a mensagem de Rodrigo perguntando se poderia ficar na minha casa uns dias. Como ele ainda não tinha se acertado com os pais, confirmei assim que falei com os meus. Ele chegou à noite e me notou distante.

Não estava pronto para contar sobre Anita. Seria repentino para os outros como parecia para mim? O melhor era esperar.

Na aula de reforço no dia seguinte, cheguei meio sem jeito. O que eu deveria fazer? Depois de me sentir tão bem com ela?

Entrei na sala, acreditando que ficaria sozinho com Anita. Minha surpresa foi rever os colegas, todos empenhados em tirar dúvidas e fazer exercícios. Afinal, a primeira prova de ciências da natureza do segundo trimestre seria na próxima tarde.

Anita ficou tão ocupada atendendo todo mundo que nem sobrou tempo para mim. O máximo que consegui foi uma explicação e um olhar de canto de olho de quem tenta manter a discrição.

No fim da aula, a menina da sala dela a alugou por mais tempo. Fui embora frustrado.

Durante a semana, entre estudos e conversas com Rodrigo, nas quais ele dava detalhes da relação com Lorena, abri minhas mensagens várias vezes com a intenção de mandar algo para Anita. Escrevia, apagava e desistia.

Já que ela também não se manifestou, fui perdendo as esperanças. Talvez tivesse sido só uns beijos, assim como foi com Amanda. Mas por que Anita continuava tanto nos meus pensamentos? Acreditei que outro beijo fosse resolver o problema, mas, pelo jeito, só arranjei um novo. Seriam mais lembranças para reviver.

No reforço seguinte, a sala estava vazia. Como a prova de química já havia passado — fui um pouco melhor dessa vez —, logo entendi que o pessoal não apareceria.

Eu mal tinha me acomodado na carteira quando Anita entrou. Ela veio na minha direção. Arrastou uma carteira até encostar na minha e tirou o livro de história da mochila.

— Vou burlar as regras hoje. A professora não vem, então você vai me ajudar. A prova de humanas é amanhã e eu sei um total de zero coisa.

Sorri, concordando. No tempo em que ficamos estudando, senti o clima tranquilo, o que me lembrou do que vivemos antes do nosso primeiro beijo.

Revi com ela toda a matéria da prova, recuperando um pouco a confiança de Anita.

Enquanto ela guardava o material, abri a boca hesitante para fazer uma pergunta que vinha me agoniando.

— Por que você não me mandou mensagem?

Anita ajeitou a mochila nas costas lentamente.

— Porque você não me mandou nada também — disse, devagar, encolhendo os ombros.

— É que eu… — Fiquei mais nervoso do que imaginava. Então respirei fundo e me levantei. — Eu não sabia o que dizer.

— Nem eu.

Ficamos em silêncio. Eu queria continuar sabe-se lá o que estava acontecendo entre a gente. Tive o ímpeto de tocar no rosto dela e abrir meu coração. Mas ao sentir seu calor nos meus dedos, tudo desapareceu. Me perdi nos seus olhos, na textura da sua pele, no cheiro suave do seu perfume. Anita me puxou pela gola da camiseta e me beijou.

A nossa dinâmica era muito boa, como se um completasse o outro. Tudo se encaixava e era familiar. Simplesmente perfeito.

Quando acabou o beijo, a porta se abriu, fazendo a gente se afastar. A inspetora sorriu e disse que veio verificar se a sala já estava vazia. Pegamos as coisas e caímos fora.

Só paramos ao chegar na calçada da escola.

— Vou te mandar um meme assim que chegar em casa.

Sorrindo, ela assentiu.

— Vou ficar esperando.

Ela deu um aceno sem jeito e foi embora, seguindo pelo caminho contrário ao meu.

Como prometido, mandei o meme. Anita riu e me mandou outro. Ficamos nessa o restante do dia. Não falamos sobre sentimentos ou beijos, só demos risadas com coisas engraçadas da internet.

Criamos uma rotina de conversa depois disso, que sempre começava no fim da tarde e se estendia até a noite. A gente falava sobre assuntos aleatórios, filmes, séries e músicas. Na escola, troca de olhares. E toda vez que isso acontecia eu me perguntava se deveria contar aos meus amigos o que estava rolando.

Rodrigo, ainda na minha casa, vinha desconfiando. Com certeza tinha comentado com Lorena. Quando eu pegava o celular, minha amiga esticava o pescoço.

Na semana do feriado de Corpus Christi, enquanto a gente saía para o primeiro intervalo, Rodrigo comentou da conversa que tivera com os pais no dia anterior.

— Meu pai saiu do apartamento. Então vou voltar pra lá hoje mesmo. Deixar o Felipe mais tranquilo pra esconder o rolo dele. — Deu tapinhas nas minhas costas.

— Que isso, cara. — Devolvi o tapinha. — Não tem rolo nenhum.

— Mentiroooooso… — Lorena fingia observar as unhas.

— Mas como fica a relação dos seus pais? Com quem você vai morar? — João voltou ao tópico principal.

— Vou ficar com os dois. Uma semana com cada um. Eles aceitaram bem, ainda mais depois de eu falar que vou prestar vestibular para outra cidade. Ah! Falando nisso, decidi que vai ser veterinária.

Rodrigo recebeu tapinhas comemorativos nas costas, com orgulho estampado no rosto. Ele continuou falando sobre os pais e tudo mais. Não prestei atenção porque já tinha ouvido tudo no dia anterior.

Olhei em volta, buscando Anita. Aí meu celular vibrou. Era uma mensagem dela.

> pode vir aqui na biblioteca?

> quero falar com você

Meus amigos perceberam a inquietação.

> tô indo

— Preciso resolver um negócio agora. Encontro vocês depois. — E fui dando as costas.

— Olha ele metido com coisa errada — Lorena comentou alto.

— Certeza que tem menina na jogada. — Cadu riu.

— Pode ser um menino também. A gente não sabe — Lorena pontuou.

Vi que todos concordavam.

Cansado de ser analisado, corri para a biblioteca. Além da bibliotecária, havia um garoto em uma das mesas. Cumprimentei a mulher e me enfiei entre as prateleiras. Avistei Anita lá no fundo lendo a sinopse de um livro.

Cheguei devagar, gostando da visão de como pressionava os lábios, concentrada. Inclinou a cabeça para o lado e fez bico, talvez cogitando levar o livro, uma cena muito fofa.

Ao notar a minha presença, sorriu e devolveu o exemplar para a prateleira. Perguntei se ela estava bem. Anita confirmou e pegou outro romance. O silêncio caiu sobre nós. O que ela queria comigo? Então também folheei um livro. Não tinha interesse na história, só na garota ao meu lado.

— Então... — devolvi o livro para pegar outro. Virei as páginas tão rápido que fez vento.

Olhei para ela de soslaio, notando sua hesitação enquanto passava pelos capítulos lentamente, como mordia o lábio e engolia em seco. Pelo jeito era algo importante. Tentei controlar a ansiedade e deixei que ela tomasse o próprio tempo. Aí largou o romance, e ficamos frente a frente.

— Sexta-feira, depois do feriado, minha mãe me mandou sair de casa.

— Quê? Como assim? Te botou pra fora?

— Não. — Balançou a mão no ar. — Mandou sair pra algum lugar, me divertir e tal.

— Hummm...

A vergonha dela estava dificultando o meu entendimento. Mesmo assim, continuei firme. Viria algo importante.

— Minha irmã sempre vai no Parque da Cidade com as amigas. Então minha mãe mandou eu ir junto. Falei que não queria, mas ela insistiu que não me queria em casa. Então...

Sua voz sumiu.

— Então... Queria saber se você gostaria de ir lá e...

— Você tá me chamando pra sair?

Ela corou na hora.

— Não, é que... Quer dizer, sim. — Mordeu de novo o lábio. Continuei parado, com vontade de rir. Nunca imaginei ver Anita com tanta vergonha. — Esquece. Não precisa ir se não quiser. Foi uma péssima ideia.

Ela se virou para a estante, puxando um livro. Um sorrisão tomou meus lábios, mas ela não viu. Toquei Anita no rosto e pus uma mecha do seu cabelo atrás da orelha.

— Acho uma ótima ideia. Só me diz o horário. Vou estar lá com certeza.

Seu sorriso tímido logo aumentou. Encostei o nariz no dela, devagar. Eu gostava de sentir Anita tão perto de mim. Fechar os olhos e absorver todo o seu calor.

O beijo foi inevitável, carinhoso, lento. A ideia de me encontrar com ela fora da escola me animou.

Alguém limpando a garganta fez a gente se afastar. Parada atrás de mim, no meio do corredor, a bibliotecária nos encarava de braços cruzados.

— Aqui não é lugar pra isso — sussurrou, negando com a cabeça.

Foi minha vez de ficar com vergonha. Pedi desculpa, assim como Anita, e corremos de lá, não sem antes implorar que a bibliotecária não comentasse nada com os meus pais. Ela disse para eu ficar tranquilo, mas que isso não voltasse a se repetir dentro da biblioteca.

Saímos para o corredor e logo começamos a rir.

— A gente se vê na sexta então? — frisei como eu queria muito aquele encontro.

— Aham. Te mando mensagem com o horário certinho.

Quando ela se afastou, fiquei a observando andar para longe. Sorri sozinho, animado com o feriado.

Vinte e quatro

Lorena
olha, o Felipe não quer contar do rolo

João
tem nem vergonha na cara
de desmarcar com a gente
em cima da hora, feio?

Cadu
e ainda fala que tem compromisso

que compromisso é esse do nada
e no meio do feriado?

Rodrigo
vai, Felipe. conta com quem você tá
ficando

Respirei fundo pela milésima vez. Meus amigos tinham marcado de ir em uma feira geek num shopping. Estava tudo certo, mas aí Anita me chamou para sair. Confirmei com ela sem me lembrar disso.

> já falei que não é rolo nenhum. só
> apareceu um negócio aqui. prometo que
> vou com vocês amanhã

Eles ainda me chamaram de mentiroso, insistiram para eu contar a verdade, fizeram suposições absurdas. Larguei o celular e me estiquei na cama. Eu deveria ter falado antes que não poderia ir, e não no dia. Só que não tive coragem de dizer pessoalmente. Talvez eles tivessem desvendado tudo.

Parei de olhar o celular e saí do quarto. Eram quase onze horas de um dia preguiçoso. Apesar de frio, o céu estava todo azul e sem nuvens. Isso me fez sorrir. Tempo ótimo para ir ao parque.

Andei hesitante pela casa, tentando ouvir qualquer barulho da minha mãe. O meu plano não a envolvia.

Espiei dentro da cozinha. Meu pai estava tomando uma xícara de café encostado na pia, onde havia ingredientes para o almoço. Ainda olhei para trás para ter certeza de que minha mãe não estava por ali.

— Pai, você pode me levar no Parque da Cidade depois do almoço?

— Posso, sim. — Se serviu de mais café.

— Obrigado.

Eu já estava me preparando para sair aliviado da cozinha.

— Você vai fazer o que do outro lado da cidade? — Minha mãe veio da área de serviço.

Fui muito idiota por não ter olhado lá. Eu sabia que meu pai não faria perguntas, mas com certeza ela iria querer saber de todos os detalhes. E eu não estava disposto a revelar sobre a minha tarde com Anita.

— Só vou no parque. — Tentei ser evasivo.

Claro que não funcionou.

Ela franziu o cenho, me analisando com atenção.

— Vai fazer o que lá? Quem vai? Por que ir tão longe?

— Mãe, é só um parque.

— Ó lá, tá se esquivando. — Apontou para mim e olhou para o meu pai. — Ele tá mentindo. Por isso falo que você precisa ser mais duro. Esse moleque sabe que você é mole e se aproveita disso.

— Deixa o menino. — Meu pai terminou de beber o café, se preparando para cozinhar. — O que ele pode fazer num parque? E tem coisas que ele não precisa contar se não quiser. Privacidade, lembra? E a gente precisa confiar nele.

Boa, pai!

— Pode até ser, mas mesmo assim quero saber com quem ele vai se encontrar.

Se eu mencionasse Anita, minha mãe ia ficar em cima dela. Pronto para enrolar de novo, outra voz não me deixou ter um minuto de paz.

— Felipe tem um date? — Milena entrou na cozinha acompanhada de Valentina, que tinha dormido em casa, e apertou minha bochecha. — Um encontrinho? — Subiu e desceu as sobrancelhas várias vezes enquanto se sentava à mesa.

— Sabe que nem pensei nessa possibilidade? — Minha mãe disse. — Mas agora que você falou... Deve ser isso mesmo.

— Lógico, mãe. Olha a cara de apaixonado dele. Você não percebeu? Ontem já vi os coraçõezinhos em volta do cabeção. — Riu como se fosse a coisa mais engraçada do mundo.

— Ei! Vamos parar com isso? Não tem nada a ver.

Milena continuou rindo depois de um alto e sonoro "aham!". Acreditei ingenuamente que o assunto fosse morrer ali.

— Te falei da mentira que a Lorena contou pra tirar ele de casa? — Minha mãe se acomodou à mesa, junto de Milena e Valentina. Minha irmã confirmou. — Fiquei tão nervosa que nem pensei direito. Devia ter mandado a menina fazer o teste aqui em casa. Mas agora já sei. Não vou cair de novo nessa.

— Então o date é com a Lorena, irmãozinho? — Milena piscou com malícia.

Fiz que não, e minha mãe apontou o dedo de forma ameaçadora.

— Tô de olho em você, hein! Cansei de te falar sobre gravidez e ISTs.

Meu rosto esquentou.

— Você que me apareça aqui com qualquer uma dessas coisas pra ver só.

— Mãe! Dá pra não falar disso agora?

— Vou falar quando achar que devo falar. — Cruzou as pernas, numa pose desafiadora. — Quanto mais tabu em volta do sexo, pior é. Então você tome cuidado. Se for fazer, se proteja.

Sem ter para onde correr, só assenti. Felizmente o papo acabou. Minha mãe puxou um assunto aleatório com Valentina, e pude me sentar à mesa para comer com tranquilidade.

Assim que me acomodei, Milena jogou uma bolinha de guardanapo em mim.

— Quem tá fazendo o seu coraçãozinho bater mais rápido?

— Não te interessa. — Joguei a bolinha de volta.

— Ahá! Então quer dizer que existe alguém. É menino ou menina? Ou uma pessoa não binária?

— Cala a boca, Milena. Me deixa.

— Ih, ficou bravinho.

Dando risada, ela se esticou para apertar de novo a minha bochecha. Tirei a mão dela. Minha irmã só foi parar de rir quando Valentina pediu que ela me deixasse em paz. Milena revirou os olhos, mas acatou o pedido. Sorri, agradecido. O plano de ser um cunhado bonzinho já estava dando frutos.

Almoçamos todos juntos, sem mais confusão ou pitacos na minha vida. Meus amigos ainda me xingavam no grupo, mas ignorei as mensagens para ver a de Anita, confirmando o horário do encontro.

Meu pai me levou ao Parque da Cidade, e no caminho recebi outra mensagem de Anita dizendo que já estava lá. Comecei a suar frio. Ia mesmo acontecer!

Logo que o carro parou na entrada do parque, desci apressadamente, com receio de que meu pai acabasse vendo Anita. Me apoiei na janela para agradecer.

— Depois me avisa que venho te buscar. Juízo, hein?

Assenti e me afastei para o carro sair. Respirei fundo e me virei para a guarita e a cobertura da entrada. Eu torcia para Anita estar por perto, senão ia demorar uma vida para encontrá-la no parque enorme. Andei decidido, o celular aberto na nossa conversa. Onde ela estava?

aqui

Parei de andar e olhei para as pessoas em volta.

— Psiu!

Me virei para trás. Lá estava ela, escorada na guarita para o lado de dentro do parque. Usava calça preta justa e moletom cinza aberto na frente, revelando uma blusa rosa. O fone de ouvido estava em uma orelha; o outro lado pendurado. Em uma mão levava uma sacola grande; na outra, uma caixinha de Mupy, o canudo entre os lábios.

Ela se aproximou. Sorriu e me ofereceu o suco. Era de maçã.

— O meu preferido — comentei antes de dar um gole.

— Que bom, porque trouxe mais.

Pegou outra caixinha na sacola. Me estiquei para olhar.

— O que você tem aí?

— Uma toalha e comida. Achei que ia ser legal se a gente fizesse um piquenique.

Putz. Eu estava de mãos abanando, e foi como se Anita tivesse lido meus pensamentos.

— Eu que te convidei. Então quis cuidar de todos os detalhes. — Encolheu os ombros.

Eu a achava muito fofa envergonhada desse jeito. Toquei seu rosto com carinho e sorri para agradecer.

— Depois a gente vai tomar um sorvete. Eu pago.

Ela concordou, e começamos a andar pelo caminho de terra e pequenas pedras, passando por alguns carrinhos de comida e bebida. O silêncio me deixou desconfortável, então perguntei da irmã dela. Anita contou que Priscila e mais duas amigas vinham ao parque com frequência para gravar uns vídeos. Ela não tinha interesse em saber detalhes.

— Sempre gravam lá perto do lago. — Apontou para o lugar. — Elas ficam mais rindo do que qualquer coisa, na verdade.

Isso me fez rir. Ela ficou confusa.

— Você parece ter uns cinquenta anos quando fala assim. Só faltou dizer "esses jovens de hoje em dia…".

Anita franziu a testa e abriu levemente a boca. Por fim soltou um arzinho pelo nariz, sorriu e beliscou minha barriga. Ri ainda mais.

Seguimos andando por pessoas e árvores. Por ser um dia frio, mas de sol, muitas toalhas estavam esticadas sobre a grama por toda parte. Havia crianças correndo e andando de bicicleta, casais deitados, outros praticando atividade física, grupos sentados em círculo, e muita comida.

Anita comentou que ficava do outro lado toda vez que vinha sozinha. Era mais silencioso, mas vez ou outra passava gente. Então sugeriu que fôssemos para a sombra num extenso gramado à esquerda.

Enquanto a gente andava, comentei só para fazer graça:

— Então quer dizer que você quer ficar sozinha comigo, é?

— Óbvio. — Ela nem corou. — Não quero que fiquem prestando atenção na gente.

— Olha só, cheia de segundas intenções.

Ela riu, me empurrando. Era tão gostoso ouvir essa risada. Fiquei extremamente feliz. Eu ainda me surpreendia com seus gestos. Estava mais acostumado com a Anita séria.

A gente nunca ia ficar completamente a sós, mas havia um local na sombra longe o bastante. Anita estendeu a toalha vermelha, tirou os tênis e se ajoelhou sobre ela com a sacola. Também tirei meus tênis e me sentei perto dela, observando com atenção como Anita mexia nos potes.

Sua tranquilidade me hipnotizou. Ter Anita toda para mim fez com que eu me sentisse importante. Eu não sabia muito sobre ela além do que descobri na escola e por mensagem. A meta seria a gente se conhecer o máximo possível naquela tarde.

Anita me pegou a admirando. Desviei o olhar para seu celular, enrolado no fone de ouvido. Nada melhor do que começar descobrindo o que ela estava ouvindo.

Anita desenrolou o fone e pôs um na minha orelha.

— Jão. Conhece?

— Já ouvi falar.

— Tem uma música que me lembra você. — Digitou na busca do Spotify. — Quer ouvir?

Fiz que sim. Então quer dizer que ela pensava em mim quando ouvia uma música?

A música começou a tocar, e Anita me olhava com expectativa. No verso "Eu gosto de você, tchau", falado por uma criança, senti uma fisgada no estômago. Será que era uma declaração?

Aí a letra tomou um rumo diferente, e fiquei sério. Anita, com o outro fone no ouvido, sorriu.

— Você tá dizendo que gosta de mim ou me xingando de imaturo?

— Os dois. — Deu um sorriso largo.

— Ah, é? — Puxei o fone da orelha. — Vou mostrar como sou imaturo.

Anita ria alto e sem parar, porque fiz cócegas nela. Caiu para trás, na toalha, ainda gargalhando. Me deitei ao lado dela, sorrindo. Nos encaramos até ela parar de rir. Toquei seu rosto, acariciando a pele devagar. Eu era sortudo demais.

— Eu também gosto de você.

Anita ergueu um pouco a cabeça e virou o corpo todo na minha direção. Seus cabelos soltos me atingiram no rosto antes que seus lábios encostassem nos meus. Afundei os dedos nos fios macios enquanto o beijo ganhava intensidade.

De repente deu um calor!

Quando a gente se afastou, me sentei para tirar a blusa de frio. Anita fez o mesmo, e um olhou para o outro em silêncio, mas os sorrisos revelavam tudo.

Partimos para a comida. Anita ia indicando os potes com bolo, pão, bolachinhas e pedaços de fruta. Havia uma garrafa de água e mais caixinhas de Mupy de maçã.

Sentados frente a frente, comemos devagar. Aproveitei para pedir que ela me contasse mais de si. E ela quis saber de mim também. Anita começou revelando que tinha nascido em Florianópolis, como toda a sua família materna, e vindo para São José dos Campos aos cinco anos. Eu tinha nascido e crescido aqui, sem grandes novidades.

Perguntei por que se mudaram. A família do pai dela era daqui, e também por causa do emprego dele.

— Meu pai queria voltar pra cá. — Encolheu os ombros. — Minha mãe nunca gostou muito, mas se adaptou. Quando eles se separaram, ela pretendia voltar pra Florianópolis, mas não conseguiu a transferência do emprego.

— Não sabia que seus pais eram separados.

— É recente, aconteceu um pouco antes da pandemia. A gente se mudou para o apartamento e meus pais venderam a casa. Tudo isso semanas antes de começar a quarentena.

Havia ressentimento quanto à relação dos pais. Por isso mudei de assunto, depois de dizer que meus pais nunca se separaram. E a gente nunca tinha mudado de casa.

Perguntei sobre sua antiga escola para melhorar o clima, mas só lembrei depois que era um assunto sensível.

— Não precisa falar sobre isso. É delicado, né?

— Tudo bem. — Ela manteve os olhos baixos. — Mudei de escola porque perdi todos os meus amigos, meu ex-namorado foi um babaca comigo e todo mundo ficou do lado dele. — Suspirou e voltou a se deitar sobre a toalha, observando o céu. — Basicamente isso.

Ela se manteve distante. Respirava com pesar, com certeza repassando tudo o que tinha acontecido. Me deitei ao lado dela. Então era por isso que Anita vivia sozinha e não se abria.

O silêncio foi quebrado pelas pessoas no parque. Risadas, gritinhos de crianças, conversas.

Toquei seu pulso. Caminhei com os dedos pelo seu braço. Dei um beijo no ombro exposto pela blusa. Depois a beijei devagar no pescoço, e ela se retraiu. Fui subindo, os lábios na pele dela. Cheguei atrás da orelha, e Anita riu toda arrepiada. O caminho terminou na boca.

Não mencionamos mais a antiga escola e os motivos que a fizeram sair de lá. Era algo sério que ainda a machucava. Fiquei curioso, claro, ainda mais por causa do tal cara. Mas me contive. Se um dia ela quisesse contar, eu estaria disposto a ouvir.

O vestibular foi a próxima pauta. Contei que prestaria história em todas as universidades públicas do estado. Mas queria mesmo ir para a USP ou Unifesp. Ela disse que prestaria música: Unesp, UFRGS e UFPR.

150

— Eu quero passar na Unesp. O campus é em São Paulo. Mais perto daqui.

— É bem capaz de a gente ir pra lá, hein? Você na Unesp e eu na USP.

— Seria legal.

Anita levantou a cabeça do meu ombro para encostar o nariz na minha bochecha. E ficamos desse jeito. Com o nariz ainda em mim, ela fez carinho no outro lado do rosto. Fechei os olhos, curtindo o momento, seu calor, sua respiração profunda. Imaginei a gente indo para a mesma cidade. Se tudo desse certo, estudaríamos perto. Será que o nosso rolo duraria tanto?

Depois de recolher as coisas no fim da tarde, fui comprar os sorvetes que prometi. Andando pelo parque, tomamos as casquinhas e continuamos conversando.

— Você contou pra alguém da gente? — sentada em um banco, ela falou devagar.

— Não. Fiquei meio sem saber como fazer isso. Eu deveria ter feito isso? Depois de tudo que aconteceu entre a gente, achei que meus amigos iam estranhar. Na verdade, ando fugindo deles. Mas por quê?

— Porque também não contei. Não que eu tenha muita gente pra quem contar, mas minha irmã tá desconfiada e o Kevin também anda me cercando.

— Putz! — Cobri os olhos, fazendo graça. — Esqueci que você é amiga do Kevin. Como pode?

— E você que é amigo do Cadu? — Arqueou a sobrancelha e cruzou os braços.

Apontei o dedo para ela, tentando elaborar uma boa desculpa. Por fim, dei de ombros.

— Você me pegou.

— O Kevin não é ruim assim...

— Como não? Ele me persegue desde sempre. Esse ano tá mais insuportável.

— Ele tem inveja de você. E eu ando percebendo algumas coisas.

— Tipo o quê? — Me aproximei mais dela.

— A boa relação com seus pais incomoda ele. Os pais dele são bem ausentes. Deve ser por isso que espalhou pra escola toda que você ia ser protegido. Acredito que ele quisesse abalar sua dinâmica familiar. Também acho que ele sempre gostou da Lorena e tem ciúmes de você com ela. E ainda tem o Rodrigo. Kevin fica inconformado que vocês ficam do lado do Rodrigo. Deve ter inveja disso também, porque ninguém o defenderia assim.

Fiquei boquiaberto.

— Lógico que não aprovo o comportamento dele. E tem o Murilo incentivando tudo. Mas quando o Kevin tá só comigo, a gente conversa bastante, e ele se abre. Aí entendo algumas coisas que ele faz. É carente e se faz de forte. Quando alguém olha pra ele de verdade, o Kevin se transforma em outra pessoa. É bem diferente do cara que você conhece.

— Por essa eu não esperava... — Me recostei no banco e contemplei a vista.

Quis entender o que acontecia na vida dele que o fazia ser um completo idiota.

— Mas então. — Anita me tirou dos devaneios. — Você vai contar para os seus amigos da gente?

— Não sei. Você quer que eu conte?

— Na verdade... não. — Me tocou no queixo, encostando os lábios suavemente nos meus. — Não que eu queira manter segredo, mas tenho medo de que tudo dê errado.

— Por que esse medo? O que pode dar errado?

— Não sei. Acho que tô traumatizada. Enfim... — Limpou a garganta. — Só queria te pedir mais tempo antes de contar, tá? Não tô te escondendo nem nada do tipo, só...

— Entendi. Mas isso quer dizer que você pretende ficar bastante tempo comigo?

Anita corou um pouco, e aproveitei para beijá-la. Como ela era linda envergonhada.

— Porque eu pretendo ficar muito tempo com você — sussurrei no seu ouvido.

O beijo foi interrompido pelo celular dela. Anita atendeu a mãe, que já estava no estacionamento do parque. Assim que desligou, ela se levantou num pulo. Disse que não queria que a irmã nos visse e me deu um tchau sem graça.

— Isso é jeito de se despedir de mim?

O ar brincalhão de bronca a fez sorrir e relaxar os ombros. Passei o braço pela sua cintura e a beijei com vontade, quase a erguendo do chão. Pude sentir seu coração batendo acelerado. Quando a soltei, acariciei sua bochecha.

— Agora sim.

Ela me beliscou na cintura e me beijou de novo. Ainda olhou para trás e acenou. Satisfeito com a tarde, vi Anita ir embora.

Aí, como se eu revelasse para mim mesmo, tive certeza de que estava apaixonado.

Perdidamente apaixonado.

Vinte e cinco

a minha irmã viu a gente junto!

ai que ódioooooo

ela tá insuportável agora

só fala disso

socorro!

Já era noite quando vi a mensagem de Anita. Achei graça por ela ter deixado de lado a formalidade.

e agora?

tá falando o que de mim?

você já é convencido o suficiente, não precisa saber

Ri alto sozinho no quarto.

> como você é chata...

já ouvi muito isso da Priscila hoje

ela fica me fazendo pergunta

e eu ignorando

mas ela tá encantada com a gente, os olhos até brilham

acredita que viu a gente se beijar?

ainda tô com muita vergonha disso

Sorri lembrando do beijo e da tarde que passamos juntos. Deitado na cama, perguntei o que ela ia fazer com a irmã. Deixei claro que não ajudaria a esconder o corpo.

seu bobo

ela não vai contar pra ninguém

só vai ser difícil aguentar ela no meu pé

> boa sorte então

> se precisar de ajuda, é só me falar

Conversamos mais um pouco, o suficiente para eu dormir com um sorriso.

No dia seguinte, cumpri a promessa e fui encontrar os meus amigos. Estava nublado, mais frio do que o dia anterior, e desci do carro do meu pai arrependido de ter posto o pé para fora de casa.

Fui o último a chegar, o pessoal estava me esperando na entrada do shopping Jardim Oriente. Foi só me ver que Lorena cruzou os braços para me analisar de cima a baixo. Nem esperou um oi, já foi perguntando onde eu tinha me enfiado no dia anterior.

Disse que tive um lance de família, o que não convenceu ninguém. Entramos no shopping com eles fazendo suposições no meu ouvido.

— Será que ele tá ficando com a Amanda? — João jogou na roda.

— Lógico que não. — Lorena negou veementemente com a cabeça. — Eu já ia estar sabendo. E a Amanda não fica sério com ninguém, nem com o bonitão mentiroso aí. É outra pessoa.

— Fala logo, Felipe. — Cadu me cutucou. — Tô curioso.

— Ele não vai falar. — Rodrigo passou o braço pelos ombros de Lorena. — Se tá tão empenhado em esconder, deve ser coisa errada.

— Ei! Vamos mudar de assunto? — falei alto. — Não tô ficando com ninguém. Já disse mil vezes.

— E a gente não acredita. — Lorena me analisou atentamente. — Você tá mudado, Felipe. A cabeça nas nuvens, sorrisinhos pro celular. Sei bem o que isso significa.

Só dei de ombros, torcendo para que a feira geek nos distraísse.

Quando meus amigos esqueceram o assunto, pude suspirar aliviado. Se eu quisesse que a nossa relação continuasse só entre mim e Anita, teria que prestar mais atenção nas minhas atitudes perto deles.

Com o objetivo de esconder qualquer vestígio de estar apaixonado, fiquei atento aos meus passos na escola. Não procurei Anita nem mandei mensagem nas aulas nem nos intervalos. Ela estava ciente do plano. Fingimos que o outro não existia.

Um dia, ao sair da escola, na confusão de alunos na calçada e carros no meio-fio, vi Priscila de longe. Ela estava no portão enquanto eu me aproximava com a galera. Nem tive tempo de pensar no que poderia fazer. Ela abriu um sorriso enorme. Os olhos se arregalaram, praticamente brilhando de empolgação.

Segundo Anita, Priscila estava encantada com a gente. Só não imaginei que fosse tanto, a ponto de ela gritar meu nome e acenar.

Senti o olhar dos meus amigos, o desespero se espalhando pelo meu corpo. Engoli em seco e sorri sem graça para acenar de volta. Priscila agiu como se estivesse se segurando para não apertar um animal fofinho.

Felizmente Anita apareceu. Nossos olhos se encontraram, e os dela diziam "desculpa pela minha irmã sem noção". Eu queria avisar que estava tudo bem.

Quando interrompemos o contato visual, Anita pegou a irmã pelo cotovelo e a levou de lá.

— O que foi isso? — João disse.

— Sei lá. — Dei de ombros.

— Felipe. — Lorena me puxou pela alça da mochila e quase encostou o rosto no meu. — Você não tá ficando com a irmã da Anita, né?

— Claro que não, Lorena. — Tirei a mão dela de mim. — Que ideia!

— Acho bom mesmo. Porque ela é uma criança.

— Disse a adulta — Cadu riu, mas logo se calou ao virar o alvo do olhar raivoso de Lorena.

— Melhor a gente ir. — Rodrigo pegou Lorena pela mão.

Enquanto eles se afastavam de mãos dadas, reparei em Kevin. Ele estava mais à frente na calçada, ao lado de uma árvore, observando o casal. Indiquei Kevin a João e Cadu.

— Acho que ele gosta da Lorena — murmurei.

Ficamos observando o que Kevin faria. Quando Rodrigo e Lorena foram embora, ele tomou o caminho contrário.

— Se for verdade, Kevin deve estar ainda mais bravo.

Concordei com João, sem ideia de como eu reagiria caso Kevin resolvesse atacar Rodrigo. Depois de tudo que Anita tinha me contado, confesso que fiquei com pena. Mas nada seria desculpa para que ele tratasse mal as pessoas, principalmente os meus amigos.

★ ★ ★

Como as férias estavam chegando, não teve aula de reforço. Acabei não vendo Anita. Conversamos todos os dias por mensagem, mas nada diminuía a vontade de estar com ela. Eu já estava ficando agoniado.

Pensei em chamar Anita para sair na sexta, porém João inventou de jogar videogame. Ai de mim se furasse de novo. Pelo menos teria a festa junina da escola no sábado. Não era o lugar ideal para ficar com Anita, mas já seria alguma coisa. Então acordei animado.

Tanto o pátio quanto a quadra estavam decorados com bandeirinhas coloridas. As barracas foram enfileiradas perto da quadra. Havia cartazes e tabelas de preços.

O pessoal estava no maior clima, principalmente o terceiro ano. Cada turma ficaria responsável por uma barraca, e o dinheiro arrecadado seria investido na formatura.

Na companhia dos meus pais, cheguei um pouco antes das duas da tarde. Vestido com camisa xadrez laranja, calça jeans e chapéu de palha, fui ver como as coisas estavam na barraca da minha turma, de bolinho caipira. Eles terminavam de ajeitar a decoração. Levantei os dois polegares para responder que estava ótimo.

A barraca ao lado, do 3º A, era de pastel. Aí Anita se aproximou. Com camisa xadrez vermelha, saia preta, coturno e meia-calça, estava acompanhada de Priscila e de uma mulher branca, de cabelos castanhos e ondulados, poucos centímetros mais baixa do que ela. Soube que era a mãe delas quando Priscila a chamou.

Enquanto as duas se afastavam de Anita, eu fingi que analisava a tabela de preços da minha barraca. Me virei para Anita, que estava apoiada na lateral da barraca e conversando com uma colega.

Fiquei morrendo de vontade de me aproximar, mas respeitei o combinado. Quando se virou para mim, balançou o cabelo preso em marias-chiquinhas. Seu sorriso me fez sorrir também, e ela pegou o celular. Entendi o recado.

> quer aproveitar que não tem muita gente
> e me dar uns beijos?

Contive o riso com a mão. Olhei para ela de soslaio. Anita também segurava uma risadinha.

> lógico que quero

> então vem

Guardei o celular no bolso e a segui de longe. Anita passou pelo pátio, rumo às salas de aula do térreo, que ficariam fechadas durante a festa justamente para impedir que o pessoal fizesse o que a gente pretendia fazer.

Ela foi para o outro lado da escola, onde estudavam os alunos do fundamental. Havia uma ligação entre os dois prédios, um caminho com alguns bancos e um jardim.

Assim que Anita sumiu do meu campo de visão, tratei de me apressar. Aí senti a mão dela no meu braço. Anita me puxou para a parede, nos escondendo de quem pudesse aparecer.

O beijo foi intenso e cheio de saudade. E teria sido mais gostoso se a gente não tivesse sido interrompido por vozes. Demos a volta correndo no prédio do ensino médio, aos risos e de mãos dadas, e só paramos quando já dava para ver a quadra e as barracas.

Foi minha vez de puxar Anita. Nos beijamos contra a parede.

Era como se o universo estivesse conspirando contra a gente. Passos se aproximavam. Fui para um lado, e ela, para o outro. O coração acelerado, assim como a respiração, mas com uma tremenda felicidade no peito. Fiquei sorrindo sozinho.

— Felipe!

Lorena se aproximou com uma folha na mão e ficou me encarando calada. Me afastei quando passou a mão na minha boca e perguntei o que ela estava fazendo. Lorena mostrou os dedos sujos de batom vermelho.

— Vai continuar mentindo que não tá ficando com ninguém? — Quase afundou os dedos na minha cara.

Sem graça, passei as costas da mão nos lábios, torcendo para tirar qualquer vestígio. Lorena cruzava os braços, batendo incessantemente o pé no chão.

— Vai ser fiscal de beijo agora?

Ela fechou a cara.

— Só quero saber por que você tá escondendo isso. Deve ser menina, né? Quem é?

— É só uns beijos, Lorena. Me deixa. O que você queria comigo? — Peguei a folha da sua mão, com a relação de barracas e as turmas responsáveis.

Claramente contrariada, Lorena demorou para responder. Deu um longo suspiro e tomou a folha de volta, indicando a barraca de pastel.

— O 3º A contabilizou cada pastel. A festa mal começou e eles já venderam bastante. Estão lá se achando e enchendo o saco. Vem ver.

Não gostei disso. Fui ver com os meus próprios olhos a fila de clientes da barraca de pastel e alguns alunos tirando sarro da gente. Lógico que Kevin estava botando lenha na fogueira.

— Qual é o problema deles? — Me virei para Lorena.

— Coisa do Kevin.

— Ele só quer chamar atenção.

— E tá dando certo. — A fila aumentava cada vez mais.

Respirei fundo para não cair na armadilha. Eu tinha que ficar na minha, sem que a competitividade me cegasse.

— Ei, Felipe! — Kevin acenou com um largo sorriso. — Sua turma vai mesmo perder pra minha de novo?

— E quando foi que a sua ganhou alguma coisa? — Cheguei mais perto.

— A gente sempre ganha. Você que nunca percebeu. Somos a turma A por um motivo, né?

Aquele riso me irritou. Kevin sabia que as letras das turmas A, B e C não significavam nada. Mesmo assim, me senti ofendido.

Entrei na barraca da minha turma, ignorando a escala de trabalho, e pus uma máscara descartável e um avental. Apontei para o primeiro casal que se aproximava da barraca de pastel.

— Vocês sabiam que o bolinho caipira só existe aqui na região? É uma iguaria do Vale do Paraíba. Se eu fosse vocês, já comprava uns cinco. Não é todo dia que a gente tem essa oportunidade, não é mesmo? Festa junina é sinônimo de bolinho caipira.

Eles sorriram, convencidos pelo meu improviso de vendedor. Em vez de comprarem pastel, foram de bolinho. Um colega os servia, e eu pisquei para Kevin. Ele não gostou nem um pouco.

As duas turmas se deixaram contagiar pela disputa. De um lado, o 3º A oferecia os vários tipos de pastel. Do outro, a gente enfatizava como o bolinho caipira era uma marca da cidade e merecia ser saboreado.

Passei a hora seguinte trabalhando como nunca na vida. Parei para beber um pouco de água, pensando em sair da barraca e esquecer um pouco a competição, até avistar Anita tomando seu posto. Ela pôs uma máscara parecida com a minha e vestiu um avental.

— Pronto pra perder pra mim?

Sem acreditar que ela ia entrar nisso, ajeitei a máscara sobre o nariz e me inclinei na direção dela.

— Você que vai perder pra mim.

Ela arqueou a sobrancelha e se virou para o pessoal da sua turma.

— Alguém marca aí quantos pastéis vou vender. Quero só ver uma coisa. — O recado estava dado.

Pedi que marcassem as minhas vendas também, igualmente empolgado e indignado. Alguém do 3º A ainda gritou que o certo seria contabilizar por cliente, e não por unidade, já que o bolinho era mais barato que o pastel e geralmente vendido em maior quantidade. Aceitei. Aí voltei a abordar o pessoal. Anita fazia a mesma coisa.

A cada ponto na minha conta, eu piscava para ela. Sem se deixar abalar, Anita se empenhava ainda mais, sempre fazendo um "psiu" para mim quando vendia mais pastel.

Parei de dar importância para o placar. Eu estava me divertindo mais com Anita do que qualquer outra coisa. Essa disputa declarada aos olhos de todos tinha um toque especial por causa do nosso envolvimento secreto.

Passei a gostar mais do segredo. A gente podia brincar de se odiar à vontade.

— Você acha que vai ganhar de mim? — Cheguei na lateral da barraca. — Tá muito enganada.

— Não vou ganhar de você. — O ar implacável dela, com braços cruzados e sobrancelha erguida. — Eu *estou* ganhando de você.

— Vamos ver então.

— É, vamos ver.

Os olhares pesavam em nós, e voltei a vender sendo queimado por dentro pela vontade de rir. A nossa atuação era digna de um Oscar.

Quando o turno de Anita terminou, decidi que era hora de descansar. Antes de deixar a barraca, ela fez questão de balançar seu papel no alto. Tratei de pegar o meu.

Com uma plateia dentro das duas barracas, nos debruçamos nas laterais para contar até três e mostrar os resultados. Tinha tanta gente que nem consegui ver os números direito.

— A Anita ganhou!

Palmas e assobios vieram da turma dela. Anita ergueu um pastel como se fosse um troféu e mordeu, dando uma piscadinha. Precisei conter o sorriso. Dei as costas, fingindo indignação, mas na verdade queria muito beijar Anita.

— Vai descansar, Felipe. — Rodrigo me enxotava da barraca enquanto vestia um avental e uma máscara. — Cadu e eu vamos ficar no seu lugar.

Com muita fome, peguei uns bolinhos. Lorena e João estavam me esperando. Comentaram que a disputa aumentou as vendas.

— Suas brigas com a Anita chamam mais atenção do que as brigas com o Kevin. — Lorena comentou. — O pessoal gosta de ver gente que se odeia.

Concordei, enfiando na boca um bolinho quase inteiro.

Amanda logo se aproximou da gente. De saia rodada cheia de babados, maria-chiquinha e cesta no braço, ela tinha um cartão vermelho entre os dedos.

— Quem será que vai receber correio elegante, hein? — Fez mistério com o cartão.

Depois de criar expectativa, ela o entregou para João. Me estiquei para ler o remetente, mas ele deu um passo para trás.

— Privacidade, cara. — E se afastou um pouco mais da gente.

— Tem um número de celular ali — Amanda comentou baixo, só para Lorena e para mim.

Balancei a cabeça. Lógico que Amanda seria a responsável pelo correio elegante para ler cada um deles.

João começou a digitar no celular. Nós três trocamos olhares de suspeita. Quando meu amigo disse "vou ali e já volto", demos risada. Aí eu tive uma ideia.

Inventei que ia ao banheiro e observei as meninas de longe. Lorena ficou na barraca e Amanda foi para outra direção, com a cesta cheia de cartões. Corri até ela.

— Se eu mandar um correio elegante, você vai bisbilhotar?

— Claro. — Aquele sorriso sapeca. — Mas se não quiser que eu leia, pode me pagar a mais pra isso.

— Nossa, Amanda. Você é muito pilantra.

— Sou esperta, Felipe. Informação é poder. — Deu de ombros. — E é sempre bom saber o que as pessoas estão aprontando por aí.

Fiquei indignado. Ela me olhou de cima a baixo.

— E aí, vai mandar ou não?

— Vou… — Peguei as fichas extras. — Você tá me extorquindo.

— Pensa que você tá investindo no seu segredo. — Piscou, toda engraçadinha, e estendeu um cartão e uma caneta.

Olhei feio antes de escrever no cartão. Eu poderia só mandar uma mensagem para Anita e me poupar da exposição. Mas quis registrar um recado legal em um papel bonito. Eu era um romântico, fazer o quê?

Só você para me deixar feliz até quando eu perco.
Gosto muito de você.

Assinei, fechei o cartão e escrevi o nome dela. Os olhos de Amanda até brilharam.

— Olha só o tamanho dessa fofoca. — Quando ela pegou o cartão, ainda o segurei, tirando sua atenção do nome de Anita.

— Não pode ler.

— Fica tranquilo. — Puxou o cartão com força. — Confia.

Seu sorriso não passou credibilidade. Sem alternativa, fiquei vendo Amanda se afastar. E peguei o celular.

> quando a Amanda te entregar um negócio, me encontra atrás do ponto de ônibus da calçada da escola, naquela ruazinha

Anita perguntou o que era. Só falei que era segredo. Cumprimentei o porteiro na entrada da escola e andei pela calçada.

Atrás do ponto de ônibus havia um estreito caminho para pedestres, que cortava várias ruas. Com grama nas laterais do chão asfaltado, árvores de um lado e um banco do outro. Me sentei para aguardar. Poucos minutos depois, avistei Anita. Ela correu os últimos metros que nos separavam, com o cartão na mão.

Sentou no meu colo, passou os braços pelo meu pescoço e me deu um beijão, despertando várias emoções. Eu a segurei com força pela cintura, com vontade de que o momento se prolongasse por muito tempo.

Anita ainda me beijou na bochecha várias vezes, intercalando com selinhos, enquanto agradecia o presente.

— Se eu te der mais presentes, você sempre vai agradecer assim? — Arqueei as sobrancelhas.

— Quem sabe... — Ela me beliscou. E me beijou a última vez antes de sair do meu colo.

Anita analisava o cartão, alisando com os dedos. E abriu um largo sorriso.

— Foi muito fofo da sua parte. Obrigada. — Tirou o chapéu de palha da minha cabeça para fazer carinho no meu cabelo. — Isso me pegou de surpresa.

— Um presente pela sua vitória e pra lembrar que gosto de você.

Passei o braço pelos seus ombros. Alisei a minha letra eternizada dizendo que gostava dela.

Nossa, como eu era emocionado. Deu vontade de rir de mim mesmo, mas me contive por causa do olhar sério dela.

— Vou passar as férias na casa dos meus avós, em Florianópolis — ela disse de uma vez. — Fiquei sabendo esses dias. Queria ficar aqui com você... — Segurou minha mão, apertando os dedos. — Mas não vai dar.

Eu não soube o que dizer. Nem pensei em como passaria as férias. Queria dar um jeito de encontrar Anita o máximo possível, mas agora...

Respirei fundo e a segurei pelo queixo. Encostei suavemente os lábios nos dela.

— Ainda bem que existe chamada de vídeo.

Ela sorriu, fazendo que sim.

Me agarrei à ideia de que a distância duraria apenas um mês. Passa rápido. Pelo menos a gente poderia se falar todos os dias.

E o reencontro seria um bom momento para oficializar o nosso rolo.

Eu queria muito que Anita fosse minha namorada.

Vinte e seis

Anita viajaria no sábado, dia 1º de julho. Ao fim do último dia de aula, na sexta, desviei do caminho de casa e fui para a avenida Cidade Jardim, na outra extremidade do quarteirão da escola. A gente tinha combinado de se encontrar numa lanchonete. Foram poucos minutos de espera para que Anita aparecesse na companhia da irmã.

Priscila vinha com um sorriso de orelha a orelha, feito uma criança recebendo um presente enorme do Papai Noel. Eu a cumprimentei com um beijo no rosto, e ela só faltou dar pulinhos de alegria.

— Aqui. — Anita entregou dinheiro. — Vai comprar açaí pra gente. — E deu um empurrãozinho nela.

Priscila obedeceu, não sem antes acenar para mim.

— Acho que tenho uma fã.

— Ela com certeza virou sua fã. — Anita revirou os olhos e puxou uma cadeira para se sentar ao meu lado. — Vive falando de você.

— E você não vai me dizer o que ela fala de mim? — Acariciei seu rosto, pondo uma mecha do seu cabelo atrás da orelha. — Prometo que não vou ficar mais convencido do que já sou.

— Não. Você vai ficar insuportável. — Fez carinho no meu queixo. — O importante é o que eu acho de você.

— E o que você acha de mim? — Aproximei a boca da dela sem a beijar, só sentindo sua respiração nos meus lábios e o seu nariz relar no meu.

— Que você precisa parar de falar e me beijar logo. Vou ficar um mês inteiro sem isso.

Sorri, acatando o pedido. O jeito mandão dela, que me irritava tanto, agora era motivo de graça.

Se eu pudesse, passaria as férias todas grudado nela. Até contaria para os meus amigos se Anita permitisse. Infelizmente, nada disso seria realidade por enquanto.

Para amenizar o clima, só me preocupei com a sua presença, seu sorriso, seus beijos. Afinal, o nosso tempo era curto.

Quando Priscila voltou com os copos de açaí, se acomodou do outro lado da mesa e entregou o meu toda sorridente.

— A Anita é caidinha por você desde o primeiro dia de aula.

— Priscila! — Anita a repreendeu, e ela encolheu os ombros, achando graça.

— Desde o primeiro dia? — Me virei para Anita, que negava com a cabeça. Então olhei para Priscila. — Me conta isso direito.

— É mentira. — Anita jogou um guardanapo amassado na irmã. — Ela fica inventando coisa.

— É mentira que você falou que viu o Felipe no primeiro dia e achou ele bonito?

Pela reação de Anita, com certeza era verdade. Então comecei a rir.

— Mas achar bonito é diferente de estar caidinha.

— Você ficava nervosa perto dele, Anita. — Priscila provocava. — Te conheço muito bem.

— Tá bom! — Anita falou mais alto. — Chega desse assunto. — Deu uma colherada do açaí na boca de Priscila. — Agora quieta, tá?

Segurando o sorriso, Priscila concordou e sugeriu que a gente fosse para a praça do outro lado da avenida. Ela ficou em um banco, tomando açaí de fones de ouvido e concentrada no celular. Anita e eu ficamos em outro, aproveitando o tempo que restava.

Conversamos pouco, focando em trocar carinhos e beijos.

Na hora de ir embora, Anita apertou meus dedos, como se não fosse soltar minha mão.

— Vai dar tudo certo. — Devolvi o aperto, tentando me convencer disso também.

O silêncio não foi incômodo. Continuamos nos encarando, as mãos dadas. Meu coração estava acelerado. Se pudesse fazer algo para que Anita ficasse comigo, eu não hesitaria.

Só saímos do mergulho de olhares quando Priscila comentou como éramos lindos juntos. E me assustei quando ela tirou uma foto nossa.

Anita arregalou os olhos e abriu a boca. Mas antes que ela pudesse repreender a irmã, passei o braço pelos seus ombros, posando para outra foto.

— Só relaxa — murmurei, beijando sua cabeça.

Anita respirou fundo e soltou o ar demoradamente. Aí abraçou a minha cintura e sorriu para a irmã, que literalmente deu pulinhos de alegria.

Tratei de segurar a mão de Anita e a rodei no lugar, fazendo com que ela risse, porque ainda estava tensa. De canto de olho, vi que Priscila continuava os registros. Então beijei Anita, querendo muito aquela foto.

— Ai, que lindo!

O comentário de Priscila me fez rir. Anita tinha as bochechas coradas.

— Tá bom. — Pegou o celular da mão da irmã. — Agora chega.

— Não sei como você aguenta essa chata.

— Acho que gosto da chatice dela.

Anita me beliscou, e Priscila e eu achamos graça.

Sem mais tempo, me despedi delas e observei se afastarem. Permaneci parado enquanto meus olhos puderam acompanhar o trajeto. Aí dei um longo suspiro. Agora era questão de esperar os dias passarem.

— Você tá chorando? Não acredito!

Sentado na minha cama, com o notebook no colo e o celular ao lado, numa chamada de vídeo com Anita, a gente assistia ao último episódio de uma série.

— Foi só um cisco. Pausa aí.

Enquanto Anita ria, esfreguei os olhos, levemente constrangido.

— Desse jeito eu não aguento — ela comentou, chegando perto da câmera. — Você é muito fofo.

Foi minha vez de rir.

— Que culpa tenho se me emociono? Você nem lacrimejou? — Vi Anita segurar o riso ao negar. — Nossa, que coração de gelo.

Rimos mais. Era sexta à noite, e Anita ainda estava em casa. Viajaria no dia seguinte. Eu queria poder ajudar com as malas. Depois a gente ia ver série juntinhos, e não por chamada de vídeo.

Essa era a parte ruim de ninguém saber da gente. Não só pelos amigos, mas também pelas nossas famílias.

Terminamos o episódio e passamos a conversar sobre o que cada um achava que aconteceria na temporada seguinte e tal. Já passava das dez da noite, e Anita ocupava toda a tela do meu celular, quando recebi uma ligação de João. Que estranho. Nem lembrava a última vez que tinham me ligado, ainda mais algum amigo.

Me despedi rapidamente de Anita e atendi preocupado. Ouvi uma respiração acelerada, barulho de vento e de carro.

— Eles descobriram, Felipe. Meus pais descobriram tudo.

A voz soava chorosa e ofegante. Levantei da cama na hora.

— Descobriram o quê?

— Que eu sou gay!

Fiquei chocado. Então as suspeitas de que os pais reagiriam mal ao descobrirem a verdade estavam certas.

— Calma. Onde você tá? Vem aqui pra casa.

— Tô indo. Chego daqui a pouco.

— Tá, vou ficar te esperando.

Saí do quarto tropeçando. Entrei na sala de supetão, procurando meus tênis e chamando a atenção de Milena e Valentina, que assistiam a algum filme na televisão.

Assim que calcei os tênis com pressa, Milena perguntou o que havia acontecido. Mas logo João me chamou no portão. Saí para a garagem correndo, angustiado com o estado que encontraria meu amigo.

João estava com as mãos no bolso da calça de moletom. Tremia apesar da blusa de frio azul. O rosto estava marcado pelas lágrimas.

Abri o portão e o abracei. João me apertou contra si e chorou no meu ombro. Soluçou e repetiu que estava com medo, sem saber o que fazer.

Eu não fazia ideia do que ele tinha enfrentado em casa. E nunca sequer passaria por essa situação. Minha sexualidade jamais seria um problema para os meus pais. Fiquei muito perdido.

Aí agradeci mentalmente pela minha irmã estar em casa. Milena surgiu tocando João no braço. Ela não perguntou nada, só guiou meu amigo para dentro, dizendo que estava muito frio. Nessa hora notei que eu vestia só uma camiseta.

João se acomodou no sofá, os olhos inchados de tanto chorar. Sentei ao lado dele enquanto Milena foi buscar um copo de água. Valentina estava atenta, a fisionomia preocupada.

João bebeu tudo de uma vez e terminou com um longo suspiro. Se recostou melhor no sofá e fechou os olhos, limpando o rosto. Permaneceu assim por alguns segundos. Perguntei o que havia acontecido quando nos olhamos nos olhos.

Ficando cabisbaixo e apertando os dedos, João contou que vinha conversando com um menino da escola desde a festa junina, quando recebeu o correio elegante. Estavam se dando muito bem e planejavam sair no final de semana.

— Eu estava tão feliz, tão despreocupado, que fui tomar banho e deixei o notebook aberto com a conversa na tela. — Afundou o rosto nas mãos. — Minha mãe leu tudo.

Milena, Valentina e eu fizemos careta.

— Quando voltei pro quarto, ela estava em estado de choque. Achei que fosse brigar comigo, sei lá, mas só chorou. Tentei me explicar, mas ela nem me deixou chegar perto. E, quando meu pai apareceu, tudo piorou.

João engoliu em seco. Respirou fundo mais de uma vez, mas não conseguiu controlar o choro. Continuou o relato devagar, com a voz embargada.

— Sempre tentei ser o melhor em tudo, sabe? O melhor aluno, um ótimo filho. Pra compensar quando meus pais ficassem sabendo que sou gay. Eu não queria que fosse agora, desse jeito. E todas as minhas conquistas, quem eu sou... Pareceram sem importância. O olhar do meu pai... A cara que ele fez... Não consegui mais ficar lá.

Ele voltou a chorar copiosamente. Isso me doeu. Milena saiu do lado da namorada e se agachou diante de João. Trocaram um abraço apertado. Os olhos da minha irmã se encheram de lágrimas, porque a dor dele doía nela também.

— Eu queria muito dizer que tudo vai ficar bem, só que não conheço seus pais o suficiente pra isso. — Milena fazia carinho nas costas dele. — Mas você vai ser muito bem acolhido aqui, tá? — Se afastou para secar o rosto dele. — Você não tá sozinho.

João assentiu, também secando o próprio rosto.

— Como foi pra você? — Toda sua atenção estava em Milena. — Como foi contar para os seus pais?

Milena sorriu e o afagou no ombro. Depois segurou sua mão.

— Meus pais são exceção. Minha mãe sabia antes de mim que eu era lésbica. Então nunca precisei contar. Não tive que sair do armário.

— Que sorte. — Ele fungou, esfregando o nariz.

— Sorte mesmo — disse Valentina. — Eu fiquei semanas ensaiando contar para os meus pais. Achei que seria mais tranquilo porque eles sempre tiveram um discurso progressista e essas coisas. Mas quando a filha deles se assumiu lésbica a história mudou um pouco. Meu pai ficou em choque, minha mãe só chorava e passou dias sem falar comigo. Foi horrível. Mas depois melhorou.

— Nem sei o que esperar dos meus pais agora.

— Pensa que pelo menos eles já sabem. — Milena comentou. — A primeira reação não foi muito boa, mas pode não ser assim pra sempre.

— Pode piorar... — João resmungou.

— É... Mas vamos pensar positivo. — Milena deu palmadinhas na perna de João. — Tá com fome? O que acha de pedir comida?

João concordou, assim como Valentina e eu.

— Ótimo. — Milena ficou em pé. — Eu ia pedir um lanche antes, mas o Felipe tava enfiado no quarto falando com o amor da vida dele. Eu não quis atrapalhar.

— Ei! — Joguei uma almofada nela. Milena desviou.

— Você acredita que ele não contou pra ninguém quem é a pessoa? — Mais animado, João até sorriu. — Parece que o negócio tá sério, né?

— Seríssimo. — Milena confirmou. — Hoje ele ficou a tarde inteira grudado no celular. E é uma menina, ouvi a voz dela.

— Vamos parar de falar de mim? Que coisa!

Todos riram, menos eu. Pelo menos Milena me deixou em paz e foi pedir as pizzas. Levei João ao meu quarto, onde ele se acomodou na cama. Cansado e triste, se deitou de olhos fechados. Para o deixar descansar, me distraí com as notificações do celular. Anita tinha perguntado se estava tudo bem.

Contei em poucas palavras o que havia acontecido. Não dei mais detalhes por causa do estado do meu amigo. Ele precisava de mim. A gente se falaria no dia seguinte quando João estivesse menos abalado.

Anita entendeu, desejou melhoras a ele e se despediu.

Quando me virei para João, ele mantinha os olhos fechados, a respiração profunda.

— Quer conversar mais? — arrisquei. Ele negou.

— Quero esquecer por enquanto. — Abriu apenas um olho. — Ia ser legal te ouvir falar dessa menina com quem você tá ficando. Mas duvido que você vá me distrair com isso, né?

Encolhi os ombros, sem graça.

— Ela pediu segredo por enquanto por causa de uma questão pessoal. Mas a gente tá se dando muito bem.

— Tô vendo pela sua cara de apaixonado.

Só dei de ombros.

Voltamos à sala por causa do barulho. Meus pais tinham chegado e se surpreenderam ao ver João.

— Você andou chorando? — Minha mãe tocou seu rosto. — Parece tristinho. Tá tudo bem?

João umedeceu os lábios antes de negar, seus olhos inundando novamente. Quando começou a contar o que havia acontecido, meus pais se acomodaram no sofá. Ao fim do relato, minha mãe se levantou de um pulo e apanhou a bolsa.

— Onde já se viu um negócio desse? — Negava com a cabeça. — Não é assim que se trata filho, não. Vou lá falar com os seus pais,

João. — Deu passos em direção à porta e se virou para o meu pai. — Vamos, Rômulo.

Meu pai se levantou com cara de cansaço e tocou o ombro de João.

— Vamos resolver isso, tudo bem? Você pode ficar aqui em casa o tempo que quiser.

Meu amigo assentiu. Logo que meus pais saíram, João se virou para Milena.

— Eles realmente são exceção.

Por mais que eu não soubesse o que pretendiam, senti orgulho de ser filho deles.

Queria que mais pessoas tivessem pais iguais aos meus.

Vinte e sete

O fato de João ter sido arrancado do armário não foi mais pauta aquela noite. Comemos pizza, batemos papo e rimos. Milena sempre com suas histórias engraçadas da faculdade; Valentina mais atenciosa do que minha irmã, impedindo que ela ficasse me enchendo a paciência.

João ficou em paz naquelas poucas horas. Isso me deixou tranquilo.

Já era madrugada quando fomos dormir. Meus pais ainda não tinham chegado da casa de João. Fiquei preocupado, tentando não transparecer. Em vez disso, perguntei do garoto com quem ele vinha conversando. Era um menino do segundo ano chamado Nicolas. Já tinham trocado olhares, mas não passou disso por um tempo. O primeiro passo foi o correio elegante.

Mesmo que a conversa com Nicolas tivesse sido o motivo do caos, João se mostrava animado ao falar do menino. Então o incentivei a não desmarcar o encontro no domingo. Dar uns beijos faria bem.

João riu e jogou o travesseiro em mim.

— Você tá sabendo bem disso, né?

Confirmei, sorrindo.

A primeira coisa que fiz logo que acordei foi olhar para João, que dormia em um colchão ao lado da minha cama. Peguei o celular e vi uma mensagem de Anita. Ela piscava e me mandava um beijo numa foto. Estava a caminho do aeroporto. Desejei boa viagem e fiquei admirando a imagem dela.

Com um longo suspiro, apoiei o celular na barriga e fiquei deitado observando o teto. Uma parte minha queria pensar em Anita, passar o dia trocando mensagens com ela. Quando ela não pudesse conversar, eu iria rever seus vídeos tocando violoncelo ou as fotos tiradas por Priscila. Assim preencheria cada minuto do meu dia.

Só que a outra parte estava preocupada com João. Seus olhos fundos, seu choro, seus medos. Isso voltou com tudo, fazendo meu estômago embrulhar. Eu queria fazer mais por ele, qualquer coisa que o tirasse daquele mundo ruim. Deve ser horrível o sentimento de que seus próprios pais podem não te aceitar mais.

Saí do quarto silenciosamente para ir ao banheiro. Na volta, ouvi barulho na cozinha. Tratei de ver quem tinha acordado.

Meu pai bocejava e punha água na chaleira para fazer café. Ele me cumprimentou. Sem perder tempo, perguntei como havia sido com os pais do João. Com certeza as coisas tinham sido difíceis, porque ele ficou hesitante.

— Conversamos bastante. Quando o João acordar, vamos contar tudo a ele.

— Mas deu certo? Eles não vão fazer nada com o João, né?

— Não vão, não. Mas algumas pessoas demoram mais pra aceitar a homossexualidade dos filhos. Acredito que eles só precisam de mais tempo.

— Não deveriam precisar de tempo para aceitar o próprio filho.

— É, não deveriam.

Voltei ao quarto com uma queimação interna. E eu teria continuado remoendo aquilo se não tivesse dado de cara com João. Sentado no colchão, ele sorriu e esfregou os olhos. A primeira pergunta que fez foi sobre meus pais. Falei que eles contariam tudo mais tarde.

Prontos para o café da manhã, entramos na cozinha. Milena e Valentina já estavam à mesa. Meus pais se serviam de café e pão. Quando João e eu nos sentamos, o clima ficou tenso. Meus pais já começaram a contar sobre a noite anterior.

Segundo minha mãe, ficaram horas conversando. A mãe de João estava assustada.

— Ela já desconfiava. — Minha mãe pegou a mão de João. — Por isso entrou no seu quarto. Não justifica, é claro. Mas ela queria ter certeza, só que tinha medo de perguntar. Ela tem medo por você, do que os outros podem fazer. Você consegue entender isso, né?

João fez que sim.

— A gente que é mãe tem medo pelos nossos filhos, pela cor deles, pois sabemos como o mundo é. Olha o país em que a gente vive. Então, se você puder ter um pouquinho de paciência com ela, tenho certeza de que tudo vai dar certo. Mas você também tem todo o direito de não ter paciência. Só você sabe o que é estar na sua pele.

De cabeça baixa, João assentiu. Percebi quando apertou os dedos, o silêncio tomando a cozinha. Depois de respirar fundo, ergueu novamente os olhos.

— E o meu pai?

A troca de olhares entre meus pais foi o suficiente para João se levantar.

— Ele não vai me aceitar, né? Eu sabia. — Deu voltas pela cozinha. Quando se encostou na pia, os olhos estavam cheios de lágrimas.

— Foi mais difícil com ele, sim. — Meu pai foi até João. — Ao contrário da sua mãe, ele foi pego totalmente de surpresa. E você o conhece melhor do que a gente. Ele é cabeça-dura, tem um olhar meio... — hesitou, escolhendo as melhores palavras.

— Seu pai é bem machista, né? — minha mãe disse, sem rodeios. — Eu no lugar da sua mãe já teria metido o pé na bunda dele.

— Luciana! — meu pai repreendeu.

Milena riu, cobrindo a boca. Tentei segurar o riso e falhei. Logo todos estavam rindo, inclusive João.

— O importante é você saber que ele te aceita, sim — meu pai continuou. — Talvez seja um pouco difícil no começo. Por isso falei para os seus pais que você ia ficar uns dias aqui em casa. Trouxemos até umas roupas. Assim dá tempo de absorverem o que aconteceu e conversarem também.

João concordou. De volta à mesa, respirou fundo repetidas vezes. Quando deu um sorrisinho, fiquei aliviado por ele estar mais tranquilo. Ainda que não fosse o ideal, as coisas já estavam melhores.

— Agora a pergunta que não quer calar — Milena comentou. — Você vai se encontrar com o boy? — Moveu as sobrancelhas para cima e para baixo.

Sem graça, João disse que não sabia. Para impedir que minha irmã fosse mais inconveniente, sugeri que a gente chamasse o pessoal mais tarde. João topou na hora.

Depois do café da manhã, no grupo dos nossos amigos, João e eu tivemos de explicar o motivo de ele estar na minha casa e tudo mais. No final, marcamos de nos encontrar no shopping Jardim Oriente.

Quando chegamos à praça de alimentação movimentada, Lorena, Rodrigo e Cadu já ocupavam uma mesa e acenaram para nós. Lorena abraçou João apertado e depois o tocou no rosto e nos braços, conferindo se estava bem mesmo.

João não parecia incomodado em contar os detalhes para eles. Estava mais seguro, mesmo que precisasse passar uns dias na minha casa. Talvez aquele tempo longe dos pais fosse fazer bem. Com a gente, o João sempre pôde ser quem realmente era sem se preocupar.

Comentávamos sobre a última semana de aula e o que cada um havia planejado para as férias, cada um com seu hambúrguer. Cadu passaria uns dias com o pai em São Paulo. Rodrigo visitaria os avós em outro estado. Lorena tinha se inscrito em vários cursos de trabalhos manuais porque não aguentava ficar parada, mas também ia visitar alguns parentes. João não ia passear, mas pretendia seguir sua rotina de estudos. E eu ia ver meus avós. Por enquanto, esse era o plano.

O assunto passou para a festa junina. Lorena contava, rindo, como Amanda era esperta demais. Ter ficado no correio elegante a deixou a par de vários rolos. Dei um longo gole no refrigerante, torcendo para que Amanda tivesse cumprido nosso acordo.

— Sabe quem recebeu um correio elegante? — Lorena passou os olhos por todos. Silêncio. — A Anita.

Engasguei, quase cuspindo refrigerante para todos os lados. Cheguei a tossir e secar a boca com o guardanapo.

— E como você sabe disso?

— Vi a Amanda entregar o cartão.

— E quem mandou o correio elegante? — Cadu quis saber.

— Então, não sei. A Amanda não me contou. Disse que era segredo. — Ela deu de ombros, e eu respirei aliviado. Até passei o guardanapo na testa. — Mas tenho minhas suspeitas. Acho que foi o Kevin.

Ia dizer que não, mas me calei no último segundo, mordendo a língua.

— Faz sentido — Rodrigo comentou. — Eles estão cada vez mais próximos, né?

Mordi a língua com mais força. Então as pessoas reparavam que eles andavam juntos? Me ajeitei melhor na cadeira.

— Se for verdade, formam um belo casal — João disse.

Senti uma fisgada no estômago.

— Nada a ver. Eles são só amigos.

Todos se viraram para mim. Que arrependimento.

— Como você sabe? — Uma ruga se formou entre as sobrancelhas de Lorena.

Fiquei calado, pensando em uma boa desculpa.

— É, Felipe. Como você sabe? — João chegou mais perto de mim.

— Ela é a monitora de química, lembra? Às vezes a gente conversa…

— Você e a Anita conversam? — Cadu ficou surpreso. — Achei que só brigavam.

— Felipe tá fazendo amizade com a arqui-inimiga. — Rodrigo fez a mesa toda rir com ele. — Imagina se ela estiver mesmo com o Kevin? As duas pessoas que o Felipe menos gosta juntas. Seria um pesadelo pra ele.

— Acho que ele tá em negação. — Lorena concluiu. — Por que se não foi o Kevin, quem mais ia mandar um correio elegante pra Anita? Ela não fala com mais ninguém.

Como todos olhavam para mim, resolvi ir pelo caminho mais fácil.

— É, deve ter sido ele mesmo.

— Falando nisso… — João sorriu quando me olhou de esguelha. — Fiquei sabendo que esse rolo do Felipe tá bem sério. Segundo a Milena, ele ficou ontem o dia todo conversando com a menina.

Ah, pronto.

— Ai, que saco. — Lorena arremessou uma batata frita em mim. — Conta logo quem é!

Fiz que não, e todos jogaram mais batatas. Caímos na gargalhada no segundo seguinte, chamando a atenção das pessoas em volta.

Abri um pouco o jogo, torcendo para que eles me deixassem em paz.

— Tá, eu tô ficando com uma menina.

— Isso a gente já sabe — Cadu resmungou.

— Então vocês só precisam saber que tá dando certo. Conto quem é quando for a hora. Acho que vou pedir ela em namoro depois das férias.

Olhos se arregalaram e bocas se entreabriram. Quem quebrou o silêncio foi Lorena.

— Olha o Felipe todo emocionado! Que lindo!

As risadas tomaram a mesa, assim como bolinhas de guardanapo atiradas em mim.

Meu plano acabou funcionando. O assunto mudou, mas não consegui tirar Anita dos pensamentos. Fazia só um dia que eu não a via e já estava cheio de saudade.

Seria um longo mês.

Vinte e oito

No final das contas, João foi se encontrar com Nicolas.

Chegou em casa no domingo à noite tentando disfarçar o sorriso e falhou miseravelmente. Milena riu e jogou uma almofada nele. Eu e Valentina a imitamos. Meus pais fingiram não prestar atenção.

Ele não entrou em detalhes, apenas contou que tinha dado tudo certo no date. Ver meu amigo feliz era o mais importante.

Por causa do João, mal consegui falar com Anita. Só trocávamos rápidas mensagens, e ela me enviava uma foto ou outra dos lugares que visitava.

No fim de semana seguinte, João decidiu que já era hora de voltar para casa e enfrentar os pais. Ainda argumentei, tentando fazer com que ficasse mais um pouco, sem sucesso. Sugeri que eu fosse junto.

— E se você chamar o pessoal pra ir também? Vamos jogar video-game. — Eu insistia, e ele hesitava. — Vai, feio. Não quero te deixar sozinho lá. Pelo menos não agora. Me deixa te ajudar.

Seu silêncio e sua fisionomia séria demoraram a passar. Com um sorriso de agradecimento, ele concordou. Aí avisei todo mundo. Todos ficariam a postos, até Cadu, que estava voltando da casa do pai.

No meio da tarde, nos reunimos no meu portão para ir andando juntos até a casa de João.

— Eu tô tão cansada dos meus pais — Lorena puxou assunto.

— O que aconteceu? — Rodrigo a segurou pela mão.

— Briguei com eles de novo por causa do vestibular. — Bufou, irritada. — Ninguém acredita quando falo que meu objetivo é ser presidenta do Brasil. Acham engraçado e até infantil eu querer seguir carreira política. Aí hoje perguntaram se eu já tinha decidido o curso. Quando falei que ia fazer ciências sociais, quase tiveram um treco. Meus pais ainda estavam enchendo o saco quando saí.

— Qual é o problema de fazer ciências sociais? — entrei na conversa.

— Quando a sua irmã mais velha faz direito na USP, com certeza é um problema. Ficam o tempo todo me comparando com ela. Falaram pra eu prestar pra direito também já que tem a ver com política. Nessas horas lembram do que falo.

— Pelo menos eles não podem te obrigar, né? — disse Cadu. Lorena concordou. — Falando nisso, eu decidi o meu curso. Vou prestar economia. Conversei bastante com o meu pai. Sempre fiquei meio assim de seguir a mesma carreira que ele, mas percebi que me interesso de verdade nisso. Vai dar bom.

Cadu recebeu encorajamento de todos nós.

— Eu tô há uma semana sem estudar — João comentou. — Preciso voltar logo.

— Ai, que vida triste. — Lorena o empurrou. — Esquece disso e conta pra gente como foi dar uns beijos no Nicolas. Porque você é o único aqui que fala o nome da pessoa com quem tá ficando — disse a última frase olhando para mim.

— Nem começa. — Eu adverti. Lorena me mostrou o dedo do meio. — E vocês? — Apontei para ela e Rodrigo. — Vão continuar ficando ou vão oficializar?

Rodrigo ficou cor-de-rosa. Lorena me olhou como se quisesse me esganar. E eu sorri, me sentindo vingado.

— Não te interessa, Felipe.

— Ahhhhh... quando é você não interessa, né? Tá bom, então.

Para acalmar os ânimos, João voltou a perguntar a Lorena o que ela faria com os pais, que não aprovavam o curso. Ouvimos durante o resto do caminho Lorena falar que cursaria ciências sociais de qualquer jeito, eles querendo ou não.

João encarou o portão por alguns segundos. O restante de nós trocou olhares. Segurei o ombro dele, deixando implícito que a gente estaria junto. João respirou fundo.

Como ele tinha avisado à mãe que voltaria, ela apareceu na porta da sala assim que passamos pelo portão. Saiu correndo e o abraçou.

— Desculpa… — choramingou, abraçada a João. — Só fiquei assustada, com medo por você. — Ela o segurou pelo rosto. — Mas isso não muda em nada o meu amor por você, tá? Vou te amar pra sempre. — Voltou ao abraço, dessa vez mais apertado, as lágrimas já marcando o rosto.

João assentia, agarrado à mãe. Me virei para os meus amigos, sem graça de presenciar essa cena tão íntima. Talvez não tivesse sido uma boa ideia ter vindo.

Outra movimentação me fez olhar para a porta da sala. O pai dele estava parado, observando a esposa e o filho. Quando se soltaram, João o cumprimentou com um tímido "oi, pai", e o homem acenou com a cabeça. Era como se não conseguisse encarar o próprio filho, e isso doeu em mim. João se retraiu na hora.

— Vou no mercado — o pai dele anunciou, ainda sem o encarar, e entrou no carro na garagem.

Saímos do caminho, e eu parei ao lado de João. Senti que tremia. Enquanto Theo saía dirigindo, mantive a atenção no meu amigo, na tensão do seu maxilar, nos olhos marejados. Queria muito dizer que tudo daria certo, mas eu não sabia. Então passei o braço pelos seus ombros num meio abraço. Lorena o abraçou pela cintura. Cadu e Rodrigo também se juntaram a nós.

As lágrimas escorreram, e João as secou, sorrindo.

— Ele só precisa de mais tempo — a mãe dele comentou, um pouco envergonhada. — Mas com certeza as coisas vão dar certo. — Estendeu a mão para João, que saiu do meio de nós para a segurar. — Fiz bolo de cenoura com chocolate. Quem vai querer?

Uma salva de palmas e assobios. Depois demos risada.

O pai de João não apareceu nas horas que ficamos lá, mas ninguém pareceu se importar. Nos divertimos bastante, a mãe dele sempre por perto oferecendo mais comida.

Saí de lá tranquilo. João ficaria bem.

> você falou que ia ligar por vídeo, mas nem vi sua cara nessas semanas

Sorri para a mensagem de Anita.

> se quiser, ligo agora

> não, tá todo mundo aqui. agora não dá

> viu? a culpa não é só minha

> não me culpe por estar com saudade de você...

> sou inesquecível mesmo, né?

> ai que garoto convencido!

> te odeiooooooo

Deitado na cama, dava risada sozinho.

> também tô com saudade de você, sua chata

— E essa cara de apaixonado aí?

O susto me fez soltar o celular, que caiu no meio da minha cara. Reclamei da dor, esfregando o rosto, enquanto Milena ria muito, apoiada no batente da porta e segurando a barriga.

— O que você quer? — Joguei o travesseiro nela, que não conseguiu desviar.

— Vim te chamar pra comer, senão você fica o dia todo enfiado nesse quarto. — Devolveu o golpe de travesseiro. Consegui bloquear com o braço.

— Já vou!

Voltei ao celular.

> vou te bloquear se me chamar de chata de novo

> > vai nada

> > e onde fica a saudade que você tá de mim?

> bloqueio também

> > duvido

> > você tá caidinha por mim

> > não vai conseguir me esquecer

> para de ser convencido desse jeito!

> > e não é verdade?

> e você? tá caidinho por mim também?

> > desde quando você tocou violoncelo pra mim só consigo pensar em você

> você é convencido e fofo

> não sei se te odeio ou se gosto de você

Milena ainda estava sorrindo na porta me observando rir.

> lógico que gosta de mim kkkk

> vou ver um negócio aqui com a minha irmã e já volto

> ia até falar pra não esquecer de mim, mas sei que você não vai

> sou inesquecível

> eu com certeza te odeio

> sai daqui, seu convencido!

Mandou uma figurinha de um personagem de anime jogando uma almofada em outro. Dei risada, esquecendo Milena. Aí ela quis ver a minha conversa. Bloqueei a tela na hora e me afastei.

— Para de ser enxerida!

— Você tá conversando com a menina, né? Deixa eu ver.

— Lógico que não!

— Só quero ver se tá indo bem, irmãozinho. Posso te ajudar se quiser. Entendo mais de mulher do que você. — Sorriu, se achando.

— Tô indo muito bem, obrigado. Não preciso de ajuda.

— Me diz o nome dela então. — Até juntou as mãos diante do peito.

— Para de ser curiosa. — Me esgueirei para a porta.

— Qual é a graça de ter um irmão mais novo se não sei da sua vida? — Bufou. — Vai, me conta só isso. Prometo que não fico te enchendo mais.

Ela tinha um brilho no olhar, a curiosidade quase palpável. Era mal de família mesmo… Suspirei.

— Não fala nem pra mãe nem pro pai, tá? — Eu ainda adverti. Ela concordou prontamente. — É Anita.

Os olhos dela brilharam de empolgação. Quis ver uma foto. Gostando de poder dividir aquilo, abri uma das fotos que Priscila tinha tirado. A gente estava sorrindo, abraçadinhos.

Milena tomou o celular da minha mão e deu zoom no rosto de Anita. Comentou que ela era bonita, o que me fez ficar orgulhoso. Passou para as outras fotos sem que eu pudesse impedir. Assim que viu a gente se beijando, peguei o aparelho de volta.

— Que lindo! Deixa eu ver de novo!

Mostrei a foto, meio sem graça. Milena soltou um "ownnnn", o que me fez bloquear a tela do celular.

— Tá bom. Chega de exposição.

— Tô gostando muito de te ver todo apaixonadinho. — Milena me apertou na bochecha do jeito irritante de sempre. Afastei sua mão. — E não vou contar pra ninguém, tá?

— Nem pra Valentina? — Olhei desconfiado para ela, que hesitou. — Tá, pra Valentina pode.

Milena sorriu e veio me apertar de novo. Saí correndo antes que ela me alcançasse.

Depois do café da tarde, voltei ao quarto. Mandei mensagem para Anita, que demorou alguns minutos para responder. Aí avisou que estava ensaiando, não dava para conversar. Mas tive uma brilhante ideia.

> deixa eu ver o ensaio

> prometo que fico quieto

Fiquei ansioso para ver Anita tocar. No momento em que ela me ligou por vídeo, uma tremenda satisfação se apossou de mim.

— Oi — ela falou. — Finalmente tô vendo a sua cara.

— Oi. Como é bom te ver. Você tá linda.

Anita sorriu, sem graça, e cobriu o celular com a mão.

— Vou te pôr aqui. — Ajeitou o aparelho numa mesa. Ao se afastar, notei que estava em um quarto. Vi também o violoncelo e um pedestal com a partitura. — Vou ensaiar por mais uma hora. Sabe como é, tenho uma prova de habilidade no vestibular. Se quiser ficar aí...

— Vou ficar com certeza.

Enquanto ela se ajeitava, peguei fones de ouvido. Quando Anita começou a tocar, eu estava devidamente acomodado.

Uma música que eu não conhecia tomou conta dos meus ouvidos. Me arrepiei inteiro. Toda a emoção que emanava de Anita com o violoncelo me atingiu em cheio, me encantando como da primeira vez. A dança com o instrumento, a concentração, a performance... Era tudo perfeito, lindo demais.

Como eu não me apaixonaria por essa garota?

Meu coração seguiu acelerado durante o ensaio. Eu só pensava no quanto queria que as férias acabassem logo. Que loucura. A rotina de estudos era puxada, mas pelo menos eu tinha Anita ao meu lado.

Eu estava contando os dias. Não via a hora de pedir Anita em namoro.

Vinte e nove

Mesmo que Anita tivesse voltado alguns dias antes do início das aulas, a gente não conseguiu se ver por causa da rotina dela com a família.

Sem me deixar abalar, acordei no primeiro dia de aula decidido a pôr o plano em ação: pedir Anita em namoro.

Durante o caminho, pensei em como faria aquilo. Precisava ser minimamente especial, fora dos muros da escola.

Subi as escadas ainda sem ideias. Havia a praça mais adiante, mas Priscila sempre estava junto de Anita na hora da saída. Como fazer Anita ficar sozinha? Qual seria o lugar perfeito?

No corredor das salas de aula, os alunos se empolgavam com o retorno. Avistei João conversando com Nicolas. Pelo que meu amigo contava, eles estavam ficando.

Cumprimentei João com um aceno, sem atrapalhar o momento deles. Na porta do 3º A, duas meninas conversavam. Diminuí o passo, olhando lá dentro. Anita estava em pé, ao lado da carteira, mexendo na mochila. Parei para observar. Era tanta saudade que a minha vontade era entrar nessa sala e a beijar.

Atraída pelo meu olhar, Anita me viu. Seu sorriso me fez sorrir também. Quis acenar, fazer qualquer coisa. Em vez disso, continuei parado.

— Tô guardando um dos maiores segredos dessa escola.

Levei um baita susto de Amanda. Até coloquei a mão no peito.

— Você quer me matar do coração, garota?

Ela riu, olhando para mim e para o interior da sala do 3º A. Anita nos analisava de longe.

— Vocês estão ficando, né? — Amanda disse baixo. — Por qual outro motivo você ia mandar um correio elegante pra ela?

— Você leu o cartão?

— Claro que não. Sei muito bem cumprir acordos. Mas a ideia do correio elegante é enviar mensagens de amor. Então é óbvio que tem algo entre vocês.

Olhei para Anita uma última vez antes de voltar ao corredor. Amanda veio junto.

— Ninguém sabe disso, tá?

— Por isso falei que é um dos maiores segredos da escola. Fico imaginando a cara do pessoal quando souber. Lorena vai ter um treco.

Eu sabia que seria um choque para os meus amigos, mas só naquele momento imaginei melhor a reação deles. Dei risada com Amanda.

Ela parou na porta do 3º B e deu tchau. Aí pensei em pedir um conselho e a chamei de volta. Contei sobre a falta de ideias para tornar o pedido de namoro minimamente especial.

— Chama ela pra ir na sua casa. É aqui perto e vocês vão ficar sozinhos, né?

Eu não tinha pensado nessa possibilidade.

— Mas será que não vai passar uma impressão errada? — baixei o tom de voz.

— Qual é o problema de querer ficar sozinho com a menina que você gosta? E se tá dando tudo certo pra você pedir ela em namoro, com certeza ela também vai querer ficar sozinha com você. — Deu uma piscadinha.

Agradeci e me afastei. Apanhando o celular para mandar mensagem para Anita, acabei desistindo. O convite não deveria soar como segundas intenções. Melhor falar pessoalmente.

Assim que fomos liberados para o primeiro intervalo, mandei mensagem perguntando se Anita podia me encontrar na biblioteca e percorri o pátio esperando a resposta. Como ela nem tinha visualizado, sentei no banco de sempre com os meus amigos.

Ao receber o sinal verde, avisei ao pessoal que ia ao banheiro e corri para a biblioteca.

O silêncio me deixou inibido. A bibliotecária me analisou desconfiada.

— Aqui não é lugar pra isso. — Ela falou baixo, antes que eu me aproximasse das prateleiras.

— A gente só vai conversar.

— Continua não sendo lugar pra isso. — Negou com a cabeça, mas notei que achava graça. — Vai logo, vai. Ela está lá no fundo.

Agradeci com um sorriso.

Anita estava olhando os livros da seção de ficção. Cheguei devagar, satisfeito por estar prestes a sentir o calor da sua pele nos meus dedos, ouvir sua voz, sentir o cheiro do seu perfume e do cabelo.

Ela sorriu para mim, devolvendo o romance para a estante. Quando finalmente me aproximei, toquei seu rosto e a beijei sem demora, cheio de saudade.

Fiquei arrepiado com seus lábios nos meus. O coração saiu do ritmo e o corpo esquentou. Ela me puxou pela blusa de frio, colando nossos corpos. O beijo ficou mais intenso.

Estava tudo ótimo, mas não foi para isso que eu tinha chamado Anita. E o nosso tempo era contado. Dei um último selinho nela e continuamos abraçados. Afundei os dedos no seu cabelo solto e a beijei na cabeça.

— Oi pra você também — Anita comentou baixinho.

— Oi. — Afaguei o cabelo dela e me afastei o suficiente para olhar dentro dos seus olhos escuros. — Te chamei aqui pra fazer um convite.

— Que convite? — Ela franziu a testa.

— Quer ir lá em casa depois da escola?

As sobrancelhas dela se ergueram e a boca se entreabriu.

— Pra gente conversar sem um monte de gente por perto. Sem segundas intenções. — Levantei as mãos em sinal de rendição.

— Se for sem segundas intenções, então não vou.

Devo ter feito uma cara muito idiota. Anita começou a rir e me tocou carinhosamente no queixo.

— Aceito o convite — Ela me puxou pelo pescoço, os lábios quase tocando os meus.

O beijo foi rápido. Assim que a gente se afastou, sorri, mais feliz do que achei que ficaria. Eu ainda a tocava no rosto quando percebi alguém entrar no corredor. A gente se largou rapidamente.

Parada entre as estantes, com os olhos pregados em nós e os braços cruzados, Lorena estava de cara feia.

— A gente conversa depois — sussurrei para Anita, que assentiu e passou por Lorena.

Minha amiga a acompanhou com o olhar.

— É ela? — A pergunta incrédula me fez respirar fundo.

Levei Lorena pelo pulso para fora da biblioteca, querendo saber como ela havia me encontrado.

— Eu te segui.

Só neguei com a cabeça e a repreendi. Ela se desvencilhou de mim.

— Vai explicar ou não? — Parou no caminho, cruzando os braços e me encarando.

Engoli em seco e olhei para os lados.

— Tô ficando com a Anita.

A expressão séria de Lorena foi se transformando aos poucos. Os braços descruzaram, as sobrancelhas se arquearam, a boca abriu. Quando tomou ar, de olhos arregalados, cobri sua boca com a mão. Eu a conhecia bem demais para saber o que ia fazer: Lorena gritou de empolgação mesmo assim.

— Shiu! — implorei. — Ainda é segredo.

Lorena tirou a minha mão dela.

— Com a Anita?!

— Shiuuuuuuu! — Levei o indicador aos lábios várias vezes.

— Cacete, Felipe! Por essa eu não esperava! — Limpou a garganta, tentando controlar o tom de voz. — Como isso aconteceu?

— É uma longa história... — Comecei a andar, mas Lorena me pegou pelo braço.

— Tenho todo o tempo do mundo.

Sem ter para onde correr, comecei o relato à medida que a gente caminhava de volta para perto dos nossos amigos. Tentei resumir, só que

Lorena não deixou. Ela quis entender cada passo do meu envolvimento com Anita.

Mantivemos certa distância do pessoal para que não escutassem a conversa.

— Você me quebrou quando mandou o perfil dela.

Lorena riu, dando tapinhas no meu braço. Ela deu um sorrisão.

— Então era a Anita o tempo todo... Que rasteira eu tomei. — Balançava a cabeça. De repente, apontou o dedo na minha cara. — Foi você que mandou o correio elegante!

— Fala baixo. — Segurei seu dedo. — Pois é, fui eu.

— Por isso sabia que não era o Kevin... E a Amanda nem pra me contar a fofoca.

— Mas você vai ficar bem quietinha, viu? Ninguém pode saber, nem o pessoal. Vou contar depois que oficializar.

— Ah! Você vai pedir ela em namoro! — Deu pulinhos de alegria e apertou a minha bochecha. — Que fofo!

— Tá. — Tirei suas mãos de mim. — Agora sossega.

Lorena se encolheu, sorrindo toda sapeca, como se tivesse descoberto um baú do tesouro. Fiquei na dúvida se ela ia conseguir manter segredo. Eu precisava me resolver logo com Anita, antes que Lorena desse com a língua nos dentes.

Quando João perguntou o que tanto a gente papeava, Lorena deu uma risadinha e disse que era segredo. Todos me olharam. Dei de ombros, mudando drasticamente de assunto.

— Então, sexta é meu aniversário. O que a gente vai fazer?

— É verdade! — Cadu me deu tapinhas no braço. — O primeiro a fazer dezoito anos. Qual é a sensação?

— Nenhuma, na verdade.

Todos riram. Fiquei satisfeito que meu plano tinha dado certo e ouvi as sugestões. Eu não havia planejado nada, só pensei em juntar o pessoal para cantar parabéns e comer bolo. Se tudo desse certo, Anita já seria minha namorada e estaria com a gente.

No segundo intervalo, recebi uma mensagem dela. Já tinha avisado a Priscila que não ia para casa depois da escola e que estaria comigo.

Então, na hora da saída, eu teria que dar um jeito de despistar meus amigos para me encontrar com ela.

Eu poderia usar Lorena na jogada. Cutuquei minha amiga e sussurrei o plano. Lorena se animou na hora. Era engraçado como ela se empolgava com tudo.

Ao toque do sinal do fim das aulas, Lorena me perguntou se eu ia falar com o meu pai. Confirmei na hora.

— Você vai demorar então. Vamos indo nessa. — Acenou para mim e indicou o caminho para os meninos. Eles foram atrás dela sem questionar.

Demorei de propósito para guardar minhas coisas. Até desamarrei e amarrei o cadarço.

No corredor praticamente vazio, andei devagar até a sala do 3º A. Como quem não quer nada, dei uma espiadinha lá dentro. Anita terminava de fechar a mochila e sorriu ao me ver.

Descemos a escada em silêncio, nem muito perto, nem muito longe um do outro. Ainda havia alguns alunos na calçada da escola, mas nenhum que representasse perigo. Por isso, andamos lado a lado. Seguimos quietos pela avenida.

— Então... — Anita começou. — Por que você me chamou pra ir na sua casa?

— Tô com saudades. — Toquei no meu peito e inclinei a cabeça para o lado. Anita riu.

Aproveitei para entrelaçar nossos dedos. Puxei Anita para mais perto, beijando o dorso da mão dela e a boca.

Seus olhos vidrados nos meus, seu sorrisinho, seu toque quente na minha pele... Tudo estava perfeito, e eu quis fazer o pedido ali mesmo. Mas passou um ônibus tão barulhento que fiquei desestabilizado. Pessoas andando para lá e para cá, carros no limite de velocidade, como o ônibus. Não era o melhor lugar.

Continuamos andando. Torci para que tivesse clima quando a gente chegasse em casa.

Anita falava sobre sua viagem para Florianópolis enquanto eu destrancava o portão. Eu estava tão interessado nela que nem notei a janela da sala aberta. Só percebi que havia algo errado quando já era tarde demais.

Depois de tentar mais de uma vez girar a chave na fechadura, franzi o cenho. Não entendi por que a porta estava aberta. Milena apareceu como uma assombração, puxando a maçaneta.

— Mas que droga você tá fazendo aqui?!

Com o coração acelerado, vi minha irmã dando um sorrisão. Ela deveria ter voltado para Campinas! Chegou a fazer as malas de manhã.

— Decidi ir amanhã. — Deu de ombros, e os olhos de Milena até brilharam. — Anita!

Na hora eu me arrependi por ter aberto o jogo com Milena.

Trinta

Minha irmã abraçou Anita sem a menor cerimônia, falando como ela era ainda mais bonita pessoalmente. Eu quis morrer. Valentina também surgiu de repente. Milena a apresentou como sua namorada, e elas puxaram conversa com Anita, querendo saber todos os detalhes possíveis. Perguntaram idade, signo, onde morava, se tinha irmãos, se era a primeira vez que ia lá em casa. Anita respondeu prontamente: dezessete anos, sol em capricórnio, morava perto do shopping Vale Sul, tinha uma irmã mais nova e era a primeira vez que estava ali.

Feliz feito uma criança no Natal, Milena abriu um largo sorriso e segurou Anita pela mão.

— A gente estava indo almoçar. Vocês vão com a gente, né?

Anita abriu a boca e me encarou.

— Não sei... — Voltou a olhar para minha irmã. — Por mim, tudo bem.

Milena bateu palmas, extremamente animada. Segurei Anita pela mão, pedindo licença, e a levei para o quarto. Quando fechei a porta, respirei fundo. Milena era tão expansiva que me deixava atordoado e sem reação.

Nem consegui me desculpar por Milena. Quando ia fazer isso, me deparei com Anita observando meu quarto com um sorrisinho. Se aproximou da prateleira sobre a escrivaninha e alisou as lombadas de alguns livros. Aí passou os olhos pela mesa.

— É legal conhecer seu quarto depois de ver só pelo celular.

Sorri, mais leve do que segundos atrás. Tirei a mochila e me sentei na cama, agradecendo que havia pelo menos esticado o edredom naquela manhã, e dei tapinhas ao meu lado. Anita se acomodou, virada para mim.

Em silêncio, nos encaramos de perto. Ela me acariciou no queixo até encostar a ponta do nariz no meu. Fechei os olhos, sentindo sua presença, tranquilo. Era disso que eu precisava para acalmar os ânimos.

— Sem segundas intenções mesmo? — sua voz soou baixa, com um ar divertido e sem um pingo de vergonha.

Quando ri, ela achou graça também. Conforme os risos sumiram, eu a beijei com vontade.

Lógico que eu queria Anita desse jeito.

Anita me puxou pela camiseta. Quando me inclinei, ela se deitou comigo. Seu sorriso travesso me fez esquecer todo o resto. Aproveitei e a beijei no pescoço, e ela se retraiu. Como foi bom ouvir sua respiração profunda. Eu queria muito mais disso.

Ela tocou minha barriga, por baixo da camiseta, e eu me arrepiei por inteiro. Seus dedos percorriam minha pele, e até fechei os olhos. Quando ela me mordeu de leve na bochecha, segurando meu rosto, eu alisei sua coxa. Encarei Anita, meu corpo sobre o dela, seu coração acelerado como se estivesse no meu peito. Seu olhar me deu certeza de que podia continuar.

O beijo ficou mais intenso, nossas mãos transitando um pelo outro, ora apertando, ora acariciando. Suas unhas nos meus braços passaram para as costas e ganhei outra mordidinha, dessa vez no queixo. Os dedos voltaram à minha barriga e ao cós da minha calça.

Observei aquilo e a própria Anita, que abriu um sorriso. Neguei com a cabeça, mas estava gostando de tudo. Ela só deu de ombros. Nos beijamos apaixonadamente, desejando mais e mais.

Toquei a pele dela por baixo da camiseta do uniforme, sentindo seu corpo quente, ouvindo sua respiração sair num longo suspiro. Estava completamente entregue a ela.

— Ei, vocês! — Milena bateu na porta. Saí de cima da Anita, que se sentou rapidamente. Corri desesperado até a maçaneta. — Vamos?

— Já vamos!

Pude ouvir minha irmã se afastar. Anita estava corada e ajeitava o cabelo. Fiquei admirando a beleza dela, me sentindo muito sortudo.

— Para de me olhar desse jeito. — Ela jogou o travesseiro em mim. — Fico sem graça.

— Sem graça? Certeza? — Toquei o rosto dela. — O meu *olhar* te deixa assim? Não o que a gente estava fazendo?

Ela riu e me beliscou na cintura.

— Eu deveria ficar com vergonha de algo que queria muito fazer?

— *Muito?*

Ela fez que sim, passou os braços pelo meu pescoço e encostou o nariz na minha bochecha, toda carinhosa.

— Mas não tenho nenhum controle quando você me olha com essa cara. — Se afastou de olhos baixos e apertou os próprios dedos. — Fico sem jeito. É como se eu não merecesse tanto...

Segurei Anita pelo queixo e beijei seus lábios mais devagar do que antes.

— Eu tô completamente apaixonado por você... — falei com a boca ainda na dela. Beijei sua bochecha e depois sussurrei no seu ouvido: — Óbvio que você merece isso. Você é incrível.

Seus olhos ficaram presos aos meus. Será que era o momento? De repente fiquei nervoso. Bastava perguntar se ela queria namorar comigo? Sem aviso?

Como fiquei parado que nem um idiota, Anita sorriu e fez carinho no meu cabelo, prestes a falar. Mas Milena voltou a bater na porta.

— A gente já tá indo! — gritei de volta.

— Tô chamando o Uber! Então se vistam e vamos logo!

Fiquei estarrecido. Anita começou a rir na hora e precisou encostar no meu queixo para que fechasse a boca.

— Vamos. — Ela estendeu a mão. — Vai ser legal sair com a sua irmã e a namorada dela.

— Certeza? — Aceitei a ajuda para levantar. — Não precisa ir se não quiser. Milena é sempre daquele jeito que você viu. É cansativo.

— Tenho uma parecida em casa.

Trocamos risadas e olhares de cumplicidade. A vida de quem tem irmãos realmente não é fácil.

Na praça de alimentação do shopping, a conversa fluía numa boa. Demoramos para comer porque ninguém calava a boca, muito menos Milena, que queria arrancar todas as informações de Anita. Ao saber que ela tocava violoncelo, seus olhos só faltaram saltar das órbitas.

Quando falei do TikTok, Valentina até largou o garfo para procurar o perfil. Ela e minha irmã se aproximaram para ver um vídeo de Anita.

Anita interagia com Milena e Valentina de forma tão natural que me peguei pensando como seria se ela sempre estivesse comigo desse jeito. O lugar dela na minha vida estava mais do que demarcado. Era dela, completamente dela. Anita tinha que ser minha namorada o quanto antes. Eu queria gritar isso ao mundo, poder passear com ela para todos os cantos sem preocupações.

Ao fim da refeição, Milena e Valentina avisaram que precisavam ir embora. Valentina teria aula na faculdade à noite, e elas queriam aproveitar o último dia juntas antes de Milena voltar para Campinas.

— O que acha de a gente ficar mais um pouco aqui antes de eu te sequestrar na minha casa? — Anita sussurrou.

— Isso foi uma sugestão ou uma ameaça?

— Os dois. — Riu e me beijou na bochecha.

Continuamos conversando na mesa. Aí voltei ao plano. Analisei o ambiente, o falatório, as pessoas transitando. Talvez na casa dela?

Antes fomos comprar sorvete. A máquina de sorvete não ficava na praça de alimentação, então saímos. De mãos dadas, como namorados, me senti importante.

Eu absorvia esse sentimento e me imaginava assim com ela todos os dias até que Anita parou de andar, olhando o corredor cheio de gente. Do nada, ela me puxou para a loja mais próxima.

Fez com que eu ficasse de costas para a entrada, se escondendo. Ela tremia.

— Ei, o que aconteceu?

— Só fica parado. Não quero que ele me veja. — Se encolheu mais, passando os braços pela minha cintura e afundando a cabeça no meu peito.

As vendedoras da loja nos observavam com preocupação. Tentei dizer com um gesto de cabeça que estava tudo bem.

— Ele quem?

— Meu ex-namorado.

Isso me deixou abismado. Repassei freneticamente tudo o que eu sabia sobre o assunto. Anita se mudou de escola por causa dele. O cara tinha sido um babaca com ela. E todos os amigos ficaram do lado dele.

Mais do que ter fugido da situação, ela fugiu do ex-namorado.

Mesmo com uma queimação por dentro, perguntei quem era. Ainda com a cabeça no meu peito, ela o descreveu. Eu acompanhei com o olhar um cara que ajeitava o cabelo loiro e curto jogado para trás. Era branco, usava uma camisa azul-marinho e estava acompanhado de um homem mais velho parecido com ele.

Avisei Anita quando ele sumiu. Ela observou os arredores, desconfiada. Deixou a loja devagar, como se esperasse pelo pior. Segurei sua mão, que ainda tremia. A fisionomia alegre deu lugar a movimentos receosos.

— Vamos embora — ela praticamente implorou. — Esqueci que a família dele tem uma loja aqui. Não quero correr o risco de ele me ver, ainda mais com você.

— Qual o problema de ele te ver comigo?

Ela abriu e fechou a boca, balançou a cabeça em negativa e permaneceu calada. Isso me deixou ansioso.

Desistimos do sorvete e fomos para a saída mais próxima, do lado oposto de onde vimos o ex-namorado dela.

A mão de Anita já não estava mais na minha. Andava com medo pelo shopping. Ainda tentei puxar assunto, preocupado, tentando fazer uma gracinha. Nada funcionou. E eu não tinha cabeça para fingir que aquilo não havia me abalado.

Andando pela avenida, sem que nossas mãos se tocassem, seguimos em silêncio. Trinquei os dentes, repetindo mentalmente que deveria deixar para lá. Era assunto dela. Se quisesse compartilhar, ótimo. Caso contrário, eu tinha que ficar na minha.

A razão não foi forte o suficiente. Eu precisava saber o que havia acontecido entre eles. O que o babaca tinha feito para arrancar a confiança dela com a sua mera presença? A Anita que eu conhecia não era daquele jeito. Ela enfrentava tudo e todos de cabeça erguida.

Fiquei com mais ódio do sujeito. Só podia ter sido algo muito grave.

Quando a gente atravessava uma praça rodeada de prédios residenciais, parei de andar. Eu respirava rápido, já estressado. Quis fazer algo por ela, pois estava me sentindo um inútil.

— O que aquele cara te fez? — perguntei de uma vez.

Anita umedeceu os lábios e desviou o olhar. Meu estômago se contraiu. Eu queria esfregar a cara do ex dela no asfalto quente.

— Só esquece...

Ela chegou a limpar a garganta, mas seus olhos se encheram de lágrimas. Anita cobriu a boca e me deu as costas. Morri um pouquinho por dentro.

— Anita. — Respirando rápido, toquei seu ombro. — O que ele te fez? Me conta.

— Não foi nada... — a voz saiu embargada.

— Como nada? — eu explodi. — Você mudou de escola por causa desse cara! Continua fugindo dele? Porque se for isso, volto lá agora e...

— O que você vai fazer? — O rosto molhado de lágrimas me calou. — Vai dar um soco nele? Do que adianta? Não vai mudar nada!

A gente estava ofegante. Anita voltou a negar com a cabeça e levou as mãos ao rosto, se limpando.

— Por que você não quer me contar? — A fúria que tentei conter, saiu no tom alterado da voz.

Anita endureceu a fisionomia.

— Porque não te interessa! Só esquece!

Eu deveria ter ficado quieto até a gente se acalmar.

— Como eu vou esquecer? Você chorou só por causa da sombra dele! Que droga, Anita! É só falar!

— Você tá surdo, Felipe? Não te interessa! É tão difícil assim respeitar o meu espaço? Você não deve saber o que é isso mesmo!

Dei uma risada forçada, sem acreditar no rumo das coisas.

— Comigo você é durona. Com o seu ex, abaixa a cabeça e foge. Por que não enfrenta ele que nem faz comigo?

Fiquei sentindo as batidas aceleradas do coração nos segundos em que Anita ficou quieta. Eu também tremia, porém de raiva.

Ela cerrou o maxilar e engoliu em seco.

— Vai embora. Agora!

— Ótimo! Só não vai se arrepender depois. Se eu for, não volto mais.

— É isso que eu quero mesmo.

Saí de lá, passando por Anita, sem olhar para trás.

Mal senti a longa caminhada até em casa, remoendo tudo. Entrei suando. Passei pela sala como um furacão, ignorando o que minha mãe dizia. Me tranquei no quarto, caí na cama, afundei o rosto nas mãos e alisei o cabelo.

Que inferno! Por que a gente tinha que brigar? Em vez de pedir Anita em namoro, a gente tinha terminado.

Deitei na cama com a respiração descompassada. Balancei a cabeça. A gente não dava certo mesmo. Ela era cabeça-dura e eu também. Não tinha futuro.

Tratei de bloquear Anita em todas as redes sociais, inclusive no WhatsApp, e joguei o celular longe. Isso precisava acabar antes que eu me machucasse mais.

Trinta e um

Eu estava arrependido, mas não o suficiente para desbloquear Anita e pedir desculpa.

Fiquei de cara fechada até no jantar, o clima em casa não estava dos melhores. Milena surpreendentemente não comentou nada. Devia ter entendido que o problema era entre mim e Anita.

Ao me preparar para dormir, minha mãe bateu na porta e perguntou se podia entrar.

— O que aconteceu? Quer conversar?

Fiz que não. Ela assentiu. Mesmo assim, se sentou na cama. Fez carinho no meu cabelo como se eu tivesse cinco anos.

— Não guarde tudo pra você, tá? Às vezes falar faz bem. Quando quiser, é só dizer.

Ela ia saindo do quarto. Aquilo me deixou inquieto, como se toda a questão com Anita estivesse ganhando maior proporção. Era como se eu fosse explodir a qualquer momento.

— Eu... tô ficando com uma menina...

Ela balançou a cabeça. Respirei fundo.

— E a gente brigou hoje. Acho que não vai dar certo. — Dei de ombros.

O silêncio pareceu incômodo só para mim. Minha mãe suspirou, se ajeitando ao meu lado de novo.

— Um relacionamento precisa ser bom, fácil, gostoso, não cheio de problemas. Mas isso não quer dizer que vocês vão concordar com tudo e nunca discutir. O casal precisa aprender a se adaptar. Entrar em sintonia, sabe? Não mudar pelo outro, mas entender como o parceiro funciona.

— Parece tão fácil com você falando...

— Com certeza não é. — Sorriu. — Demorei anos para entender isso. Coitado do seu pai. Ainda bem que ele é muito mais paciente do que eu. Mas vai ficando mais fácil com o tempo. Você só precisa ver se vale a pena investir nessa relação. Vale a pena?

Encolhi os ombros. Eu era apaixonado pela Anita, mas não tinha certeza se estava disposto a passar por outras discussões assim. O que mais me doía era ela ter me mandado embora. Eu era orgulhoso demais, falei que não voltaria.

— Pensa com calma. Talvez ficar uns dias sem falar com a menina ajude a refletir.

Concordei e agradeci. Fiquei mais leve por ter posto aquilo para fora.

— E não vai me contar mesmo quem é? — A curiosidade da minha mãe precisava ser alimentada. Quando neguei, ela murchou. — Tudo bem então. Privacidade. Que negócio difícil de dar para filho adolescente. — Saiu do quarto resmungando, o que me fez sorrir.

Deitado no quarto todo escuro, me permiti pensar em Anita. Será que valia mesmo a pena investir no nosso rolo? Lembrei de todos os altos e baixos. Os bons momentos eram maioria, mas os ruins me corroíam com força.

Seguindo o conselho da minha mãe, decidi ficar longe. Anita com certeza valia a pena, ainda que eu não soubesse se queria investir tempo numa relação complicada. Eu só tinha pensado na parte boa de um namoro.

Afundei a cabeça no travesseiro, o corpo pesado, apenas tristeza. Torci para que o dia seguinte trouxesse respostas.

— Quero falar com você.

Depois de ter passado duas aulas me esquivando de Lorena, louca para saber como havia sido a conversa com Anita, eu tinha tentado não parecer emocionalmente destruído. Só queria um intervalo ao sol para desanuviar a cabeça.

Mas o universo estava conspirando contra mim.

Sentado no banco de sempre com os meus amigos, que me analisavam com desconfiança, eu havia tentado manter os olhos fechados. Mas João comentara "não acredito que ele tá vindo aqui". E lá estava Kevin.

Fiquei pronto para defender Rodrigo, mas para a minha surpresa Kevin estava atrás de mim.

— Falar o quê?

— Sobre a Anita.

Lorena arregalou os olhos e cobriu a boca. Engoli em seco, com o coração fora do ritmo. Levantei do banco com os olhares pesando em mim.

Acompanhei Kevin pela área externa da escola, atraindo olhares no caminho. Não avistei Anita, ela devia estar me evitando como já tinha feito antes.

Kevin parou perto da quadra, onde estava mais vazio e silencioso.

— Ela me contou tudo — disse de uma vez. Só concordei com a cabeça. — E não sei mais o que fazer para consolar a Anita. Se ela descobre que falei com você, vai me matar.

— E o que você quer que eu faça? A gente brigou. É assunto nosso. Você não tem que se meter.

— Você bloqueou ela, seu idiota. Como acha que ela tá se sentindo?

Precisei respirar fundo para manter a compostura.

— De novo, não é da sua conta. É assunto nosso.

Kevin cerrou o maxilar. Achei que fosse insistir ou me xingar.

— A Anita é a minha única amiga. Ela olhou pra mim de verdade, se preocupou comigo. Você não deve saber o que é isso, né? Tem uma droga de vidinha perfeita, com pais perfeitos. Tem até uma garota perfeita que tá jogando no lixo.

Tudo aquilo que Anita tinha falado sobre ele...

— Kevin, eu...

— Cala a boca. Você vai me ouvir agora. — Chegou mais perto. — Realmente, não tenho nada a ver com a história. Mas ela me ligou chorando. Então vou, sim, me meter. Entendeu? — O tom autoritário me fez concordar. — A Anita é importante pra mim. Não vou deixar você fazer isso com ela. Não vou deixar você ficar pressionando a menina pra ela te contar o que aconteceu com o ex.

— Ela te falou do ex?

— Claro que não contou os detalhes. É um assunto particular. No mínimo, você deveria respeitar isso, né?

Que soco no estômago ouvir isso de Kevin. Ele estava certo, eu não deveria ter insistido.

— Olha, entendo tudo o que você tá falando, tá? Só que não sei se tô pronto para conversar agora.

— Mas você vai?

— Não sei…

— Você é muito idiota mesmo.

Respirei fundo. Ele estava testando a minha paciência.

— Então por que a Anita não vem falar comigo?

— Ela tentou, mas o imbecil aqui deu block. Você vai atrás depois que a pessoa te bloqueia?

Comprimi os lábios e suspirei.

— Eu só preciso de um tempo, tá? Saber se realmente vale a pena.

— Você gosta dela?

— Que pergunta…

— Gosta ou não?

— Lógico que gosto! Sou completamente apaixonado pela Anita!

Kevin sorriu e fez que não com a cabeça.

— Que emocionado. — Me deu as costas. — Melhor pensar logo.

Fiquei perplexo com a lealdade dele. Anita conseguiu entrar no coração de Kevin em poucos meses e o entendeu como ninguém.

Imaginei Anita chorando por causa da briga. Para ter ligado para Kevin, deve ter ficado muito mal mesmo. Que merda.

Mesmo assim, achei melhor ficar longe por mais alguns dias.

Depois de toda a cena com Kevin, fui obrigado a contar a verdade aos meus amigos.

— Bem que desconfiei que tinha alguma coisa entre vocês, mas achei que era só ódio mesmo — comentou João.

— Na verdade era tensão sexual. — Cadu fez todo mundo rir.

— E você nem pra me contar, hein? — Rodrigo cutucou Lorena.

— Você não tem ideia de como foi difícil! — Ela fingiu roer as unhas e passou os braços pelo pescoço de Rodrigo. — Mas agora não preciso mais ter medo de contar o segredo do Felipe.

Lorena, toda carinhosa, encostou o nariz no de Rodrigo e o beijou devagar. João amassou um guardanapo da lanchonete e jogou nos dois para que se afastassem.

— Dá próxima vez vai ser um balde de água fria, hein! — ele avisou. Todos riram.

— Outro casalzinho com a tensão sexual nas alturas — Cadu falou sem pudores e se recostou na cadeira, vendo Rodrigo ficar rosa. — Resolvam logo isso aí.

— Cala a boca, Carlos Eduardo! — Lorena tacou um sachê de ketchup nele.

— Só tô falando...

A mesa ficou em silêncio, e eu precisei me segurar para não rir. Ainda bem que os açaís ficaram prontos, aí as prioridades mudaram.

Por mais que meus amigos perguntassem o que eu ia fazer com relação a Anita, eu sinceramente não sabia. Estava mais tranquilo por ela estar sendo amparada pelo Kevin, mas não comentei sobre isso.

Há algum tempo, eu estaria com um pouco de ciúmes da amizade deles, mas como ele confirmou tudo o que Anita tinha me contado, fiquei de boa. Kevin só precisava ser menos babaca para o ranço diminuir de vez.

A semana se arrastou. Às vezes, eu tinha certeza de que queria ficar com ela; outras, nem tanto. Eu tinha medo das partes ruins. Desejava que tudo fosse sempre cem por cento bom. Se isso já era impossível, seria ainda mais por causa da nossa teimosia.

> ela é de capricórnio e você, de leão

> vai ser uma relação difícil mesmo

Encarei a mensagem de Milena. Ela estava apelando para a astrologia? Só podia ser brincadeira...

Mas acabei jogando no Google "compatibilidade capricórnio e leão".

"São dois signos durões, fortes e teimosos. Essa pode ser uma combinação interessante, porém desafiadora."

Bloqueei a tela do celular e bufei. Não que eu acreditasse em signos, mas até eles concordavam. Valia a pena insistir?

Depois de tantos dias longe dela, só conseguia sentir saudades.

Era quinta-feira à noite, e meu peito estava apertado, o coração cada vez menor. Eu tinha faltado à aula de reforço para não encontrar Anita, mas me arrependi logo que deu o horário. O orgulho ainda me paralisava por mais que eu soubesse o quanto isso era ridículo.

Como era mesmo aquela música do Jão? "Amar é muito melhor que ter razão"? Fiquei a semana toda ouvindo o cara, me lembrando de Anita, do quanto ela gostava dele, e dando razão à letra.

Claro que eu amava aquela garota. E eu precisava dizer isso a ela, me fortalecer com os bons momentos para aguentar os ruins. Bastava torcer para que esses fossem raros.

Acordei mais decidido na sexta-feira, 4 de agosto. Afinal, era meu aniversário. Estava completando dezoito anos e escolhi a data para me resolver com Anita.

No estacionamento da escola, meus pais se despediram de mim desejando um ótimo dia de aniversário. Agradeci e fui ao pátio. Parei perto das escadas, em busca de Anita.

Nada.

Enquanto subia, desbloqueei Anita em todas as redes sociais. Estava prestes a mandar uma mensagem no WhatsApp quando alguém pulou nas minhas costas.

Lorena gritou "feliz aniversário!", ecoando pelo corredor das salas de aula. Muitos riram, e ela me abraçou apertado. Abriu a mochila e pegou a mesma coroa do seu aniversário. Pôs na minha cabeça e deu um passo para trás, admirando seu trabalho.

— Um dia de princesa pro reizinho aí.

Peguei o celular para ver como tinha ficado. Lorena aproveitou para tirar uma foto nossa. Seguimos para a sala rindo, chamando ainda mais atenção.

Meus amigos e o pessoal da turma me deram os parabéns. O dia mal havia começado e eu me sentia ótimo. Que continuasse desse jeito até a conversa com Anita.

No primeiro intervalo, fizemos o caminho de sempre.

> oi, a gente pode conversar?

Ela tinha apenas visualizado.

Sentei no banco, frustrado. Até a coroa de plástico perdeu a graça.

— Ela vai te responder. — João me empurrou com o braço. — Só espera um pouquinho. Às vezes as pessoas precisam de mais tempo. Você não teve o seu?

— Pois é. — Respirei fundo. — Falando nisso, como estão as coisas com o seu pai?

— Mais tranquilas. Ele tá quase cem por cento como era antes. Acho que quando ele lembra que sou gay se abala um pouco. — Deu de ombros. — Mas tá tudo bem.

Eu ia dizer que estava feliz por ele, até que um assobio alto chamou a atenção de todo mundo. No fim do pátio e coberto pela sombra, Kevin voltou a assobiar com dois dedos na boca. Chegou a balançar os braços para nos chamar.

Olhei para os meus amigos. Ninguém estava entendendo nada, então fomos averiguar.

Kevin saiu de lá antes que a gente se aproximasse. De uma hora para a outra, uma chuva de bolinhas de papel me atingiu.

Protegi o rosto e saí correndo. Só que alguns alunos no 3º A vieram atrás de mim. Eu me agachei para revidar com algumas bolinhas do chão, mas estava sozinho. Eles estavam armados até os dentes.

Ainda me esquivando, vi meus amigos se aproximarem. Ainda que estivessem nas trincheiras, eu era o principal alvo. Tentei reunir mais munição.

— Ei, você! Seu convencido!

Virei para trás e soltei tudo. Anita tinha papel amassado numa mão e uma sacola na outra. De repente, parei de ser bombardeado. Ninguém mais se mexeu, inclusive meus amigos.

A poucos metros de mim, ela acertou a bolinha na minha barriga. Veio andando devagar. Tirou outra da sacola.

— Eu realmente te odeio. — Jogou a bolinha em mim. Eu nem sequer desviei. Meus olhos se mantinham em Anita. A atenção estava toda nela, assim como a de todo mundo. — Odeio como você mexe comigo. Odeio o seu sorriso bobo. Odeio o seu olhar apaixonado. — Outra bolinha. — Odeio como me faz rir. Odeio com todas as forças os seus beijos. — Mais uma bolinha. Anita estava diante de mim. A sacola caiu aos seus pés. — Mas odeio ainda mais sentir a sua falta — a voz soou baixinho. — Eu não estava falando sério. Não quero que você vá embora.

Eu mal tinha fôlego. Dei um suspiro. O coração estava enlouquecido dentro do peito. Minha boca secou e as mãos suaram. Ela realmente estava fazendo isso na frente da escola toda?

Um misto de nervosismo e felicidade me dominou. Precisei respirar fundo mais uma vez. Então sorri e segurei a mão de Anita.

— Eu também não quero ir embora. Quero voltar pra você.

Seu sorriso me deixou satisfeito. Diante do burburinho, Anita e eu olhamos para os vários alunos que nos observavam. Ela apertou meus dedos.

— Então namora comigo.

Meu sorriso ficou gigante e a surpresa tomou conta de mim, se transformando em felicidade.

Viu? Era fácil do jeito como Anita estava fazendo.

— Com certeza.

O beijo selou o nosso namoro e levou a escola abaixo. Houve gritos, assobios, palmas e tudo mais. Teve até chuva de bolinha de papel. Continuei beijando a minha namorada, esquecendo o resto.

Eu estava muito feliz!

Trinta e dois

Ainda havia muito barulho quando nos abraçamos. Anita sorria e até deu um gritinho à medida que a levantei do chão. Bolinhas de papel ainda voavam sobre nós, mas tudo parecia distante. O que importava mesmo era o olhar de Anita, suas bochechas coradas, a felicidade que também emanava dela.

Eu pretendia expressar o meu amor naquelas três palavrinhas tão importantes. Seria na escola mesmo. Chega de esperar pelo melhor momento se qualquer lugar se tornava especial com ela. No entanto, o silêncio caiu sobre os alunos depois de uma voz grave reverberar pelo pátio:

— O que está acontecendo aqui?!

Todo mundo se virou para o meu pai, acompanhado das duas orientadoras do ensino médio e de um inspetor. Eu me encolhi, com medo de que sobrasse para mim.

O coordenador veio devagar, observando a bagunça, os papéis no chão e os alunos. Muitos estavam acuados, outros riam baixinho. Ao notar que a maior parte da sujeira se concentrava em mim, ele cruzou os braços.

— Alguém vai me explicar o que aconteceu?

Fiquei calado. Antes que meu pai perguntasse de novo, Anita falou:

— Fui eu, Rômulo. — Os olhos dela passaram por mim e pousaram no meu pai. — Isso foi coisa minha.

Fiquei boquiaberto, tentando inventar uma desculpa para salvar Anita.

— E eu ajudei a Anita.

Eu analisei Kevin com atenção. Nem ele nem Anita pareciam preocupados. Pela fisionomia do meu pai, estavam encrencados.

Os dois foram mandados para a coordenação, não sem antes ouvirem que limpariam o pátio assim que voltassem. Acompanhei a caminhada deles com o olhar, voltando a mim ao levar um empurrão. Amanda também olhava na direção dos dois.

— Foi legal, né? — Tinha um sorriso de orelha a orelha. — Melhor ideia que já tive.

— Isso foi você? — Falei baixo.

— Sim e não. — Ela se agachou para pegar uma bolinha. — Anita não queria fazer nada. Kevin a convenceu. Tinham que chamar a sua atenção de alguma forma. Vieram falar comigo e dei a ideia. Kevin queria que fossem bexigas com água, mas com certeza eles seriam expulsos. Então voltamos à minha sugestão. — Jogou o papel em mim. — Você precisava ver como ela estava nervosa, querendo desistir e repetindo que você não queria saber de mais nada. Kevin teve um grande trabalho para manter Anita no plano. Repetiu até cansar que você era apaixonado por ela.

Fiquei sem reação. No meio-tempo, meus amigos entoaram um "Eeeeeee" em coro. Chegaram a me empurrar, mas minha atenção continuava em Amanda.

— Sei nem o que dizer...

— Só aproveita o seu namoro. — Amanda piscou e pegou outra bolinha. Essa ela jogou em Cadu. — Tô de olho em você, hein!

Cadu levantou as mãos, rendido, e Amanda se afastou. Lorena deu um tapa na nuca dele.

— O que você tá aprontando agora, Carlos Eduardo?!

— Ei! Não fiz nada!

— Por que a Amanda disse aquilo? — Lorena ameaçou dar outro tapa nele. Cadu desviou.

— Deve ser porque a Paula veio falar comigo.

Olhos se arregalaram, e Cadu sorriu, sem graça. Intimado a contar os detalhes, meu amigo foi com a gente de volta ao banco do intervalo.

— A gente só conversou. Pedi desculpa pelo que fiz. Ela gostava de mim de verdade. Fiquei sem jeito. — Ele se esticou no banco, olhando pensativo o horizonte. — Como ela estava se abrindo comigo, também resolvi falar a verdade. Contei que eu estava me entendendo melhor e me sentindo muito bem sozinho, sem ter que ficar atrás de alguma garota. Acho que nem gosto tanto de sexo assim.

A surpresa estampou a cara de todo mundo. Precisei fechar a boca de Lorena. Mas não durou nem um segundo.

— Por essa eu não esperava. Você já ficou com várias meninas.

— É... Mas eu fazia isso porque era o que os outros esperavam de mim. Agora que não me importo mais, tá tudo mais claro. Me sinto bem melhor. — Um sorrisinho se formou nos seus lábios.

— Que legal, cara. — João deu tapinhas no ombro dele. — A gente tem que procurar o que faz sentido pra gente. Fico feliz que você esteja se encontrando.

Eu já vinha reparando em Cadu. Ele tinha se entendido, ou pelo menos estava no processo. Nada melhor do que se encaixar em si mesmo, compreender os próprios desejos e vontades.

O assunto voltou para a chuva de bolinhas e o beijo que Anita e eu trocamos no meio de todo mundo. Não foram todos os alunos que ouviram o pedido de namoro, mas quem escutou já tinha espalhado.

Fomos rindo o caminho todo até a sala de aula depois do sinal. Muita gente me abordou, me parabenizou ou fez algum comentário. Me senti uma celebridade.

Assim que me acomodei na carteira, senti o celular vibrar.

fui suspensa

mas tá tudo bem, eu sabia que isso ia acontecer

minha mãe tá uma fera

> tô me sentindo culpado...

> conversei um pouco com a Amanda

> ela contou que ajudou vocês

> não se sinta culpado, valeu a pena

> ainda bem que ela e o Kevin me convenceram

> agora você é o meu namorado

> sim, eu sou

> e como faço pra te ver?

> apareço na hora da saída

> me espera!

A professora de português limpou a garganta, olhando para mim. Assenti, sem graça, e mandei "vou esperar" para Anita antes de guardar o celular.

A quarta aula era de matemática, e minha mãe entrou na sala sorrindo disfarçadamente. Pôs as coisas na mesa e prestou atenção em mim. Com um sorrisinho, ela comentou na frente da sala que tinha ouvido falar de uma guerra de bolinhas no primeiro intervalo.

Ela não perguntou nada, apenas jogou no ar. Todos se viraram para mim. Minha mãe me encarou alegre. Com certeza ela sabia dos detalhes. Só me restou pôr o livro de matemática sobre a cabeça para cobrir o rosto.

A classe toda riu, inclusive ela.

Ainda bem que não houve comentários. Se eu já teria que aguentar meus pais em casa, imagina lidar com a minha mãe ali.

Na hora da saída, corri para fora da sala. Meus amigos tiveram que apertar o passo para me alcançar. Na calçada, busquei a pessoa que tanto queria ver e fui ficando inquieto.

— Ei, convencido!

Tudo ao redor desapareceu.

Anita acenou a alguns metros do portão, ao lado de uma árvore. Ela se destacava no mar de alunos por causa da blusa de frio vermelha aberta na frente, diferente do uniforme.

Corri até ela. Segurei Anita pela nuca e tasquei um beijão, morrendo de saudade. Ter a certeza de que eu amava essa garota fazia o meu estômago revirar, ao mesmo tempo que me deixava indescritivelmente feliz.

Eu precisava dizer isso para ela o quanto antes.

— Aconteceu tanta coisa que nem consegui te entregar isso. — Ela estendeu uma caixinha. — Feliz aniversário!

Já tinha me esquecido da data. Era um cupcake de chocolate todo decorado. Agradeci com um selinho.

— Esse é só um presente. O outro dou depois, quando a gente estiver sozinho…

Ela sorriu. Meus amigos também. Me empurraram e fizeram sons incompreensíveis.

João foi o primeiro a puxar papo com Anita, dizendo que vinha desconfiando da gente. Eles contaram sobre as mentiras, os sumiços e a cara de apaixonado.

— Ele continua com cara de apaixonado. — Rodrigo voltou a me empurrar.

— Tá, chega. — Passei o braço pelos ombros de Anita. — Agora dá licença que quero ficar com a minha namorada. Vejo vocês depois.

Eles reclamaram só para fazer graça. Segui pela avenida da escola com Anita. Durante o caminho até a minha casa, ela contou como havia sido a conversa com o meu pai. Falou da bronca, de como o coordenador era bom com as palavras. Se não fosse por mim, ela estaria realmente arrependida.

Já a mãe dela tinha ficado realmente brava.

— Pra ela se acalmar, precisei contar toda a história. — Fazia carinho nos meus dedos. — Então você foi intimado a aparecer lá em casa amanhã. Ela quer te conhecer de qualquer jeito.

— Vixi. — Me afastei para esfregar os braços. — Me deu até um negócio. Ela não vai querer me matar por ser o namorado da filha dela, né?

— Claro que não, seu bobo. Ela só quer te conhecer. Minha mãe não é do tipo que me proibiria de namorar ou que perseguiria meu namorado. Fica tranquilo.

Suspirei de forma exagerada para fazer Anita rir. O som da sua risada era muito gostoso. Se dependesse de mim, Anita viveria feliz desse jeito.

Como meu pai almoçava na escola para continuar trabalhando à tarde e minha mãe ficava com ele alguns dias na semana, já que também dava aulas nesse período, a casa estava vazia. Milena finalmente tinha voltado para Campinas.

Anita se acomodou no sofá e eu fui buscar água para a gente. Sentado ao seu lado, tomei uma decisão.

— Desculpa por aquele dia — comecei, devagar. — Fiquei nervoso e te pressionei. Sei que é assunto seu e eu não deveria ter feito o que fiz. — Segurei sua mão entre as minhas. — Prometo que não vou mais fazer isso.

Ela concordou e apertou meus dedos.

— É um assunto muito delicado. Um dia vou te contar, mas não agora, tá?

Concordei e beijei seus dedos. Seu sorrisinho logo se desfez e ela suspirou.

— Fui grossa com você também. Fiquei nervosa só de ver o Danilo e...

— Danilo...

— É, Danilo. Enfim, desculpa. — Ela me beijou devagar. — Não quero mais falar dele. Só quero pensar em você. Estar aqui com você. — Acariciou o meu rosto, passando o dedão delicadamente pelo meu lábio inferior.

— Eu também. E queria dizer que eu te amo.

Anita ficou paralisada antes de abrir um sorriso. Segurou meu rosto e me beijou repetidas vezes em todos os lugares. Comecei a rir, e ela só parou depois de me beijar na boca.

— Eu também te amo — disse com os lábios encostados nos meus. — Amo tanto que fico até com medo.

— Não é pra ter medo de me amar.

— É medo de te perder. — Balançou a cabeça em negação. — Mas é só meu pessimismo falando. Minha psicóloga diz que preciso pensar nas coisas boas, não focar nas ruins nem no que a minha mente cria.

— Concordo com ela. Você não vai me perder. — Beijei Anita no pescoço, e ela se encolheu. — Então você faz terapia.

— Quando o seu pai trai a sua mãe com uma mulher trinta anos mais nova, com idade pra ser sua irmã mais velha, a gente surta um pouco.

Fiquei boquiaberto. Anita balançou a mão como se quisesse que eu esquecesse isso.

— A minha psicóloga também diz que os problemas dos meus pais são problemas dos meus pais, não meus. Então tento não me abalar mais. Venho progredindo apesar de tudo. E agora... — Ela enfiou a mão no bolso. — O seu segundo presente.

— O que é? — Me ajeitei no sofá.

Anita puxou uma fita vermelha. Não entendi nada. Aí ela amarrou no próprio pescoço.

— Eu! — Abriu os braços e sorriu.

— Nossa, que convencida!

Rimos juntos. Entrei na brincadeira, dizendo "deixa eu pegar meu presente", e soltei a fita dela antes de a abraçar pela cintura. Seus braços vieram para o meu pescoço, e a beijei de novo e de novo. Quando me inclinei sobre ela, Anita se agarrou na minha camiseta, me incentivando.

Deitei Anita no sofá, ficando por cima. Os lábios continuaram unidos. Pressionei nossos corpos, ouvindo sua respiração cada vez mais rápida e profunda. As mãos dela não perderam tempo em me percorrer, deixando um rastro de pelos eriçados. Também a toquei embaixo da camiseta, sentindo a pele quente e o movimento da barriga.

Em poucos segundos, eu estava completamente perdido nas formas do seu corpo, no seu calor, no seu cheiro. Seus olhos fechados me encantavam, e abertos também, me encarando de perto. Os lábios rosados, úmidos, me convidavam o tempo todo, mas às vezes eu preferia só admirar Anita umedecê-los ou morder o inferior. No fim, ela sempre sorria, e isso me contagiava.

Não sei quanto tempo ficamos ali. Parecia tanto um longo período quanto um piscar de olhos. A minha única certeza era de que teríamos continuado se a porta da sala não tivesse sido aberta de uma vez pelos meus pais.

Trinta e três

Tudo aconteceu ao mesmo tempo.

Saí de cima de Anita rapidamente. Pus a primeira almofada que vi sobre o colo, mais envergonhado impossível. Anita se sentou, ajeitando a roupa no corpo. Meu pai arregalou os olhos e se virou de costas. Minha mãe olhava com espanto e murmurou um palavrão. Ela empurrou meu pai para fora e saiu, fechando a porta.

— Vamos dar uns minutos pra vocês se recomporem.

Senti o rosto mais quente. Anita estava vermelha, os cabelos levemente bagunçados, a camiseta desalinhada, vestindo o casaco. Quando nos encaramos, ela fez algo entre uma careta e um sorriso e cobriu o rosto com a almofada.

Tive vontade de rir, mas tentei me acalmar e acariciei seu braço. Com a cara escondida, ela disse, num grito abafado:

— Que vergonha! — E bateu com a almofada em mim.

— Ei! Por que você tá fazendo isso?

— Você não sabia que seus pais iam aparecer? Que bela impressão eu passei... — Ela olhou para cima, num lamento, para depois pousar o olhar em mim. — E aí? — Já segurava o riso ao indicar a almofada.

Como apenas encolhi os ombros, Anita puxou a almofada. Reclamei, pegando de volta. Ela riu e agarrou de novo. Aí a minha mãe abriu a porta da sala. Paramos com a guerrinha, e a minha emoção desapareceu.

Meus pais fixaram os olhares em nós. Anita tinha as mãos unidas sobre o colo e a cabeça baixa. Para não deixar a minha namorada ainda mais constrangida, tomei a frente da situação.

— Por que vocês chegaram agora?

— Esqueci de deixar a aula de hoje on-line. Então vim pegar o note-book. Como a gente estava almoçando junto, seu pai veio também. — Cruzou os braços. — Então vocês queriam aproveitar o tempo sozi-nhos, né?

Fiquei encolhido. O que eu ia dizer? Estava mais do que claro. Meu pai disse:

— Você tá deixando os dois ainda mais sem graça.

— Lógico. — Soltou o ar pelo nariz como se estivesse segurando o riso. — Eu tô me divertindo muito.

Ela estava dando um sorrisão. Meu pai fazia que não. Ele se virou para Anita.

— Não precisa ficar assim. A gente entende, né? — Cutucou mi-nha mãe, que assentiu. — Bem que você podia ter contado sobre vocês — falou com a atenção em mim.

— É que a gente só fez as pazes hoje. — Sorri sem graça, assim como Anita. — A gente tá namorando.

— Eu sei! — Minha mãe se adiantou. — Já falei que aluno é tudo boca aberta. Fizeram questão de me dar todos os detalhes. Vi até vídeo do beijo.

Eu sabia!

— Desculpa por aparecer assim na casa de vocês. — Anita se levan-tou. — Nem pensei direito e...

— Não se preocupa — minha mãe a tranquilizou. — Só não façam mais isso no sofá, tá? Tô traumatizada.

Minha mãe fazia graça, exagerando nas reações. Anita voltou a fi-car vermelha.

Assim, fomos para o meu quarto. Sentada na minha cama, Anita respirou fundo mais de uma vez.

— Não precisa ficar desse jeito. Meus pais são de boa.

— Podem até ser, mas isso não muda o fato de que viram a gente na maior pegação. Ainda tô morrendo de vergonha.

Tive que concordar. Para dissipar aquele sentimento, pedi que me contasse como foi a semana.

Como Kevin tinha comentado, Anita tentou me mandar mensagem depois da nossa discussão. Ligou para Kevin desolada por causa do block. Fiquei surpreso com os detalhes de como ele a acolheu. Nunca tinha imaginado Kevin assim.

— Só fui saber ontem que ele falou com você. — Com a cabeça no meu ombro, ela afagava minha mão. — Eu estava quase desistindo do plano que ele e a Amanda tinham criado. Aí ele me contou tudo. Eu quis esganar o Kevin! Mas saber o que você disse pra ele me fez ir até o fim com essa história.

— Ele tá se mostrando até que legal.

— O Kevin *é* legal. Só precisava de uma amiga. Porque aquele Murilo é terrível. Só puxa pro pior caminho possível. Você acredita que o Kevin me prometeu que vai se desculpar com os seus amigos? Principalmente com o Rodrigo?

— Não acredito.

— É verdade. O Murilo tá espumando de tanto ódio. — Riu, dando de ombros.

Minha mãe bateu na porta, avisando que, depois que voltasse da escola, a gente ia no shopping comprar umas coisas para receber meus amigos em casa. Seria uma festinha simples, com um bolo e uns salgadinhos. Só havia faltado convidar Anita, que logo confirmou a presença.

Eu queria que ela passasse a tarde comigo, mas tinha aula de violoncelo e outros afazeres.

Depois que Anita foi embora, fiquei sozinho com as lembranças desse dia tão especial. Cheguei a me pegar sorrindo várias vezes.

Minha mãe voltou lá pelas três da tarde, e meu pai, pouco tempo depois. Eu estava estudando quando ele me chamou na porta do quarto. Eles queriam conversar comigo.

Caí no sofá e soltei um longo e sonoro suspiro. Alternando a vez, meus pais comentaram que estavam felizes com o meu namoro e até elogiaram Anita, enaltecendo as suas qualidades como aluna. Eu sabia que eles só estavam preparando o terreno.

E logo o assunto foi para sexo, prevenção, consentimento, tudo o que eles já vinham me falando desde sempre. De nada adiantava eu repetir que já sabia, que estava cansado de ouvir aquilo, que toda vez ficava desconfortável. Eles sempre iam falar quantas vezes achassem necessário, principalmente a minha mãe.

Apenas confirmei com a cabeça, minhas orelhas quentes.

— Pronto, agora estou mais tranquila. — Minha mãe pôs a mão no peito. — Vendo aquela cena, fiquei preocupada de não ter te orientado direito.

— Vocês me orientam desde sempre. Nem se eu quisesse ia esquecer.

— Às vezes a gente esquece quando se empolga. Depois de um ano estressante, prova para corrigir e aluno enchendo o saco, eu só queria aproveitar uma noite sem criança, já que a Milena estava com os seus avós. Com certa quantidade de álcool, esqueci tudo. — Ela riu, cutucando meu pai, e não desfez o sorriso. — E agora temos você, fazendo dezoito anos.

Fiquei em choque com os detalhes da minha concepção. Minha mãe riu da minha cara e meu pai só negava com a cabeça.

Acho que eles queriam me traumatizar...

Agradecendo aos céus que o assunto havia finalmente acabado, fomos os três ao shopping. Primeiro passamos em uma loja de roupas. Escolhi algumas peças novas com que meus pais queriam me presentear.

No caminho para outra loja, minha mãe parou na farmácia. Fiquei do lado de fora com o meu pai. Ela voltou me estendendo uma sacola. Havia alguns pacotes de camisinhas.

— Mãe! — Enfiei tudo, inclusive a sacola, no bolso da calça.

Ela deu de ombros e achou graça, seguindo pelo shopping como se constranger o filho adolescente fosse sua diversão favorita. Meu pai me deu palmadinhas no ombro. Sua expressão dizia "você sabe que ela é assim. Se acostume".

Estávamos prestes a comprar descartáveis para a festinha quando alguém chamou a minha atenção. Olhei despreocupado até reconhecer o ex-namorado de Anita. Ele estava sozinho, seguindo pelo mesmo caminho do outro dia.

Muita coisa passou pela minha mente enquanto fiquei parado na entrada da loja, vendo o cara andar. E nenhuma delas deixaria Anita feliz.

Balancei a cabeça, tentando esquecer esse assunto. Cheguei a dar um passo dentro da loja, mas não pude continuar. Eu estava me corroendo por inteiro. E se ele me contasse o que aconteceu?

Hesitei. Só a presença do ex-namorado destruiu Anita. Fechei os punhos. Danilo já estava longe. Tratei de avisar meus pais que ia ver um negócio e já voltava. Saí apressado de perto deles.

— Felipe! Não corre! — meu pai alertou.

Foi como se meus pés estivessem colados no piso, e meu coração disparou. Notei alguns olhares. Senti um gosto amargo na boca e me virei para o meu pai. Fiquei ainda mais angustiado pela sua feição preocupada. Assenti e segui andando pelo corredor. Ia pôr as mãos nos bolsos, mas lembrei de deixá-las à vista, como meus pais sempre falavam.

Dei passadas devagar, engolindo a sensação ruim que o racismo sempre causava. Podiam achar que roubei alguma coisa, e o olhar do segurança reforçou isso.

Segui em frente e avistei Danilo. Ele tinha parado para conversar com uma moça de uma loja de chocolate. Fingi observar os itens do estabelecimento ao lado, esperando que Danilo voltasse a ficar sozinho.

Quando continuou seguindo pelo corredor, fui atrás dele e o chamei pelo nome. Danilo fechou a cara. Estendi a mão para me apresentar. Ele a apertou desconfiado, os olhos verdes me mediam atentamente.

— Então, cara. Sabe a Anita?

Ele suavizou um pouco a expressão.

— A Kaori?

Fiz que sim. Ele sorriu, confirmando.

— Sim, ela é minha ex-namorada. Faz tempo que a gente não se vê. Você é amigo dela?

— Sou... Você sabia que ela evita vir no shopping por sua causa?

Não achei que Danilo fosse rir.

— Ah, é? Não sabia.

Engolindo a raiva, forcei um sorriso.

— Pois é. Um dia a gente veio, ela te viu e quis ir embora. Agora isso tá atrapalhando os rolês do pessoal. E ela nem conta o que aconteceu. — Dei de ombros, como se não desse tanta importância. — Aí vi você passando e achei que ia ser uma boa saber o que rolou entre vocês.

Danilo concordou, sorrindo. Chegou a procurar algo no celular.

— Ah, não tá mais aqui. Não tem como eu te mostrar, cara. — Guardou o aparelho. — Pede pra ela te contar. Vai ser mais divertido. E fala pra Anita que tô com saudade. Se ela me desbloquear, a gente pode até voltar a conversar. — Seu sorriso aumentou. Como ele podia se divertir com algo que a deixava tão mal? — As coisas ficaram sem graça depois que ela mudou de escola. — Apontou para mim. — Ela estuda aí também?

Por um segundo, não entendi o que ele quis dizer. Aí me dei conta de que eu ainda estava de uniforme. Cobri o nome da escola, o que fez Danilo rir. Ele tocou o meu ombro.

— Colégio Eucalipto. Sei onde fica.

— Você não vai atrás dela, né? — Toda a simpatia forçada desapareceu.

— Não, fica tranquilo. Prefiro agir nas sombras. — Piscou, deixando a informação no ar, e se afastou.

Fiquei absorvendo o impacto da conversa. O que quer que ele tivesse feito a Anita, não causava o menor remorso. Fechei os punhos. Até dei um passo na direção dele, imaginando como seria esfregar sua cara no chão. Mas o shopping era um lugar nada acolhedor para qualquer desvio da minha parte.

Com o maxilar cerrado, os olhos ainda em Danilo, me arrependi. Descobri que ele era um babaca e ainda por cima revelei onde Anita estudava.

A raiva se transformou em desgosto. Fechei os olhos, apoiando o punho fechado na testa.

Eu era um idiota mesmo.

Trinta e quatro

Fiquei tão decepcionado comigo mesmo que mal ouvia o que meus pais falavam. Concordava e os seguia pela loja, no automático.

A primeira coisa que fiz em casa foi me enfiar no banheiro. Joguei a camiseta do uniforme num canto. Me sentei sobre a tampa da privada desacreditado com a falta de sorte. E o pior de tudo era ter exposto Anita.

Entrei embaixo do chuveiro, sentindo a água quente no rosto e tentando não pensar em como eu só estragava as coisas, mas claro que só consegui pensar ainda mais.

Já no quarto, arrumado e à espera do pessoal, cogitei várias formas de contar a Anita o que tinha feito. Ela ia ficar brava, sobretudo por ter deixado claro que não estava pronta para falar sobre aquilo.

Afundei o rosto nas mãos. Eu não queria estragar a nossa relação, não no dia em que ela havia me pedido em namoro, não no meu aniversário, não quando os meus amigos estariam em casa.

Respirei fundo e fiquei em pé para me livrar do pessimismo. Eu precisava tomar vergonha na cara. Ia contar tudo, mas não nesse dia. Reunindo toda a coragem do mundo, aguentaria a reação de Anita quando fosse o momento.

Ensaiei uma expressão tranquila no espelho, esfreguei o rosto e dei batidinhas nas bochechas.

Recebi meus amigos e minha namorada logo em seguida. Ela estava tão linda que foi fácil esquecer o resto. Ela ria com Lorena, que não demorou a fazer amizade, e isso me deixava confiante com a nossa relação.

Tudo ia dar certo.

Na parte coberta do quintal, meus pais e eu dispusemos umas mesas e cadeiras. O pessoal se acomodou e se serviu de comida e bebida. A música vinha de uma caixinha de som, e a gente ia escolhendo as playlists de acordo com a vibe.

Depois de cantar parabéns, entreguei o primeiro pedaço de bolo para Anita. Todos soltaram uma exclamação, pois eu sempre pegava o primeiro pedaço para mim. Afinal, existe alguém mais importante? Mas daí veio Anita...

Ela agradeceu sem graça e me deu um selinho.

Apesar de não terem ficado o tempo todo com a gente no quintal, meus pais apareciam vez ou outra para fazer um pratinho de salgados e pegar um refrigerante. Um pouco antes da meia-noite, avisaram que iam se deitar.

Passamos a hora seguinte jogando conversa fora, dando risada, lembrando coisas engraçadas da escola e de anos anteriores. Lorena grudou em Anita de tal forma que ela sempre estava junto quando eu queria dar uns beijos na minha namorada. Precisei jogar bolinhas de guardanapo para que se afastasse. Lorena me mostrou a língua.

Anita estava com a cabeça no meu ombro, ouvindo uma história de João. Ela ria, concentrada, segurando a minha mão e acariciando os dedos. O tempo frio era propício para que a gente ficasse grudadinho. Quando bocejou, afaguei seu cabelo.

— Alguém tá ficando com sono.

— Um pouco. — Se endireitou e esfregou os olhos. — Acho que vou ligar pra minha mãe vir me buscar.

— Que pena. Queria que ficasse aqui comigo — murmurei.

— Eu também. — Tocou meu queixo com carinho. — Hoje não dá, mas me convida outro dia.

— Isso é um sim?

— É um com certeza. — Ela deu um sorriso sapeca e passou os braços pelo meu pescoço. — Ficar com o meu namorado é o que mais quero.

Fomos interrompidos por uma bolinha de guardanapo.

— Depois que a gente for embora, vocês continuam — Lorena riu.

— Sabe o nome disso, Lorena? — Devolvi o lixo nela. — Inveja.

Ela deu uma gargalhada, dessa vez jogando um copo descartável em mim.

— Claro que não, Felipe. E você nem sabe onde vou dormir hoje.

Todo mundo olhou para Rodrigo. Ele já estava rosado.

— Ei! — João se ajeitou na cadeira. — Quando foi que vocês começaram a namorar?

— Não começamos. — Lorena olhava as próprias unhas, como se não desse importância. — E provavelmente nem vamos.

Ficamos em silêncio e trocamos olhares. Rodrigo foi do rosa para o vermelho. Antes que ficasse roxo de vergonha, ele limpou a garganta.

— A gente chegou a uma conclusão: namorar não ia ser um bom negócio, já que vamos prestar vestibular pra lugares diferentes. Então... — Se virou para Lorena, que sorriu e confirmou com a cabeça. — A gente só vai curtir enquanto pode.

— Galera — Cadu comentou. — Namoro à distância tá aí pra ser praticado.

— A gente sabe. — Lorena segurou a mão de Rodrigo. — Só achamos melhor não escolher essa modalidade. E tudo bem.

Eu ia dizer que estava feliz por eles terem estabelecido uma dinâmica que agradasse os dois, mas passei a pensar no meu namoro.

Nós também prestaríamos vestibular para lugares diferentes. E uma das opções de Anita era no Rio Grande do Sul. Até arrepiei. Talvez acabássemos na mesma cidade, mas não havia certeza. Engoli em seco.

Anita apertou minha mão e tocou no meu rosto, os olhos fixos nos meus. Entendi o que queria dizer. Então a beijei devagar, sentindo apenas o calor dos seus lábios.

— Você vai passar na USP, né? — sussurrou, a boca ainda grudada na minha.

Ela também sabia que passar em universidades de São Paulo era a nossa única opção para não precisarmos namorar à distância.

— Vou. E você, vai passar na Unesp?

— Sem dúvida.

A gente não precisou dizer mais nada. Íamos nos esforçar para cumprir cada passo do plano.

Lorena e Rodrigo foram os primeiros a ir embora. Confesso que fiquei surpreso com o fato de que passariam a noite na casa dele. Pelo que fiquei sabendo, Lorena já conhecia os pais de Rodrigo.

Falou tanto de mim, mas não explanou uma vírgula do rolo dela.

João foi embora com o pai, que deu carona para Cadu. Ver o pai dele presente depois de tudo aquilo me deixou mais tranquilo. Claro que eu preferia que meu amigo não tivesse sofrido, mas os problemas já estavam começando a se resolver.

Anita estava prestes a mandar mensagem para a mãe quando tirei o celular da sua mão. Entrelaçando seus dedos nos meus, indiquei o caminho para o meu quarto. Ela concordou, deixando de lado a postura séria.

Nos beijamos livremente quando fechei a porta. Eu queria aproveitar a intimidade, só que o celular de Anita tocou.

Ela se afastou para atender.

— Sim, eu sei que tá tarde, mãe. Eu ia te mandar mensagem agora. — Andou pelo quarto. — Tá bom, pode vir.

Anita fez bico. Encolhi os ombros, nosso tempo havia acabado.

— Você vai lá em casa amanhã, né? — Ela me abraçou toda manhosa, repousando a cabeça no meu peito. — Vamos ficar o dia todo grudados. Avisa aos seus pais que você vai ser todo meu.

— Nossa, que menina possessiva. Relacionamento tóxico, hein!

Ela me deu um beliscãozinho, e eu abracei apertado a minha namorada e ri.

Trocamos beijos de despedida, com a promessa de que nos veríamos no dia seguinte.

Quando a mãe dela chegou, me aproximei do carro e a cumprimentei com um aceno. Ela retribuiu, sorrindo. Fiquei na calçada vendo as duas se afastarem e suspirei todo feliz. Aí recordei o que tinha feito, e a culpa pesou nos ombros.

Não consegui esquecer as palavras de Danilo. E se ele fosse atrás dela? E se aparecesse na escola? Eu precisava contar para Anita o quanto antes.

Trinta e cinco

Como eu ia almoçar com a família de Anita, saí de casa por volta das onze. Meu pai me levou, parando o carro diante do prédio dela em poucos minutos. Respirei fundo algumas vezes, tentando afastar a insegurança. E se a mãe dela não gostasse de mim? E se eu fizesse algo muito errado? Eram vários "e se".

— Vai dar tudo certo. É sempre tenso conhecer a família da namorada, mas depois tudo se ajeita. E você é um bom garoto.

Concordei, sem realmente ter certeza. Depois de outro longo suspiro, agradeci a carona. Meu pai foi embora, e olhei da portaria para toda a fachada. Engoli em seco, enchi o peito de ar e me aproximei do interfone.

Esperei ansioso a autorização do porteiro. Batia o pé no chão e estralava os dedos. Pus a mão na grade, ouvindo o interfone chiar, pronto para subir.

— O que você vai fazer lá em cima?

Achei que não tivesse entendido certo e empurrei o portão, que continuava trancado. Soltei um "hã?", e o porteiro repetiu a pergunta.

Umedeci os lábios, olhando em volta. Então fiz que não, repetindo mentalmente que isso não estava acontecendo de verdade.

— Você já interfonou lá, né? — busquei conter a irritação. O porteiro confirmou. — Então, é só me deixar subir.

— Mas eu nunca te vi aqui.

— Pois é, cara. É a primeira vez que eu venho. Dá pra abrir o portão?

— Mas o que você vai fazer lá?

A raiva tomava conta de mim. Isso realmente estava acontecendo.

— Você faz essa pergunta pra todo mundo ou só para os pretos mesmo?

— Não, não é isso, imagina — o tom de voz mudou na hora, e ele até se enrolou. — É que as meninas estão sozinhas, fiquei preocupado. Você sabe como é.

— Não, não sei. Vai me deixar subir agora?

— Você não respondeu.

— E não vou!

Me afastei antes de mais alguma desculpa esfarrapada. Liguei da calçada para Anita, que atendeu no primeiro toque.

— O porteiro não quer me deixar subir.

— Quê? Como assim? Já autorizei.

— Acho que a minha cor é motivo suficiente. Ele não para de perguntar o que vou fazer aí.

Anita ficou em silêncio, depois soltou um palavrão. Encerrou a ligação pronta para descer.

Diante da portaria, de braços cruzados, olhei para a janela espelhada. Eu não podia ver o cara, mas com certeza ele estava me encarando. Fiquei sério, de cabeça erguida. Se ele estava achando que ia me intimidar, grande engano.

E minha namorada é bem brava também, eu pensei, orgulhoso.

Só me movi ao ver Anita. Ela abriu os dois portões que nos separavam e me pegou pela mão, me levando para dentro, e deu a volta na guarita. Eu era capaz de sentir a sua raiva e estava pronto para ver o show de camarote.

— Ei! — ela falou alto. A janela se abriu, revelando um homem branco, com poucos fios grisalhos no cabelo castanho, devia ter cerca de cinquenta anos. — Por que você não deixou o Felipe entrar?

Voltei a cruzar os braços, encarando o sujeito e esperando a desculpa.

— É que a sua mãe não tá em casa, eu nunca vi ele aqui. Fiquei preocupado. Ele não quis dizer o que ia fazer lá.

Anita fechou a cara. Ela ia atacar. Eu que não ia impedir.

— Preocupado? — Deu um passo para perto da janela. Suas sobrancelhas estavam franzidas. — Essa semana você deixou o meu amigo subir sem problemas. Por que não ficou preocupado? Eu estava sozinha.

O porteiro ficou calado. Ele olhou para a gente, como se procurasse uma justificativa para a hipocrisia.

Anita chegou mais perto da guarita.

— Eu sei por que você não deixou o Felipe subir e com certeza você também sabe.

— Não, não é por causa disso — ele falou mais baixo.

— O Felipe é o meu namorado e ele vai vir muito aqui. — Ela deixou o porteiro surpreso. Nem para disfarçar... — Se ele passar por isso de novo, vou conversar com a síndica. Na verdade, vou mandar uma mensagem agora pra dizer que o senhor tá sendo racista. — Abriu o WhatsApp, realmente procurando a mulher entre os contatos.

— Não, não.

— Não quis deixar meu namorado subir porque ele é preto. — Depois de dar oi, digitou o que tinha falado. Ergueu a cabeça para encarar o homem depois de enviar um textão. — Nem passou pela sua cabeça que ele poderia ser meu namorado, né? É uma surpresa ver uma menina amarela namorando um garoto negro? — Ela deixou o sujeito envergonhado.

— Não, Anita. Me desculpa. Me desculpa, Felipe. Isso não vai mais acontecer.

— É lógico que não vai — finalmente me manifestei. — Racismo é crime, sabia?

Ele fez que sim, repetindo o pedido de desculpa. Anita bufou antes de me conduzir para dentro. O elevador já estava no térreo. Ela se encostou no espelho, fechou os olhos e respirou bem fundo. Por mais que eu tivesse ficado irritado, me sentia orgulhoso da postura dela.

Toquei o rosto de Anita, e ela abriu os olhos. Beijei minha namorada devagar.

— Agora vou ter que pôr uma focinheira em você?

Ela revirou os olhos e deu risada.

— Seu bobo. — Me abraçou. — Você tá bem?

Fiz que sim. Ela me abraçou mais apertado.

— Fiquei com muita raiva. Ele não barrou o Kevin.

— O Kevin é branco. — Suspirei com pesar. — É uma droga. Mas já tô esperto. Nunca ia deixar ele me interrogar.

— Desculpa por isso. Nem pensei nessa possibilidade.

— Não é culpa sua.

Ela assentiu, e saímos no décimo andar. Ela manteve a porta aberta para que eu entrasse. Priscila se levantou de um pulo do sofá e veio me abraçar, me contagiando com a empolgação.

Anita mal deixou a irmã falar comigo, pois me puxou para o quarto. Ficou parada com a mão na maçaneta da porta fechada visivelmente incomodada. Toquei seu ombro. Eu ia comentar que estava tudo bem, que ela não deveria se preocupar, mas Anita começou a falar primeiro.

— Eu odeio isso. Odeio como as pessoas julgam as outras pela cor. Sei que a minha vivência não se compara à sua. Tudo sempre foi sutil, comentários como "você deve ser boa em exatas", "deve ser a melhor aluna da turma", "que cara de nerd". — Balançou a cabeça. — Eu li tanto absurdo na internet durante a pandemia. Culpavam todos os amarelos pelo vírus. Falavam como se a gente fosse tudo igual... Enfim, tenho certeza que você já sabe disso.

Fiz que sim. Puxei Anita e beijei sua cabeça.

— Você deve ter se sentido pressionada a vida toda, né?

— Muito. Acreditei que eu não podia errar em nada porque não era o que as pessoas esperavam de mim. Eu deveria ser inteligente, ir bem em todas as matérias. Era o que todo mundo dizia. Então por que não era desse jeito? E aí meu pai fez o que fez, veio a pandemia, os problemas na outra escola, e eu surtei. — Soltou um grande suspiro. — Pelo menos agora tô melhor. — Passou os braços pela minha cintura. — E tenho você.

— É a melhor parte.

Ela sorriu e eu também, aliviado.

Andei pelo quarto, prestando atenção nos detalhes. Ao contrário de Anita, que via o meu quarto nas chamadas de vídeo, eu mal conhecia o dela. Circulei pelo cômodo pequeno. Havia um guarda-roupa branco embutido, uma escrivaninha da mesma cor e prateleiras sem espaço para todos os livros. O violoncelo reluzia imponente. A cama de solteiro ficava encostada na parede oposta. Me sentei ali. Havia uma mesa de cabeceira, com um papel rosa. Foi impossível não ler as letras garrafais.

MENOS EGO
MAIS FENITA!

— O que é isso?

Anita leu e amassou o recado.

— Priscila! Não é pra entrar no meu quarto e deixar recadinhos! — Ela gritou pela porta.

Ouvi Priscila rir.

— Fenita vive! — a irmã dela berrou de volta.

Anita voltou, nada alegre.

— Fenita? — arrisquei.

— A Priscila deu esse nome para o nosso ship. Felipe e Anita, Fenita. — Ela se sentou ao meu lado. — Minha irmã é insuportável, eu sei.

— Ela é a nossa maior fã. — Passei o braço pelos seus ombros. — Gostei do ship. Se entendi direito, ela não quer mais que a gente brigue.

— Nem eu quero. — Encostou o nariz carinhosamente na minha bochecha. — Eu te amo, lembra?

— Claro que lembro. E eu também te amo.

Nos beijamos de forma tranquila. Nada mais tinha importância, só nós dois no silêncio do quarto, sentindo a presença do outro. Eu até esqueci que estava prestes a conhecer a mãe de Anita, que havia acabado de chegar.

Fomos para a sala encontrá-la. Era uma mulher branca com uns quarenta e poucos anos, cabelos ondulados e castanhos. Carregava algumas sacolas de supermercado e sorriu ao me ver. Deixou as compras na mesa para me abraçar.

Descobri que se chamava Elaine e trazia o que faltava para terminar o almoço. Se eu não soubesse que era de Florianópolis, teria percebido por causa do sotaque.

Tentei me mostrar prestativo e perguntei se precisava de ajuda. A mãe de Anita me olhou como se eu fosse a coisa mais fofa que ela tinha visto na vida. Entendi de onde vinha a mania de Priscila. Depois de dizer que não precisava, ela comentou que estava feliz em me conhecer; eu estava fazendo muito bem para Anita.

— Eles só precisam parar de brigar — Priscila disse, recebendo um olhar raivoso da irmã.

— Essas coisas acontecem. — Elaine balançou a mão, despreocupada. — E a gente sabe que a Anita não é uma menina fácil. Tem que ser perseverante. — Piscou para mim.

— Mãe! — Anita reclamou, e Elaine sorriu, indo de vez para a cozinha.

— Não se preocupe. — Afaguei a cabeça dela. — Eu sei que você é teimosa e bravinha.

Eu e Priscila demos risada. Ganhei um beliscão de Anita, que disse que eu era igualzinho, mas também achou graça.

Nos sentamos à mesa para almoçar quase uma hora depois. Elaine puxou todo tipo de assunto. Então contei da minha família, da escola e do curso que pretendia prestar no vestibular. Ela ouvia com atenção.

Achei que eu fosse ficar mais nervoso, mas esse sentimento passou longe. Na verdade, me diverti com Elaine e Priscila. Elas foram muito simpáticas e tinham personalidades parecidas. Anita destoava das duas. Deve ter puxado o pai...

— Anita te contou do concerto? — a mãe dela perguntou enquanto a gente tirava os pratos da mesa.

— Eu ia contar.

— Concerto? — Já me animei. — Vou poder ver você tocar com uma orquestra?

Ela assentiu, e Priscila deu risada.

— Não é bonitinho como ele se empolga com ela?

A mãe delas concordou, e Anita ficou levemente corada.

— Vai ser no próximo final de semana — Elaine continuou. — Se quiser chamar seus pais, a gente pode se conhecer lá.

Adorei a ideia.

De volta ao quarto de Anita, ela se ajeitou na cama com o notebook no colo e perguntou o que eu queria assistir. Deixei que ela escolhesse.

— Tem esse aqui. — Indicou um filme. — Se não me engano, é um casamento por conveniência. O cara tá prestes a ir pra guerra.

— Será que é bom?

— Não sei, mas acho que seria legal se ele morresse lá. — Ela riu ao ver a minha cara. — O quê? Certeza que um drama assim ia ser mais interessante.

— Então por que não vemos logo um drama?

— Porque não quero prestar tanta atenção no filme.

Eu quase perguntei o motivo.

— Ótima escolha! — Me ajeitei melhor e puxei o edredom para nos cobrir. Anita sorriu e deu play no filme.

Nem cinco minutos depois, senti a mão dela na minha coxa. Tomei liberdade para pôr os lábios no seu pescoço. Ela se encolheu, suspirando. Distribuí beijos e subi para seu rosto. Ela continuava olhando a tela do computador, mas inclinou a cabeça. Voltei ao seu pescoço, mais à mostra.

A mão dela veio para o meu peito, brincando com a gola da blusa de frio. Quando me segurou firme, se virou para me beijar na boca.

O filme continuou, e a gente já estava completamente desinteressado. Eu só queria mais carinho, beijos, toques, e as suas mãos dançavam embaixo da minha camiseta. No momento em que os dedos dela se demoraram no botão da minha calça, me afastei para encarar Anita.

Minha namorada sorria de um jeito único quando estávamos sozinhos. Uma mistura de doçura e sedução. Eu teria me deixado levar pelos seus desejos, que eram os meus também, se não tivessem batido na porta.

O susto me fez recolher as mãos. O coração deu um tranco no peito.

— Anita! Comprei chocolate. Vem pegar pra você e pro Felipe.

— Já vou! — falou alto para depois resmungar: — Não tenho um minuto de paz com o meu namorado.

Ela saiu do quarto, e fiquei sozinho, as emoções se acalmando. O problema era que eu não queria que se acalmassem.

Aí me dei conta de que Anita e eu nunca conversamos sobre o que vinha depois de toda aquela intimidade. Eu nem sabia se ela já tinha transado. Lembrei do ex e do papo com ele. Passei as mãos no rosto, indo de um extremo ao outro. Desejo nenhum resistiu a esses pensamentos.

Anita voltou com um copo de água e um pequeno pote. Havia quadradinhos de chocolate. Se sentou no lugar de antes e me estendeu um pedaço. Ignorei o filme, que ainda rolava. Fiquei concentrado no sabor doce na minha boca e no que eu deveria contar a ela.

Mas Anita voltou a me beijar. O chocolate deixou o beijo mais saboroso, e novamente esqueci o que precisava fazer.

Percorri seu corpo com carinho. Ela fazia o mesmo comigo, o edredom servia como escudo contra a realidade.

Já sem a blusa de frio, eu quis ir além, porém me contive. Era a minha primeira vez na casa dela, e Elaine e Priscila estavam na sala, a poucos metros de distância. Fora que nem sequer tínhamos conversado sobre sexo ainda. Então respirei fundo.

— Você não acha que a gente tá indo longe demais?

— Um pouco, mas por mim tudo bem. — Me mordeu na bochecha.

— A sua mãe e a sua irmã estão aí. Fico sem graça.

— É, você tá certo. Não vou mais te atacar.

Mesmo assim, Anita me beijou no pescoço e foi subindo para a boca. Mordiscou meu lábio antes de me dar um beijo intenso.

— Você não tá facilitando as coisas pra mim — murmurei.

Ela abriu um sorriso.

— Gosto disso.

— Percebi. — Reunindo toda a minha força de vontade, me distanciei um pouco. — É que a gente nunca falou sobre isso — comentei devagar. Uma ruga se formou entre as sobrancelhas dela. — Sobre sexo.

Ela arqueou as sobrancelhas e me abraçou, encostando a cabeça no meu ombro.

— E o que você quer falar sobre isso?

— Bem… — pigarrei, meio sem jeito. — É que eu nunca fiz.

— Sério?

— Não faz essa cara. — Cobri o rosto dela com a mão. — Que culpa tenho se sou um menino puro?

Ela riu, desviando da minha mão. Depois me mordeu de novo na bochecha e passou os braços pelo meu pescoço.

— Sei lá, achei que você não era mais virgem. Por isso nem pensei em ter essa conversa. Desculpa.

— Então isso quer dizer que...

— Quer dizer que não sou mais virgem.

Fiquei em silêncio mesmo sem querer. Não porque isso fosse mudar a nossa relação, e sim porque ela tinha um ex-namorado babaca e sofria só de ouvir falar nele.

— Não faz essa cara... — pediu baixo, tocando a ponta do meu nariz. — O Danilo já foi legal comigo.

Pensar que a primeira vez de Anita havia sido com o ex me inquietou. Dei um gole na água sobre a mesa de cabeceira. Será que era o momento para eu contar o que tinha feito? Não, eu não ia mudar de assunto. Queria falar da gente, da nossa intimidade.

Ela veio se sentar no meu colo, de frente para mim. Fiquei paralisado, sentindo o peso, o corpo todo colado ao meu, as mãos no meu rosto, o gosto dos lábios.

— Quando você estiver pronto, a gente dá esse passo. O que acha?

— Tô pronto agora. — Segurei Anita pelas coxas, vendo seu sorriso. — Quer dizer, não *agora*. Você entendeu. O que achou do convite de ontem? De você passar uma noite lá em casa?

— Uma ótima ideia. E quando vai ser?

— Bem, preciso pedir aos meus pais primeiro. — Afundei os dedos no cabelo solto dela. — Mas que tal no dia do concerto? A gente vai lá pra casa depois.

Anita concordou, me beijando. Tudo aquilo intensificou as minhas vontades. Será que eu aguentaria mesmo esperar uma semana?

— Anita! — A mãe dela bateu na porta de novo. Anita saiu rápido de cima de mim, caindo deitada ao meu lado. — Tem mais chocolate. Vem pegar.

— Tô indo! — Ela começou a rir. O riso me contagiou. — A minha mãe tá fazendo isso de propósito.

— Mães são espertas — me lembrei da minha.

Enquanto ela foi buscar o chocolate, bebi mais um golão de água.

A ideia de Anita dormir na minha casa me deixava extremamente feliz, mesmo que eu ainda tivesse que conversar com os meus pais. Eu estava pronto para ouvir sobre prevenção e tudo mais. Ia valer muito a pena para ter Anita uma noite toda comigo.

Trinta e seis

Se eu enrolasse muito, perderia a coragem. Decidi que conversaria com os meus pais no domingo. Repeti diante do espelho que estava pronto. Não era nada de mais a minha namorada dormir em casa. Milena mesmo já tinha trazido as dela. Valentina não foi a primeira.

Almocei devagar. Meus pais conversavam sobre um assunto que não dei atenção. Só tirei os olhos do prato quando perguntaram o horário do concerto de Anita. Como imaginei, os dois gostaram da ideia de ver a minha namorada tocar e de conhecer a família dela. Minha mãe comentou que Milena provavelmente ia com a gente.

Senti meu estômago gelar. Milena estaria em casa… Seria mesmo uma boa ter Anita e Milena no mesmo lugar? A possibilidade de a minha irmã me tratar como de costume na frente da minha namorada não me agradava. E a gente ainda ia passar a noite juntos… Eu tinha medo dos comentários engraçadinhos de Milena.

Metade de mim queria desistir da ideia, mas a outra contava os dias. A verdade era que eu não aguentaria esperar mais uma semana ou sei lá quanto tempo para que a gente pudesse ficar a sós.

Minha mãe levantou da mesa e meu pai ia sair também.

— Mãe, pai. A Anita pode dormir aqui no sábado, depois do concerto?

Os dois me encararam por alguns segundos. Quem quebrou o silêncio foi meu pai.

— Claro, pode, sim — a voz soou meio fraca, ele precisou limpar a garganta depois.

— Eu preciso de uma água. — Minha mãe deu um golão no copo sobre a mesa. — Meu Deus. — Pôs a mão na testa. — Esse dia chegou. Meu bebê não é mais bebê.

— Mãe! — Senti o rosto esquentar.

— Faz tempo. — Meu pai riu.

— Eu sei. — Bebeu mais um pouco de água. — Só preciso me acostumar com a ideia. Mas a Anita pode vir, sim, sem problemas.

Respirei aliviado.

— A gente vai ter que repetir sobre consentimento e todos os cuidados? — Meu pai perguntou. Fiz que não. — Ótimo. Então se cuidem e se divirtam.

— Rômulo!

— O quê? Eles vão transar. Tem que ser bom pra eles.

— Não precisa falar assim… — Minha vergonha tomava conta de mim.

— Eu sei, Rômulo, mas ainda tô me acostumando com a ideia.

— Para de drama. Foi a mesma coisa com a Milena. Daqui a pouco você já vai estar falando sobre isso sem parar, dando as recomendações sobre barulho.

— É verdade! — Apontou o dedo para mim. — Por mais que a gente saiba o que vocês vão fazer, não quero ouvir nada, entendeu?

Com o rosto pegando fogo, levantei da mesa. Havia ultrapassado o meu limite.

— Tá bom, chega. — Levei o prato para a pia, mas parei antes de sair da cozinha. — Obrigado.

Corri para me jogar na cama. Avisei Anita que tinha falado com meus pais. Ela ficou feliz, o que ajudou a diminuir o constrangimento.

Olhando para o teto, com o rosto quente e o coração acelerado, dei um suspiro. Tudo estava dando certo, e logo mais Anita estaria em casa para passar o domingo comigo.

A única coisa que me incomodava era o fato de ainda não ter contado sobre a conversa com Danilo. Quanto mais tempo demorasse, mais difícil ficaria.

Eu tinha que dar um jeito de falar logo.

$\star\ \star\ \star$

Ainda não tinha contado a Anita. Em minha defesa, como ela estava suspensa por causa da brincadeira das bolinhas, só pude ver a minha namorada na escola na quarta-feira. O tempo juntos antes disso havia sido curto, então não ia estragar nossas poucas horas.

Eu estava fazendo a coisa errada, tinha total consciência disso. E a cada dia faltava mais coragem.

Na saída para o primeiro intervalo, ela estava parada na porta do 3º A. Eu teria aberto um sorriso se Kevin não estivesse ali. Então o cumprimentei com um aceno de cabeça, passando o braço pelos ombros de Anita.

Ele ficou olhando para baixo, até Anita o cutucar. Aí ele me encarou, resmungando um pedido de desculpa pelas implicâncias desde o começo do ano.

A minha vontade era não desculpar. Cara chato do cacete. Mas ele tinha nos ajudado depois da briga, sem falar nas coisas que Anita tinha contado sobre ele. Por isso dei o braço a torcer.

Kevin olhou para os meus amigos esperando no corredor. Respirou fundo e se aproximou do pessoal. Não ouvi nada, mas a cara de surpresa de Lorena foi impagável.

— Ele tá se esforçando — Anita comentou. — Kevin é um cara legal.

— Não acredito muito nisso não, mas…

Continuei acompanhando de longe a conversa e logo prestei atenção em Amanda, que parou ao nosso lado.

— O Kevin vai virar bonzinho mesmo? — Ela observava interessada. — Ouvi dizer por aí que o Murilo não gostou nada disso.

— O Murilo é um idiota — Anita garantiu. — Se aproveitava das fragilidades do Kevin pra encher a cabeça dele. Kevin agora tá mais esperto.

— É mesmo. Ah! Vai abrir inscrição pra Fuvest semana que vem, hein! Fiquem ligados.

— Você vai prestar também? — perguntei. Ela fez que sim. — Vai fazer o quê?

— Direito. Mas meu objetivo depois é fazer o concurso da polícia federal.

— Nossa, que legal. Sua cara.

— Eu sei. — Sorriu e acenou. — Até mais, casal.

Na companhia de Anita, esperei Kevin terminar o pedido de desculpa. Cadu foi o primeiro a se manifestar, dando tapinhas nas costas dele. Depois foi João. Rodrigo também aceitou as desculpas, mas não se aproximou de Kevin como os outros. Lorena mantinha os braços cruzados. Quando chegamos perto deles, Lorena disse para Kevin:

— Você vai precisar fazer muito mais que isso para eu te perdoar.

Kevin assentiu, cabisbaixo. Nunca imaginei ele assim.

Tanto ele quanto Anita foram integrados ao nosso grupo, o que chamou a atenção dos demais alunos. Eu ainda estava me acostumando com a presença de Kevin. Ele merecia uma chance por tudo que fez pela minha namorada. E se Anita confiava, só me restava baixar a guarda também.

Como o ciclo de provas do segundo trimestre começava naquela semana, o negócio já estava apertado para todo mundo. A maioria de nós nem tinha encostado em um livro durante as férias, só João mesmo. Então a gente estava correndo contra o tempo para a prova de linguagens no dia seguinte.

Eu teria aula de reforço à tarde, por isso chamei Anita para ir para minha casa depois.

— A gente vai estudar? — ela perguntou baixinho, com a sobrancelha arqueada. Garanti que sim. — Não sei, não. Você não me passa confiança.

— Você que me ataca, não o contrário.

Cumprindo a minha palavra, realmente estudamos com livros e cadernos entre nós na cama, por mais que trocássemos olhares maliciosos. Só fomos ter um tempo para a gente no final do dia, mas nada que suprisse as vontades.

Passei os dias ensaiando como contaria a Anita sobre Danilo. Ou estávamos na escola, com o pessoal, ou em um momento de intimidade que eu não queria estragar.

Fui um fraco.

Já era sábado, dia do concerto. Arrumado para sair, andava para lá e para cá no quarto, inúmeros pensamentos me rondando. O problema era que ela dormiria em casa. Eu passaria a impressão errada de que estava esperando a gente transar para contar a minha burrada.

Fiquei me sentindo um idiota. Não podia passar desse dia. Eu teria que dar um jeito.

Meus pais me chamaram para sair quando meu celular vibrou. Abri a mensagem de Cadu.

> ei! aconteceu um negócio agora

> um tal de Danilo me mandou dm no instagram perguntando se a Anita era da minha sala

> falei que ela era do 3º A, mas achei muito estranho

> você conhece algum Danilo?

Minhas pernas ficaram moles. Caí sentado na cama com o coração disparado e as mãos frias. Suor já brotava na testa. Precisei me recompor para responder.

> me manda o arroba dele, mas acho que é o ex dela

Ao ver a foto de Danilo no perfil, fechei os olhos brevemente. Fiquei indignado. O que ele queria com Anita?

No carro, fui explicando a Cadu o que havia acontecido. Não chegamos à nenhuma conclusão do que o cara queria com Anita. Eu sabia que ela havia bloqueado Danilo em tudo, mas o que ele faria com a informação de Cadu?

Isso ficou na minha cabeça por muito tempo. Deixei de lado quando chegamos ao anfiteatro de uma faculdade particular no centro da cidade. Anita nos esperava na entrada com a sua família. Inteiramente de preto, usava um vestido na altura dos joelhos, uma blusa fina de manga comprida e meia-calça. O cabelo estava trançado e a maquiagem era suave.

Tanto meus pais quanto Milena e Valentina cumprimentaram Elaine e Priscila. Enquanto conversavam, encarei a minha namorada, que sorriu e me deu um selinho. Só consegui pensar em como eu tinha posto Anita numa situação complicada sem que ela soubesse.

— Que cara é essa? — Anita me cutucou. — Tá nervoso?

— Um pouco. É sempre um grande evento te ver tocar. E você, nervosa?

— Não. Gosto muito de tocar e sou boa nisso.

— Nossa, que convencida. — Até saí de perto. Ela riu. — Mas você é boa mesmo. — Segurei sua mão, acariciando o dorso. — Certeza que vai passar na Unesp.

— Esse é o plano. E você precisa seguir o plano também, hein?

— Claro. Você não vai se livrar de mim tão fácil assim.

— Tomara.

Trocamos um último beijo antes de Anita se reunir com o restante dos músicos no anfiteatro. Ainda esperamos um pouco do lado de fora antes de entrarmos. Acomodado pertinho do palco, comecei a apertar os dedos. Não era nervosismo, e sim expectativa de ver a minha namorada naquele lugar.

Quando a orquestra subiu no palco, todos vestidos de preto, logo a reconheci. Anita sentou numa cadeira com o violoncelo, ao lado de outros violoncelistas. Durante os minutos antes da apresentação, mantive os olhos nela, notando como ora ajeitava o instrumento, ora mexia no pedestal.

Fui atingido em cheio pela música e fiquei arrepiado. Era como se houvesse melodia no lugar do ar. Eu estava respirando todas as notas.

Fui transportado para uma dimensão em que havia apenas a orquestra na minha frente, nada mais era digno de atenção. Meu corpo suspendeu todas as outras funções para ver Anita tocando como nunca, totalmente dedicada.

Eu ficaria ali por horas, como se a orquestra fosse a minha fonte de vida, admirando Anita e seu violoncelo.

Só voltei a mim quando tudo acabou, sentindo novamente o corpo, o coração e a respiração acelerados, o desconforto por ter ficado tanto tempo sentado, a fome e a vontade de fazer xixi. Fui atingido pela realidade com tanta força que precisei ir ao banheiro imediatamente, enquanto os músicos saíam do palco.

Parei diante do espelho depois de lavar as mãos, pensando na apresentação e na minha namorada, e fechei os olhos para respirar fundo. Eu estava prestes a estragar toda a magia com a verdade. Não havia mais para onde correr.

Trazendo seu violoncelo, Anita nos encontrou na saída do anfiteatro. Foi abraçada pela minha família, que comentou animada sobre a performance. Beijei Anita para transmitir a admiração e o respeito por tudo que ela fazia. E, claro, o quanto a amava.

Fomos jantar na pizzaria mais próxima. Meus pais e Elaine se enturmaram, conversando sem parar. Milena e Valentina se deram muito bem com Priscila, e comentei com Anita como as nossas irmãs eram parecidas.

Na hora de ir embora, Anita pegou sua mochila no carro da mãe. De longe, vi minha namorada apenas concordando com o que Elaine dizia. Devia ter ouvido as recomendações várias vezes. Pelo visto, aquilo não era coisa só dos meus pais.

Como Milena e Valentina sairiam com os amigos, não vieram no carro com a gente. Já em casa, deixei a mochila de Anita na cadeira da escrivaninha enquanto ela se sentava na minha cama e tirava as sandálias de salto. Observei seus movimentos, como massageava os pés no colchão e sorria para mim, querendo que eu sentasse ao seu lado.

Engoli em seco, porque ia destruir o clima gostoso. Ela finalmente me beijou além dos selinhos trocados naquela noite. Bateu um desespero e levantei.

— O que aconteceu?

Seu tom de voz fez com que eu me sentisse pior. Eu me ajoelhei, segurando as mãos de Anita.

— Me desculpa. Fiz uma besteira muito grande.

Ela ficou perplexa. Contei que tinha falado com Danilo. Anita tirou as mãos das minhas e andou pelo quarto enquanto eu dava os mínimos detalhes do encontro com o ex-namorado dela. Terminei mostrando a mensagem de Cadu.

De olhos fechados e a mão na testa, Anita devolveu o meu celular. Ficou respirando fundo enquanto eu aguardava uma reação.

Ela abriu os olhos, inundados de lágrimas, e balançou a cabeça à medida que uma escorria pelo rosto. Me aproximei receoso para a abraçar. Anita se agarrou à minha camiseta, afundando o rosto no meu peito. Pedi desculpas de novo.

— Ele vai vir atrás de mim — sua voz soou fraca. — Ele vai fazer de novo...

— Fazer o quê?

Ela se afastou.

— Não consigo contar o que aconteceu. Tenho vergonha. Medo do que você vai achar de mim e... — sua voz falhou, e ela apertou os lábios. — Você não deveria ter falado com ele.

— Eu sei... Tô muito arrependido.

— E demorou uma semana pra me contar, Felipe.

— Desculpa... — Baixei a cabeça. — Você tem todo o direito de ficar brava e magoada comigo.

— Eu tô mesmo, só que também tenho medo. Medo do que o Danilo vai fazer.

Apenas assenti. Ficamos em silêncio. Anita apanhou a mochila. Eu entenderia se ela não quisesse mais ver a minha cara, mas ela apenas avisou que ia tomar banho.

Continuei me lamentando. O banho demorado traria reflexões. Eu aceitaria qualquer coisa, por mais que isso não diminuísse a minha culpa.

Só me movi quando Anita voltou. De cabelo úmido e solto, ela usava legging preta e camiseta branca. Em uma mão, a toalha secava os fios; na outra, a mochila.

Anita se sentou ao meu lado por alguns minutos. Depois de um longo suspiro, ela tocou o meu rosto para que eu a encarasse e me beijou com carinho. Ao se afastar, manteve as mãos nas minhas bochechas.

— Por mais que eu esteja brava com você, não consigo sustentar isso por muito tempo. — Fez carinho em mim. — Mas, por favor, Felipe. Não esconda mais as coisas de mim.

— Não vou, prometo. — Envolvi Anita em um abraço. — O que a gente vai fazer com o Danilo?

— Não sei. — Me abraçou com mais força, e senti seu coração acelerado. — Ele vai tentar me atingir de algum jeito. E se conseguir, vou precisar muito de você. Promete que vai ficar do meu lado.

— Óbvio. Eu te amo.

Não sei quanto tempo ficamos assim, mas foi o suficiente para ela dizer que queria parar de pensar naquilo. Só saí do quarto quando Anita começou a se sentir melhor.

Voltei de banho tomado, sem saber o que aconteceria naquela noite. Mesmo assim, eu estava feliz por ter Anita comigo. A sua reação tinha sido mais tranquila do que eu imaginara. Agradeci muito por isso.

Ela estava atenta ao celular, de pernas cruzadas na cama. Me sentei ao seu lado, e ela apoiou a cabeça no meu ombro. Afaguei seu cabelo, pensativo. Para que o silêncio não se estendesse, sugeri que a gente assistisse algum filme. Acomodados na cama, escolhemos o título.

A comédia nos fez rir bastante. Eu me peguei olhando sem parar para a feição tranquila e o sorriso de Anita. Prometi a mim mesmo que faria de tudo para nunca mais magoá-la. Suas lágrimas acabavam comigo.

Assim que o filme terminou, pus o notebook na escrivaninha. Anita me acompanhava com o olhar. Perguntei se podia apagar a luz para a gente dormir.

Anita negou e se pendurou no meu pescoço para me beijar.

Caminhei até a cama grudado nela. Caímos no colchão nos beijando ainda mais. Suas mãos me percorreram, levantando a minha camiseta. Anita sorria segurando a peça.

— É... — Ela passou os dedos pela minha pele descoberta. — Acho que é disso que eu preciso.

Eu sorri.

— Tem certeza? Não quero que se sinta pressionada só porque vai dormir aqui.

— Total certeza. — Me mordeu no queixo. — E já pensei num jeito de você se desculpar.

— Ah, é? Qual?

— Você vai ter que seguir todos os meus comandos. — Deu um sorrisinho. — E se esforçar para me agradar. Aí talvez eu te desculpe.

— Nossa, que mandona. — Beijei Anita devagar, mordiscando seu lábio. — Vou fazer tudo o que você quiser.

Seus braços voltaram ao meu pescoço, me fazendo deitar sobre ela sem parar o beijo intenso.

Pude curtir a minha namorada da melhor forma possível. Sentir o calor da sua pele, seu cheiro e seu gosto foi incomparável.

Trinta e sete

Uma movimentação na cama me despertou. Ainda estava me situando quando a mão de Anita envolveu a minha cintura. Continuei de costas para ela, saindo dos devaneios e voltando à realidade. Ela encostou o nariz nas minhas costas nuas, onde me beijou. Sorri para a parede, curtindo o carinho.

Acariciei sua mão em cima de mim. Isso foi o suficiente para Anita erguer a cabeça do travesseiro. Sorri, e ela retribuiu. Quando me virei de barriga para cima, ela se deitou sobre o meu peito e fez mais carinho.

— Bom dia — sussurrei, afundando os dedos no seu cabelo solto e beijando a sua cabeça. — Dormiu bem?

— Muito bem. — Me agarrou forte.

Permanecemos quietos, curtindo o clima.

Eu estava tão realizado. Me sentia invencível, repleto de amor, como se estivesse no ápice da minha vida. Nada de ruim poderia nos atingir enquanto estivéssemos em total sintonia.

Anita se sentou sobre mim. Fui pego de surpresa pelo seu olhar travesso. Ela arrastou as mãos pelo meu peito e beijou o lóbulo da minha orelha.

— Eu te amo — sussurrou, sedutora. Até me arrepiou. — Depois de ontem, vai ser difícil ficar longe de você.

— E quem disse que é pra ficar longe de mim? — Toquei suas coxas, subindo devagar.

Seus lábios encontraram os meus. Me animei com as possibilidades que a minha mente fértil e cheia de hormônios criou, mas tudo se esvaiu ao ouvir a risada de Milena.

Olhamos ao mesmo tempo para a porta. Minha irmã estava passando pelo corredor.

Quando voltei a encarar Anita, ela fez uma careta e saiu de cima de mim.

— Já tô com vergonha da sua família. — Cobriu o rosto com o travesseiro. — Eles sabem o que a gente fez ontem.

— Pois é. — Tirei o travesseiro para beijar Anita devagar. — Não sei você, mas vou fingir que sou maduro o suficiente pra não me abalar com isso.

— Vai nada. — Puxou o travesseiro e me bateu com ele. — E esse seu sorrisinho? Tá estampado na sua testa que você transou. — E começou a rir de nervoso.

Ri também e dei de ombros. Não tinha muito o que fazer. A gente precisaria sair do quarto em algum momento.

Abri a porta devagar e ouvi vozes vindas da cozinha. Corri para me trancar no banheiro e fazer a higiene matinal. Depois foi a vez de Anita.

Já arrumados, paramos um de frente para o outro, eu com a mão na maçaneta do meu quarto. Respirei fundo. Não acreditava que tudo ocorreria dentro da normalidade, mas tentava me convencer disso. Hesitei. Anita tinha um sorrisinho constrangido.

— A gente pode fugir. — Eu sugeri.

— É só agir naturalmente. — Colocou a mão sobre a minha e abriu a porta.

— Como vou fazer isso se só consigo lembrar do que você fez comigo ontem?

Ela arregalou os olhos e cobriu a minha boca, abafando a minha risada.

— Você tá me deixando com vergonha.

— Ontem você não estava com vergonha.

— Felipe!

— Desculpa. — Tirei sua mão de mim. — Só tô nervoso e falando sem pensar. Foco! — Indiquei a direção da cozinha.

Segurando Anita pela mão, andei receoso conforme a risada de Milena ficava mais alta. A um passo da cozinha, Anita fez que sim, e eu tomei fôlego.

Milena girava um copo rosa de plástico pendurado por uma longa alça. Ela fingiu beber o conteúdo inexistente. Riu e se apoiou nos joelhos. Valentina estava vermelha de tanto gargalhar, minha mãe secava as lágrimas e meu pai também achava graça, mas balançava a cabeça.

— Vocês precisavam ver! — Milena disse em meio ao riso. — Eu só conseguia pensar, "mas não era de Jesus?".

Todos voltaram a rir, sem perceber a nossa chegada. Dei mais um passinho, ganhando a atenção da minha irmã.

— Bom dia, casal! — Ela abriu um largo sorriso, e todos se viraram para nós. — Venham ouvir a minha história. — Indicou as cadeiras. — Uma menina muito homofóbica que estudou comigo estava totalmente despirocada ontem e ainda veio dizer que era apaixonada por mim. Olha só como o mundo dá voltas. — Fez concha com a mão, como se fosse contar um segredo. — Valentina ficou morrendo de ciúmes.

— Até parece! — Valentina jogou um guardanapo amassado nela. — Não tem isso, não. Só fica comigo quem quiser ficar comigo. Se não quiser, tchau.

— Viram como ela tá brava? — Milena debochava.

Valentina revirou os olhos e sorriu ao ganhar um selinho da namorada.

Anita e eu nos sentamos, e Milena continuou a história de como dispensou a menina. Ri de toda a encenação enquanto servia Anita, que também prestava atenção. O constrangimento só voltou quando Milena se sentou para comer.

No silêncio, a comida na minha boca pareceu secar, dificultando a descida pela garganta. Tomei um gole de suco. Não sei se meu pai percebeu a tensão, mas ele puxou assunto com Anita sobre o concerto e quis saber mais a respeito da carreira musical dela. Anita e seu violoncelo viraram o tema principal.

O clima foi melhorando. Ninguém perguntou se a gente tinha dormido bem ou fez qualquer insinuação. Aí me que dei conta de que minha família provavelmente estava fazendo aquilo de propósito.

Baixei a cabeça para o prato e dei um sorrisinho. Eu estava grato. Eles foram incríveis como sempre, tratando tudo com normalidade. Milena nem agiu como a irmã mais velha que só quer provocar o mais novo.

De volta ao quarto, caí na cama me sentindo sortudo por ter uma família como a minha. Aí me dei conta de como a minha vida parecia perfeita, entendendo um pouco a impressão de Kevin.

Perguntei a Anita o que ela sabia da família dele. Deitada ao meu lado, contou que o amigo mal via os pais. A mãe era empresária, e o pai, médico. Kevin tinha sido criado praticamente por babás, e a irmã, dez anos mais velha, morava em outro país.

— Parece que a irmã já é bem-sucedida no trabalho. Então os pais cobram o Kevin e fazem comparações nas poucas vezes que estão juntos. — Deu um longo suspiro. — Enfim, ele é bem sozinho.

Um sentimento de pesar tomou conta de mim. Fiquei triste ao confirmar que ele não recebia nem um por cento do carinho que a minha família me dava.

— Vou tentar pegar mais leve — comentei. Anita tinha um olhar esperançoso. — Mas não garanto nada, tá? Não é porque sei disso agora e porque ele é seu amigo que vou esquecer de tudo.

— Eu sei. Mas você é bonzinho e vai tentar.

Concordei e baixei a guarda ao pensar em Kevin. Torci para não me arrepender dessa decisão.

Apertei a minha namorada com carinho.

— O que a gente vai fazer com o seu ex?

Ela se retraiu e fez que não.

— Esquecer... Não acho que a gente vai conseguir fazer alguma coisa. Danilo tá me procurando. Até pensei em falar logo com ele pra descobrir o que quer, mas não ia conseguir fazer isso. Então o melhor é esquecer. Se ele realmente me achar, depois a gente vê.

Eu faria de tudo para ajudar Anita no que fosse preciso.

Achei que a aproximação com Kevin fosse ser gradual, que ele ainda seria um idiota até a gente se acertar, talvez daqui a uns anos. Mas o que aconteceu foi tão inesperado que me vi apoiado nele em um momento de fragilidade.

Eu tinha subido para a sala de aula na segunda-feira. A mensagem que enviei para Anita estranhamente ainda não havia sido visualizada. Mas o que mais estranhei foi a movimentação na porta da sala dela.

Lorena apareceu como uma assombração, só que não me assustou. Nem ouvi o que ela disse, apenas andei em direção ao 3º A. Anita estava sentada na sua carteira, o rosto afundado nas mãos, provavelmente chorando.

Fiquei paralisado, com a mente frenética. Aí ouvi Kevin fazer uma ameaça em alto e bom som. Ele partiu para cima de Murilo e foi segurado por dois garotos. Murilo deu um passo para trás, com um sorriso de superioridade.

— Eu vou acabar com você! — Kevin esbravejou, se debatendo nos braços dos meninos.

— Pode vir. Todo mundo já viu mesmo.

Voltei a sentir o meu corpo quando Lorena me tocou no braço. Me movi, indo direto na direção de Anita. Todos ficaram em silêncio. Me agachei ao lado dela e fiquei desesperado ao ouvir o choro. Anita não era de se mostrar vulnerável desse jeito.

Acariciei seu braço. De olhos inchados, as lágrimas marcando as bochechas, ela me encarou e logo virou o rosto, afastando minha mão. E saiu correndo da sala. Lorena me olhou rapidamente antes de ir atrás dela.

— Agora a festa tá completa. — Murilo praticamente enfiou o celular na minha cara. — Essa é a sua namorada, Felipe?

Fechei os olhos ao ver uma foto. Empurrei Murilo, que achava tudo muito engraçado. Respirando rápido, a raiva tomava conta de mim. Fiz um grande esforço para apagar da mente, sem sucesso, o nude de Anita.

E aí entendi tudo.

Trinta e oito

Quando me dei conta, eu estava em cima de Murilo, pronto para acertar um soco. Cheguei a fechar a mão, só não o acertei porque João entrou na frente e Cadu empurrou Murilo.

Eu tremia e tentava me soltar de João. Havia gente de várias turmas em volta.

Meu amigo pediu calma e tocou no meu rosto, mas não dei ouvidos. Eu queria descontar o ódio em Murilo. Ele estava atacando a minha namorada. Eu tinha medo de que essa ferida nunca cicatrizasse.

— Que merda você pensa que tá fazendo?!

Uma voz se sobressaiu. Amanda estava parada na porta da sala segurando o celular. Andou na direção de Murilo, afundando o indicador no peito dele.

— Você vazou pra todo mundo? Como conseguiu essas fotos?

Murilo deu um sorriso.

— O ex dela que mandou. Ela merecia uma lição depois de tudo o que aprontou por aqui. E vadia é assim mesmo, gosta de atenção.

Amanda apenas negou com a cabeça. Chegou a se distanciar, mas foi só para pegar impulso para o soco que acertou em Murilo.

Ele andou para trás, as mãos no nariz, xingando Amanda de todos os palavrões possíveis. Ela continuou séria numa pose inabalável. Os dedos de Murilo ficaram vermelhos. Ele fuzilou Amanda.

— Sua preta imunda!

Foi a primeira vez que vi Amanda estremecer. Murilo ainda ameaçou ir para cima dela, só que Kevin entrou no meio, encostando o amigo na parede pelo pescoço. Carteiras e cadeiras foram ao chão. Murilo tentava tirar a mão de Kevin. Ninguém ousou intervir, o silêncio só não foi absoluto porque Murilo se debatia.

— Nunca mais fale com a Amanda assim. Nunca mais chegue perto dela — Kevin disse baixo, a voz rouca, furioso. — O que você fez com a Anita é imperdoável. A minha vontade é de acabar com você até não sobrar nada. — Soltou Murilo, que caiu tossindo sentado no chão. — Mas você não vale a pena, é só um covarde. E vai ser punido. — Olhou para mim. — O coordenador não vai deixar isso quieto.

Muitos se viraram para mim também, como se esperassem uma reação. Só balancei a cabeça e saí de lá. Ao descer as escadas, as lágrimas se acumularam. Me senti responsável pelo que havia acontecido. Se eu não tivesse falado com Danilo...

As lágrimas escorreram, e eu não sabia o que fazer além de sentir raiva de mim mesmo. A incapacidade de proteger a minha namorada me deixava louco. Que vontade de gritar, bater em alguém, sumir. Ao mesmo tempo, queria estar com Anita.

Parei no meio do pátio, onde alguns alunos circulavam. Respirando rápido, olhei em volta. Onde Anita estava? Meus amigos me alcançaram, e João mostrou uma mensagem de Lorena no grupo. Ela estava com Anita no banheiro.

Corri para lá. Rodrigo estava de guarda na porta, e eu entrei de uma vez.

Lorena indicou a cabine fechada. Pude ouvir o choro de Anita. Minha amiga me tocou no ombro, sussurrou que ninguém entraria no banheiro e fechou a porta.

Caí de joelho diante da cabine, as mãos no rosto. A vontade de desabar crescia, mas me contive. Engoli o choro por Anita. Quando chamei o nome dela, ficou em silêncio.

— Me desculpa... — choraminguei. — É tudo culpa minha.

Ouvi Anita fungar mais de uma vez.

— Sempre tive medo de que você descobrisse e me julgasse igual um monte de gente, que não quisesse mais ficar comigo...

Balancei a cabeça por mais que ela não visse.

— Eu nunca faria isso. — Encostei na porta. — Tô do seu lado, lembra? E vou continuar assim. Foi por isso que você mudou de escola? O Danilo vazou as suas fotos?

O choro dela voltou intenso. Encostei a testa na madeira, querendo acolher a minha namorada. Minhas lágrimas também voltaram. Ainda escorriam quando Anita abriu a porta.

Seus olhos inchados me comoveram ainda mais. Então a abracei, e no meu peito ela chorou de soluçar.

— Foi horrível — falou com dificuldade. — Danilo fez isso pra me punir por ter terminado com ele.

Como senti ódio desse cara. Que tipo de pessoa era capaz daquilo? Ele sabia muito bem o que aconteceria ao divulgar os nudes.

Anita estava precisando pôr a história para fora. Ainda abraçada a mim, contou que ficou a fim de Danilo ainda na pandemia. Eles conversaram por muito tempo antes de tomarem a iniciativa.

— Quando a gente voltou cem por cento ao presencial, eu sentia que deveria compensar o tempo perdido. Me envolvi com ele muito rápido. Tudo que aconteceu entre a gente foi apressado. E só me dei conta disso meses depois, quando percebi que não gostava dele de verdade.

— E aí você terminou com ele — incentivei que continuasse o relato. Ela fez que sim.

— E virou um inferno. Ele ficou bravo comigo como se eu não pudesse fazer aquilo. No dia seguinte, as fotos estavam em todo lugar. E o pior foi que todo mundo ficou do lado dele. Eu era a culpada por ter mandado os nudes, por ter transado, por ter dado o fora nele.

— A escola não fez nada?

— Tentaram abafar o caso. Então não apareci mais lá. Eu não aguentava a impunidade, os julgamentos, o ar de vitória dele.

Anita ainda chorava, e tratei de secar suas lágrimas. Se eu pudesse, tiraria toda a dor dela. A culpa pesava nos meus ombros e me desculpei de novo.

Ela balançou a cabeça, e não entendi o gesto. Não estava me desculpando? Era para eu não me importar mais com aquilo?

A voz de Lorena nos interrompeu, tentando impedir que alguém entrasse. Meu pai abriu a porta. Ele nos analisava com um olhar de empatia.

— Liguei para a sua mãe — olhou para Anita. — Ela já vem te buscar. E acabei de expulsar o Murilo.

Tanto Anita quanto eu ficamos surpresos.

— Sua mãe me contou o que aconteceu na outra escola. Fique tranquila. Aqui as coisas serão diferentes. Vá para casa, descanse. Quando se sentir melhor, todo mundo vai te dar todo o suporte para voltar às aulas. Tudo bem?

Com os olhos cheios de lágrimas, Anita fez que sim. Meu pai abriu o caminho para que a gente saísse. Meus amigos estavam todos lá. Seguimos em direção à coordenação. Kevin e Amanda conversavam nas cadeiras do lado de fora. Ela tinha um saco de gelo sobre a mão.

Meu pai entrou com Anita, dizendo que precisava conversar com ela a sós, e nós ficamos no corredor.

— Como ela tá? — Kevin quis saber.

— Péssima. — Encolhi ombros. Me virei para Amanda. — E você, tudo bem?

Ela ergueu a mão, os nós dos dedos vermelhos. Ainda ficariam roxos.

— Valeu a pena. — Sorriu, confiante como sempre. — E nem vou ser suspensa. Se eu soubesse disso, teria batido mais naquele racista de merda.

Concordei e fui até a porta da sala do meu pai. Kevin parou ao meu lado.

— Se precisar de qualquer ajuda, sei lá, pode contar comigo, tá? Se quiser juntar um pessoal pra quebrar o ex-namorado dela, me chama.

Sorri e dei palmadinhas no braço dele.

— Valeu por ter defendido a Anita.

— Ela é minha amiga, já te disse. É o mínimo.

Era a primeira vez que eu me sentia bem perto de Kevin. Agradeci por ele ser tão leal.

Todo mundo se virou ao ouvir passos pelo corredor. Elaine vinha apressada. Perguntou de Anita, e indiquei a sala.

Quando ela entrou, uma das orientadoras nos mandou para a classe. Avisei que nada me tiraria dali, mas meus amigos se foram, exceto Amanda. Ela estava esperando ser buscada. Me sentei ao lado dela.

— Você já esqueceu que é preto por um instante? — Ela quis saber.

— Não sei dizer...

— Eu já. Por mais que uma escola de maioria branca não seja o melhor lugar pra gente, às vezes eu esqueço que sou diferente deles. Todo mundo aqui me respeita, ouve o que eu digo, me procura. Enfim... — se esticou na cadeira. — O que o Murilo disse me lembrou que não sou e nunca vou ser uma igual. Qualquer coisa pode ser motivo pra um comentário racista.

Segurei a mão sem o gelo.

— Você é incrível, uma das pessoas mais inteligentes que conheço. Você é capaz de tudo. Foda-se que eles achem que a gente é inferior ou que não merece estar aqui. Nós vamos em frente mesmo assim. Nada vai nos parar, certo?

Ela concordou, sorrindo, e apertou a minha mão.

— Não deixe o Murilo entrar na sua cabeça. Ele é um nada perto da sua grandiosidade.

— Nossa, falou bonito agora. — Ela riu, e eu também. — A gente vai longe, Felipe. Tenho certeza disso.

Eu concordei, me sentindo mais leve. Ficamos num silêncio tranquilo. Quando as mães de Amanda chegaram para levar a filha embora, continuei sentado, refletindo sozinho.

Uma pequena parte de mim dizia para não me culpar, mas uma maior falava o contrário.

Eu teria continuado com a lamentação se a porta não tivesse sido aberta. Meu pai saiu na companhia de Elaine e Anita.

A feição da minha namorada não havia melhorado. Na verdade, ela parecia ter chorado mais. Quando me aproximei, ela deu um passo para trás. O primeiro pedaço de mim desabou.

— Eu preciso ficar um pouco sozinha agora — ela disse com a voz fraca.

— Tá, tudo bem. — Também dei um passo para trás. — Depois a gente se fala.

Ela se afastou na companhia da mãe, sem assentir. Fiquei no corredor ao lado do meu pai, como se toda a minha capacidade de ser feliz estivesse sendo levada embora.

Algo me dizia que tudo daria muito errado.

Trinta e nove

Acreditei que algumas horas longe da escola (e até de mim) seriam suficientes para Anita. A primeira coisa que fiz em casa foi mandar uma mensagem.

Uma hora depois, ela ainda não tinha respondido. Liguei até cair na caixa postal. Comecei a ficar agoniado. Tentei de novo. Nada. Na terceira vez, fui atendido por Priscila.

— Desculpa, Felipe. A Anita não quer falar com ninguém, nem com você.

— Como ela tá?

— Bem mal. — Ela disse na lata, e eu fiz uma careta. — Foi assim da outra vez também. A Anita fica trancada no quarto, deitada na cama e nem come direito. Mas pelo menos daqui a pouco ela vai conversar com a psicóloga. Então, se você puder não ligar de novo...

— Tá bom. Só diz que amo muito ela, tá?

— Ai, que fofo!

Priscila limpou a garganta, voltando ao tom sério, e eu sorri. Depois que nos despedimos, deitei na cama e fiquei olhando para o teto, me afogando em culpa.

Por fim, dei um longo suspiro. Anita precisava de um tempo sozinha. Só me restava respeitar seu espaço. Quando estivesse pronta, ela falaria comigo.

Conforme os dias passaram, a minha confiança foi sumindo. Anita tinha desaparecido. Não respondia as minhas mensagens nem as de Kevin. Não postou vídeos no TikTok ou comentou sobre o edital do vestibular da Unesp que eu tinha enviado. Apesar de não entender uma linha sequer sobre o assunto, ainda tentei puxar papo sobre a sua prova de habilidades.

Comecei a ficar muito preocupado.

Se eu já me sentia péssimo, tudo piorou. Anita ia me deixar por causa do meu erro. Era culpa minha, afinal.

Também tentei não culpá-la pelo afastamento. Só que falhei. Fui ficando irritado. Eu queria ajudar, mas o fato de ela se manter distante me impedia de agir.

Ela era teimosa, eu sabia. Eu também era. Mas bem que ela poderia deixar de ser tão cabeça-dura. Deixei claro que não a julgaria. O que mais eu precisava fazer para ficarmos juntos?

Já era sábado, fazia um frio desgraçado e chovia, combinando com o meu emocional.

Sentado diante da escrivaninha e enrolado numa coberta, encarei a inscrição da Fuvest. Tamborilava os dedos na madeira. Analisei o texto com cuidado, como se pudesse esquecer as datas da prova se desviasse o olhar.

Por mais que eu tivesse me inscrito também para a Unicamp, Unesp e Unifesp, era na USP que queria passar. Moraria em São Paulo no ano que vem, assim como Anita. Isso ainda mantinha alguma esperança em mim, pois todo o resto me puxava para baixo.

Me ajeitei melhor na cadeira, de olhos fechados. Eu estava com tanta saudade da minha namorada que chegava a doer o peito. Essa semana havia sido uma das piores da minha vida. Era difícil me ver completamente sem Anita, sem uma única mensagem.

Eu faria de tudo para pelo menos receber notícias dela.

E não é que meu celular vibrou? Arregalei os olhos, o coração já disparado.

> você tá em casa?

> posso ir aí? quero falar com você

Fiquei sem reação. Não havia carinho nessas palavras, nenhum sinal de que ela estava sentindo a minha falta ou que me amava. Mas respondi que sim.

Saí do quarto direto para o banheiro. Dei um jeito na cara e escovei os dentes. Ao sair apressado, trombei com o meu pai no corredor. Falei que Anita estava vindo.

— Bem, então acho que é um bom momento para eu e a sua mãe irmos ao supermercado. — Me deu palmadinhas no ombro.

Meus pais sairiam de qualquer jeito, só se adiantaram para que Anita e eu pudéssemos conversar tranquilamente. Agradeci muito por isso.

Minutos depois que o carro havia saído, Anita me chamou no portão. Protegida pelo guarda-chuva, sorriu ao me ver. Na sala, ela me abraçou pela cintura, a cabeça no meu peito.

Acariciei seu cabelo, ensaiando o que diria depois de tantos dias longe, mas nada parecia bom o suficiente.

Quando ela se afastou, sorriu, os olhos cheios de lágrimas. Toquei o seu rosto. Ela fechou os olhos, fazendo uma gota escorrer, e beijou a palma da minha mão.

— Me desculpa — disse, baixo. — Eu não queria te afastar, mas precisava ficar sozinha.

— Tudo bem, eu entendo.

— E eu...

Estranhei a hesitação. Anita não costumava ser reticente.

— Aconteceu alguma coisa?

Ela umedeceu os lábios, e eu tive certeza de que sim. Guiei Anita para o sofá. De frente um para o outro, pus uma mecha de cabelo atrás da sua orelha. Puxei outro assunto, querendo saber como ela tinha passado a semana.

Ela não demorou a contar sobre os dias longe de mim. Havia conversado muito com a psicóloga e com a mãe. Até Priscila se mostrou mais acolhedora.

— E você tá melhor?

Ela assentiu, mas depois balançou a cabeça bem devagar.

— Acho que vai demorar um tempo pra eu ficar bem de verdade.

— Vem aqui. — Abri os braços e beijei sua cabeça. — Tô do seu lado. Nunca vou te julgar por isso, tá? Te amo muito. — Eu a abracei mais apertado, e Anita se afundou em mim. — Agora você vai me deixar ficar por perto?

Ela hesitou de novo. Havia algo muito estranho. Perguntei o que queria falar comigo. Ela se retraiu. Ia perguntar de novo, mas Anita se afastou para me encarar fundo nos olhos.

— Posso matar a saudade primeiro?

Fiz que sim. Então ela me beijou com carinho e desejo, o que me fez esquecer do resto. Segurei sua mão estendida, sendo levado para o meu quarto.

Deitamos embaixo do edredom, ela me beijava intensamente. Eu queria ir além, só que um alerta vermelho piscava na minha cabeça. Sentia algo errado. A gente devia estar conversando, não prestes a tirar a roupa.

Segurei Anita pelos braços e a afastei. Sentei na beirada da cama, saindo do seu alcance. Respirei fundo e ajeitei a roupa antes de me dirigir a ela.

Ela se escorou na parede, abraçando as pernas. Deve ter desistido de fingir que estava bem, porque voltou a parecer desolada. Primeiro virou o rosto, me evitando. Depois engoliu em seco e seus olhos pararam nos meus.

— Não tem um jeito bom de contar isso.

O negócio era realmente sério.

— Você tá me deixando preocupado. Conta logo.

Ela umedeceu os lábios enquanto eu só pensava no pior. Será que Danilo tinha feito mais alguma coisa?

— No dia do piquenique no Parque da Cidade, eu te contei que a minha mãe tinha tentado uma transferência pra Florianópolis, lembra?

Fiz que sim, recordando a conversa.

— Ela me disse esses dias que surgiu uma vaga lá, mas que tinha desistido porque a gente estava bem aqui. Só que aí aconteceu o lance das fotos e...

Fiquei sem ar.

— E? — incentivei, segurando sua mão.

— A minha mãe aceitou a vaga. — As lágrimas marcavam seu rosto. — A gente vai se mudar pra Florianópolis.

Tudo o que tinha começado a ruir dentro de mim de repente desmoronou.

Quarenta

O fim das palavras de Anita foi marcado pelo mais absoluto silêncio. Eu a encarava, perplexo, apenas acompanhando suas lágrimas rolarem. A menina por quem me apaixonei era muito forte, enfrentava situações e pessoas de cabeça erguida. Mas diante de mim ela se desmanchava num sofrimento com o qual eu não sabia lidar, até porque me fazia sofrer também.

Afundei o rosto nas mãos, perdido com as possibilidades. Lutava para não acreditar naquelas palavras. Antes fosse uma brincadeira.

Tentei me agarrar ao último fio de esperança.

— Seu pai mora aqui, né? Por que você não fica com ele?

Antes de eu terminar de falar, ela já estava balançando a cabeça.

— Eu nunca moraria com o meu pai, fora que ele tá praticamente casado com a outra mulher. E ele não sabe de nada que aconteceu comigo desde o divórcio. Ele não se importa.

Minha respiração ficou alterada, a mente frenética em busca de uma solução.

— Mas você quer mesmo se mudar? Você conversou com a sua mãe sobre isso?

Ela hesitou de novo. Com certeza Anita queria ir embora.

Tentei soterrar a raiva andando pelo quarto.

— Acho que não consigo mais ficar aqui… — Anita disse baixo, atenta às próprias mãos. — Tentei me reerguer da primeira vez e acreditei que eu estava bem de verdade, mas não tô. — As lágrimas continuavam rolando. — Não sei se um dia vou me curar. Talvez sim, mas não agora, não morando aqui, não depois de todo mundo ter visto as fotos, não com medo de encontrar o Danilo cada vez que piso naquele shopping, não...

Ela cobriu o rosto. Entendi verdadeiramente como ela se sentia em pedaços.

Abracei Anita. Eu queria colar cada pedacinho com o meu amor, mas isso não era o suficiente. Perguntei se ela não pretendia tomar medidas legais contra Danilo.

— Compartilhar imagens íntimas é crime e...

— Felipe... Acha mesmo que não pensei nisso?

Ela se afastou diante do meu silêncio, secando o rosto.

— Não tenho as provas de que Danilo fez isso da primeira vez e não tenho agora. Li muito a respeito, eu precisaria de prints. Mesmo assim, teria que ir à delegacia, me expor ainda mais, correr o grande risco de ser julgada e humilhada por pessoas que deveriam me ajudar. — Seus olhos úmidos pararam nos meus. — E tudo isso pra quê? Que homem é punido por esse tipo de crime? Mesmo quando a vítima tem todas as evidências, o cara sai impune. Uma parte de mim queria ter pelo menos dado uma lição para que ele nunca mais faça isso com outra pessoa, mas não tenho forças e...

As lágrimas caíam por mais que as secasse. Me senti mal por ter feito Anita se justificar. Infelizmente, me doía muito entender tudo.

Voltei a abraçar a minha namorada e perguntei quando ela iria embora.

— Em duas semanas.

Isso me atingiu em cheio.

— Não quero te deixar preso a mim.

Quando compreendi o que ela quis dizer, segurei Anita pelos ombros para olhar bem fundo nos seus olhos.

— Você quer que a gente termine?

— Não, claro que não. É só que...

— Anita, pelo amor de Deus! Você é a minha namorada. Pode ir pro outro lado do mundo que vou continuar te amando.

Ela saiu da cama, andando pelo quarto.

— Mas e depois? A gente vai namorar à distância? Vai se ver poucas vezes?

— Você tá mesmo pensando em terminar comigo...

Balancei a cabeça, magoado e incrédulo.

— Só tô sendo realista. Não quero ver o nosso amor morrer aos poucos e...

— Não vai morrer. — Me aproximei de Anita. — Tô disposto a pensar num jeito de dar certo, mas parece que você já tomou uma decisão.

Ela umedeceu os lábios e desviou o olhar. Respirei fundo, suavizando a voz:

— Uma vez você me disse que tinha medo de me perder e não se achava merecedora desse amor. E aqui, diante de mim, você tá se autossabotando. Vai se afastar com medo de algo que nem existe. Tá sofrendo pelo futuro, sendo pessimista. É tão difícil assim acreditar que te amo? Que vou lutar pela gente?

A fisionomia dela foi se transformando, o choro veio aos poucos. Anita me agarrou pela blusa. Afundou o rosto no meu peito e chorou de soluçar. Ela realmente precisava pôr toda a dor para fora.

A gente se deitou. Grudada em mim, Anita continuou desse jeito enquanto eu nos cobria e acariciava seu cabelo. Depois de longos minutos, ela começou a se acalmar e ficar com sono. Adormeceu exausta com os olhos molhados.

Fiquei guardando seu sono e tentando secar as lágrimas sem que ela acordasse. Deixei que a tristeza se abatesse sobre mim também.

Depois de dias sofrendo pela ausência dela, as minhas lágrimas desceram por mais motivos.

Acabei cochilando. Ao despertar, Anita ainda dormia. Notei suas olheiras fundas. Provavelmente não vinha dormindo bem.

Tomando cuidado, saí da cama em silêncio. Havia movimentação do lado de fora do quarto. Meus pais já tinham voltado do supermercado e conversavam na sala. Quando apareci, me analisaram de cima a baixo, perguntando se eu estava bem. Tive que negar.

— A mãe da Anita conversou comigo essa semana. Ela já pediu a transferência das meninas.

O fato de ele não ter me contado me deixou num misto de sentimentos. Teria sido mais fácil se eu já soubesse? Ou teria prolongado a dor?

De qualquer forma, me mantive quieto. Meu pai ainda passou o braço pelos meus ombros com carinho e perguntou se eu tinha me resolvido com Anita. Fiz que não e aproveitei para contar que ela estava dormindo no quarto. Foi a vez da minha mãe chegar perto.

— Dê tempo ao tempo. Vocês não precisam decidir nada agora. Na hora certa tudo se ajeita.

Concordei sem realmente acreditar nisso e voltei ao quarto. Anita ainda dormia, mas se mexeu quando abri a porta. Ela se aninhou em mim assim que deitei, encostando o nariz no meu pescoço. Respirou fundo mais de uma vez, como se estivesse curtindo cada segundo. Ao encostar os lábios na minha pele, tive certeza de que estava acordada.

— Eu te amo muito… — sussurrou, os lábios ainda em mim. — Me desculpa por tudo. Sou muito pessimista. Faz pouco tempo que entendi que isso é um mecanismo de defesa. — Seus dedos se afundaram no meu cabelo. — Não quero me defender de você. Quero ficar com você, Felipe.

— Então fica, Anita. Deixa as coisas acontecerem como devem acontecer. Não tem como a gente controlar o futuro. E eu quero muito ajudar a curar cada ferida aberta. Tô do seu lado.

No silêncio, seu coração batia tão forte que eu sentia como se compartilhássemos o mesmo órgão. Ela me apertou ainda mais.

— Vou passar na Unesp.

Havia certa confiança na sua voz.

— Vou passar na USP.

Continuamos ali, sentindo o peso dessas palavras sobre o nosso futuro juntos.

Nesse momento selamos um acordo de fato. E faríamos de tudo para que se tornasse realidade.

Quarenta e um

Anita não voltou para a escola. Por mais que a situação fosse diferente do que aconteceu no antigo colégio, ela não conseguia lidar com o fato de que todos haviam recebido suas fotos.

Houve um desconforto generalizado. Quando contei aos meus amigos que ela se mudaria, tudo piorou. Kevin ficou sabendo pela própria Anita e não estava nada bem. Na verdade, não sei quem estava pior: eu, de perder a namorada, ou ele, de perder a melhor amiga.

Só nos restou apoiar um ao outro, fortalecendo o vínculo criado por ela. Por isso, em um intervalo a sós, enquanto o pessoal ficava na cantina, comentei que Anita tinha contado sobre a família dele. Kevin ficou quieto e envergonhado. Então garanti que ele poderia contar comigo.

— Não sou a Anita, mas sou um bom amigo. Se você quiser, vou estar aqui.

— Vai ser meu amigo, Felipe? — Sorriu. Dei de ombros. — Acho que vou precisar mesmo. — Deu tapinhas nas minhas costas.

Apesar do climão, entendi que estávamos nos primeiros passos de uma amizade. Se tudo desse certo, logo mais a gente estaria em plena sintonia.

O reforço de química foi suspenso por causa da falta de monitores. No fim de uma aula, a professora Fabiana me chamou de canto para perguntar de Anita. Falei meio por cima que ela estava tentando superar tudo da melhor forma possível.

— Outra coisa — a professora continuou falando. — Estou te liberando das aulas de reforço. Seu desempenho melhorou bastante. Vai se dar bem no vestibular. Mas vou ficar de olho em você, hein?

Agradeci, imensamente aliviado. Eu ainda não gostava de química, mas tinha aprendido a reconhecer as minhas dificuldades. E também havia Anita. Ficava grato porque a química foi uma das responsáveis pela nossa aproximação. O que antes era castigo, agora parecia um presente do universo.

Valeu mesmo!

Durante a semana, fui todos os dias para a casa da minha namorada. Por mais que ela não frequentasse as aulas, recebia o conteúdo para estudar até que fosse para Florianópolis.

A gente estudava junto e depois eu a ajudava a embalar a mudança. Eu me mantinha firme, fazendo gracinhas como sempre, tudo pelo sorriso dela. Era uma grande luta interna.

Eu desabava em casa. Me recolhia no meu quarto esgotado física e mentalmente. Chorava nessas horas. Desaguava para que estivesse forte diante dos seus olhos no dia seguinte.

Na sexta, dormi na casa dela, o que atrapalhou o ritual. Assim que adormeceu, continuei acordado. Ora olhava para o teto, iluminado pela luzinha de uma luminária, ora para o rosto dela, tranquilo em sono profundo.

Deixei que lágrimas silenciosas escorressem enquanto o otimismo se dissolvia. E se Anita estivesse certa? E se o nosso amor morresse com a distância? E se a gente não passasse no vestibular em São Paulo? O que faríamos nesse cenário? A segunda opção dela era no Rio Grande do Sul. A terceira, no Paraná. Anita era determinada o suficiente a ponto de prestar apenas para as universidades com os melhores cursos de música.

Fui obrigado a me imaginar em um namoro à distância de quatro anos ou mais, em vez de somente seis meses. A gente aguentaria?

Com o peito doendo, me virei para Anita. Analisei sua feição adormecida; o amor que eu sentia por ela preenchia cada espaço do meu corpo. Eu a amava tanto... Apaguei a luz, sussurrei "eu te amo" e beijei sua testa, envolvendo seu corpo. Anita se ajeitou sem acordar.

No escuro do quarto, desejei que o pior cenário não se concretizasse. Eu precisava ser forte e focar no nosso objetivo.

O futuro era incontrolável, mas a gente tomaria os caminhos certos. A nossa parte seria bem-feita.

Desde que Anita tinha contado que iria embora, não tocamos mais no assunto. A gente tentava se tranquilizar, pois o sofrimento depois da partida seria inevitável. Estávamos nos esforçando.

Mas naquele sábado, sentados à mesa do café da manhã, rindo com algum comentário de Priscila, a mãe delas ficou mais séria do que de costume. Anita encarou a mãe com desconfiança.

Elaine bebeu um copão de água.

— O pai de vocês vem almoçar com a gente hoje.

O clima pesou. Priscila baixou os olhos, amassando as casquinhas do pão. Elaine respirou fundo antes de olhar para Anita, que continuava encarando a mãe. Elas permaneceram assim até Anita sair brava da mesa. Ouvi quando fechou a porta do quarto. Ameacei ir atrás dela, mas Elaine balançou a mão.

— Anita não perdoou o pai. Eu que fui traída, não ela.

— Não é só isso, mãe. Quando vocês se separaram, ele simplesmente sumiu. — Priscila suspirou. — Parece que deixou de ser nosso pai.

— Eu sinto muito. Queria que tudo fosse diferente, mas as atitudes do pai de vocês não dependem de mim.

— Ele nunca falou nada sobre isso? — Eu quis saber.

Elaine negou.

— No começo a gente até se falava, eu dizia que as meninas sentiam falta dele. Mas ele sempre arranjava uma desculpa. Aí desisti. E as duas não são mais crianças, logo perceberam o afastamento. Depois que o ex-namorado de Anita espalhou as fotos, só me preocupei com ela. Na verdade, achei até bom o Masao não estar presente. Não sei qual seria a reação dele.

Tentei imaginar o peso disso em Anita.

— Ele vem fazer o que aqui? — Priscila perguntou.

— Se despedir de vocês. Segundo ele, não ia conseguir no próximo final de semana.

Fui atrás de Anita. Sentada na cama, com os cotovelos nos joelhos e a cabeça nas mãos, nem se moveu quando entrei. Passei o braço pelos seus ombros.

— Se quiser, a gente pode fugir.

Ela sorriu, triste. Acariciei seu rosto e a beijei devagar.

— Vou ficar do seu lado, tá?

— Mesmo se eu discutir com o meu pai? Porque a chance de isso acontecer é enorme.

— Então vou ter que arranjar uma focinheira. — Peguei o celular do bolso. — Será que consigo uma no ifood?

Ela riu e tirou o celular da minha mão. Me puxou pela camiseta e me beijou.

— Só você mesmo para me fazer rir num momento desses.

Depois que terminamos o café da manhã, inventei várias tarefas. Foi difícil, mas a convenci a empacotar os livros. Montei caixas de papelão e escrevi legendas na lateral. E claro que fiz isso do meu jeito.

— Livros com que só a Anita Coração Gelado não chora?

— Lógico. Só de pôr as mãos neles, chego a lacrimejar. Nunca vi alguém gostar tanto de drama e não derramar uma lágrima.

Ela revirou os olhos e pegou outra caixa.

— Fantasia, mas nenhuma supera *Percy Jackson* — Ela riu alto. — Consigo pensar fácil em vários livros melhores.

— Que audácia. — Olhei feio para ela, exagerando na reação. — O enredo é incrível.

— Pode até ser, mas o Percy me cansa. Fora que ele sempre é salvo no final. Por isso só li até o terceiro volume.

— Ahhhh, então você não tem propriedade pra falar. Quando ler tudo, aí vai poder conversar comigo. — Puxei mais uma caixa e escrevi, soletrando: — Livros LGBTQIAPN+... da hétero aliada.

Anita riu de novo e se sentou mais perto de mim no chão. Organizamos mais caixas de livros. O tempo passou rápido. Logo Elaine veio bater na porta para avisar que o pai dela estava subindo para o almoço.

Anita se retraiu. Segurei sua mão, querendo dizer que tudo daria certo.

Ela assentiu, e não deixei o meu nervosismo transparecer. Ter que conhecer o pai dela mexeu comigo.

Na sala, aguardamos ele chegar. Com o toque na campainha, Priscila soltou o ar para que todo mundo ouvisse, recebendo um olhar atravessado da mãe.

Elaine abriu a porta, e Masao entrou. O homem asiático de cabelo curto, preto e meio grisalho parou dois passos depois da porta. Cumprimentou Elaine com um beijo no rosto e sorriu para as filhas, mas sua fisionomia mudou ao me ver.

Fiquei sem reação, mais nervoso do que antes. Anita tomou à frente, cumprimentou o pai e me apresentou. Recebi um aperto firme de mão.

Priscila também deu oi ao pai, mais tranquila do que Anita, ainda séria.

Torci para que tudo desse certo no almoço.

Trocamos poucas palavras à mesa. Elaine se esforçava para estabelecer um diálogo, mas Anita se manteve calada. Priscila respondia de forma monossilábica. Eu fiz elogios à comida. Masao foi na minha, falando bem dos pratos.

— Felipe, né? — Ele olhou na minha direção. — A Anita não falou de você, mas a Elaine te elogiou bastante. Você parece ser um bom rapaz.

— Como vou falar do meu namorado se você sumiu?

Eles se encararam, e fiz uma careta discreta. Elaine ia repreender Anita, mas Masao a impediu esticando a mão. Ele se ajeitou. A mesma postura implacável que Anita costumava manter.

Parecia prestes a usar a autoridade de pai. Eu já me preparava para uma grande discussão. Só que aí ele baixou a cabeça.

— Desculpa. Falhei como pai de vocês e demorei muito pra reconhecer isso. Então peço perdão. Errei e vou me esforçar para que não se repita.

Todas ficaram surpresas, principalmente Anita. No momento em que o pai dela ergueu os olhos, Anita virou o rosto e negou.

— É muito fácil chegar aqui do nada e pedir desculpa.

— Não é fácil, eu...

— É sim! — Anita elevou o tom de voz. — Você sumiu! Não estava presente quando mais precisei! Então não me venha pedir perdão como se isso fosse compensar toda a sua ausência.

O silêncio imperou. Apertei uma mão na outra. Os olhos de Elaine encheram de lágrimas e Priscila cobriu o rosto com as mãos. Anita continuava desafiando o pai. Mantinha os braços cruzados e o queixo empinado. Mas os lábios tremiam.

Masao respirou fundo e tocou a cabeça de Priscila. Ele pediu desculpa de novo.

— Fui um péssimo pai, né?

Ela confirmou. Ele acariciou o cabelo da filha.

— Prometo que vou melhorar.

— Só não some de novo... — choramingou, e ele fez que sim. Anita se levantou na hora, e eu a segurei rápido pelo braço.

— Anita, por favor — a mãe dela pediu. — Se resolve com o seu pai.

— Por que você fica defendendo ele? Como consegue perdoar o que ele te fez?

— Quem disse que perdoei?

Anita ficou estarrecida. Elaine passou os olhos por todos da mesa até voltar para Anita.

— Masao não é mais nada meu e a gente já se acertou. Só que ele vai continuar sendo o seu pai pelo resto da vida. Então não tome as minhas dores. Sei que ele foi péssimo nos últimos anos, mas antes disso sempre foi um bom pai. E você sabe disso.

Os lábios de Anita tremeram mais quando ela fez que sim. Ao encarar o pai, com os olhos brilhando por causa das lágrimas, a primeira escorreu.

— Eu não te desculpo. Mas aceito a sua presença.

Como se fosse a melhor coisa que poderia ouvir, Masao sorriu.

— Tudo bem não me desculpar agora, mas prometo que vou cumprir meu papel. O que acha?

Ela deu de ombros, forçando indiferença. Seus olhos continuavam molhados.

— Posso te abraçar? — Masao perguntou com receio.

Não era só eu que tinha medo de Anita.

Ela concordou, e lágrimas escorreram quando foi envolvida pelos braços do pai.

Suspirei aliviado pela trégua e troquei olhares com Elaine. Ela sorriu e eu também. Tudo estava se encaminhando bem. Que continuasse assim.

No fim de semana seguinte, meus amigos chegaram cedo ao apartamento de Anita. Numa força-tarefa, carregamos as malas até o carro. O restante que seria despachado por Masao ficou num canto da sala.

Com tudo pronto, Anita parou no meio do quarto vazio, observando os detalhes. Escorado no batente da porta, guardei cada segundo na memória, tentando ser forte.

Ela sorriu e eu também. Me beijou com carinho e me abraçou. Continuamos desse jeito por alguns minutos.

Deixamos o quarto quando a mãe dela nos chamou. Todos estavam na sala. Meus amigos me encaravam com certa pena, por isso não retribuí os olhares. Eu precisava ser forte até o último segundo.

Kevin bagunçou o cabelo de Anita como se fosse uma criança. Ela o cutucou, e ambos riram. A leveza da amizade deles me deixava feliz. Remetia a tudo que já tinha passado com meus amigos.

As despedidas foram na calçada, e o carro aguardava no meio-fio. Enquanto Anita agradecia e abraçava nossos amigos, eu apertei o maxilar. Pisquei várias vezes para conter tudo que queria transbordar.

Me despedi de Elaine e Priscila, que entraram no veículo. Quando Anita parou na minha frente, os olhos marejados, pressionei os lábios para me conter.

Ela tocou em cima de uma lágrima que deixei escapar.

— É só um até logo. E a gente vai se falar todo dia. Volto em novembro pro Enem, lembra?

Fiz que sim e inspirei fundo. Segurei sua mão e beijei os dedos.

— É um até logo. Vai dar tudo certo.

— Com certeza. — Voltou a me beijar. — Te amo, seu convencido.

— Também te amo, sua convencida.

O beijo foi mais longo dessa vez. Ao fim, nos abraçamos apertado. O seu calor foi me deixando aos poucos conforme ela se afastava. Assim que soltei sua mão, ela foi embora de vez.

Acompanhei Anita entrar no carro e acenei quando ela fez o mesmo. Segurei bravamente a vontade de chorar que tinha voltado com tudo.

— Uma menina me disse uma vez pra não segurar o choro. Porque as emoções precisam ser sentidas. Eu estava triste e sozinho, e apesar de óbvio, isso mudou a minha vida. — Kevin disse, ainda acenando. — A Anita mudou a minha vida. Então, bota pra fora.

O carro sumiu do meu campo de visão, e as estruturas que me mantinham firme desabaram. Apertei os olhos para depois cobrir o rosto com as mãos. A avalanche de lágrimas me fez chorar inconsolavelmente.

Kevin me abraçou, e aceitei o gesto.

Anita realmente tinha ido embora.

Quarenta e dois

O choro não havia passado totalmente quando o sofrimento se transformou em raiva.

Eu tinha me culpado muito por ter sido o responsável por Danilo ter encontrado Anita. Se não fosse por mim, ela ainda estaria ao meu lado, e não se deslocando a quilômetros de distância.

Só que o único culpado era Danilo, o cara que traiu a confiança de Anita ao vazar os nudes dela. E não satisfeito, tinha feito isso duas vezes.

Eu não podia mais deixar aquilo barato.

Apesar das lágrimas, andei em direção ao shopping. Iria lá todo dia se fosse preciso até ficar cara a cara com ele.

— Felipe! — Lorena correu atrás de mim. — Aonde você vai?

— Resolver umas questões com o ex-namorado da Anita.

Meus passos foram interrompidos quando João se pôs na minha frente.

— Você vai abordar o cara dentro do shopping?

Fiz que sim, e João me pegou pelo braço. Ele chegou com o rosto muito perto do meu.

— Felipe, você é preto. Imagina as consequências. Vamos, para com isso. Você tá de cabeça quente.

— Não quero parar com isso. — Tirei suas mãos de mim. — Quero falar com ele agora.

— Mas você vai só falar ou dar um soco? — Kevin começou a andar tão rápido quanto eu. — Porque se for a segunda opção, eu te ajudo.

— Não fica incentivando! — Lorena deu um tapa no braço de Kevin. Ele reclamou, esfregando o lugar atingido. — Felipe, ouve o João. Para de ser teimoso. Isso não vai trazer a Anita de volta.

Não queria dar razão a ela. Eu sabia daquilo. O problema era que todo mundo tinha sido atingido pelas atitudes de Danilo. Anita ainda continuava ferida, a família dela teve que se mudar, o nosso namoro seria à distância. E com ele não aconteceu nada, nem ficou arrependido. Eu simplesmente não podia mais ignorar os fatos. Fiz isso por Anita, mas era hora de agir.

— Deixa ele, Lorena — Cadu disse. — Se o Felipe acha que precisa enfrentar o Danilo agora, a gente vai apoiar.

— Um apoio burro — ela resmungou.

— A gente vai estar com ele — Rodrigo comentou. — Vamos segurar o Felipe se ele passar do ponto, né?

Lorena claramente não gostou da sugestão, assim como João, mas ninguém falou mais nada.

No shopping, passei apressadamente pela entrada do cinema. Logo notei o olhar de um segurança. Eu pretendia esquecer todas as recomendações dos meus pais, só que João me agarrou pelo braço, me forçando a diminuir o ritmo. Percebi como ele estava nervoso e eu disse que não precisava ir junto.

João negou, engolindo em seco.

— Vou com você até o fim mesmo achando muito arriscado. — Passou a mão para desamassar a camiseta dele e a minha. — Pelo menos estamos bem-vestidos. Vão olhar menos feio.

Eu ficava indignado com toda aquela preocupação com a aparência ao pôr os pés em qualquer estabelecimento. Mas achei melhor canalizar os sentimentos causados pelo racismo. Minha raiva contra Danilo seria bem alimentada.

Eu não sabia qual era a loja da família dele. Segui para o caminho que me levaria ao corredor onde o tinha visto duas vezes. Com os meus amigos, percorri as lojas atentamente mais de uma vez. Passei devagar pelas entradas, e nada.

— A gente já pode ir embora? — Lorena tinha os braços cruzados. Neguei. Ela revirou os olhos.

— Tá quase na hora do almoço — Kevin comentou. — E se ele estiver na praça de alimentação?

Ponderei e assenti. Logo que fiz a curva do corredor, avistei Danilo ao longe. Ele estava acompanhado de uma garota na fila de um fast-food. Notei como sorriam um para o outro e a mão dele acariciava a cintura dela.

A raiva se tornou ódio.

Ele levava a vida normalmente, enquanto eu sofria com as consequências dos seus atos. Fui obrigado a ver e rever a minha namorada se desmanchar em lágrimas por causa dele.

A cara dele me deu a certeza de que eu não queria falar nada. Conversar com Danilo seria perda de tempo.

Eu só queria uma única coisa.

Fechei a mão. Resolvi que ele merecia apenas uma palavra.

— Danilo!

Ele se virou, com o cenho franzido. Seus olhos me percorreram durante os dois segundos que meu punho demorou no impulso. O soco que acertei nele fez com que caísse para trás, de bunda no chão. A menina gritou, assim como outras pessoas.

Como meu tempo era limitado, peguei o ex-namorado de Anita pela gola da camiseta. O sangue escorria do seu nariz, e me senti muito bem com seu olhar apavorado.

— Se você vazar fotos da Anita de novo, volto pra te dar outro murro. — Falei para que só ele escutasse: — Vou ficar na sua cola. Se sair da linha, venho atrás de você, entendeu?

Ele fez que sim várias vezes. Eu ainda o segurava quando Cadu gritou:

— Os seguranças!

Dois caras enormes corriam na nossa direção. Larguei Danilo e fugi para o caminho oposto. Kevin passou na minha frente, berrando para que o pessoal saísse do caminho. Alguns ouviram, outros demoraram muito. No desespero, meus amigos e eu trombamos com as pessoas, mas não paramos de correr.

Já estávamos perto da saída da praça de alimentação quando olhei para trás. Os seguranças continuavam nos seguindo e tentando desviar dos obstáculos.

Desci os degraus para o estacionamento com o coração acelerado, correndo como nunca na vida. Seguimos apressados pelos carros estacionados e até nos arriscando na frente de alguns em movimento, que frearam para não atropelar ninguém.

Atravessamos o estacionamento em direção à avenida Cidade Jardim. Os seguranças já tinham desistido. Passamos por baixo da cancela e continuamos em fuga pela calçada pouco movimentada. Paramos em um grande ponto de ônibus.

Respirando rápido, com as mãos nos joelhos, a preocupação ainda me percorria. Só estava esperando mais seguranças aparecerem. Meus amigos se recompuseram nos bancos.

Ouvimos apenas o som das respirações aceleradas. Alguém ousou fazer um comentário depois de alguns minutos.

— Um belo soco.

Kevin sorriu e deu um tapinha no meu ombro. Todos rimos. Eu me sentia vingado.

Minha mão doía, mas o incômodo era menor do que a dor que vinha do peito. Eu queria que Anita tivesse visto e se sentisse pelo menos um pouco melhor. Só que ela não estava mais ali.

As lágrimas voltaram, e o riso deu lugar a lamentações. Lorena me abraçou. João veio depois, passando o braço pelos meus ombros. Os demais se aproximaram, e me permiti chorar tudo o que tinha segurado mais cedo, sendo acolhido por pessoas tão importantes na minha vida.

Eu ia me reerguer, mas antes precisava que tudo saísse.

Quarenta e três

Caso desse muito errado para o meu lado, contei aos meus pais sobre o soco que dei em Danilo.

Eles ficaram bravos e repetiram que consequências muito sérias poderiam ter acontecido comigo se eu tivesse sido pego pelos seguranças. De cabeça baixa, só assenti. Sabia o que essas pessoas faziam com gente da minha cor. Mesmo assim, não senti um pingo de arrependimento.

Apesar da bronca, eles não queriam me punir, só falaram até eu cansar de ouvir que a violência não era o caminho. Eu concordava, escutei isso a minha vida toda, mas com Danilo foi a única saída. E eu queria vingança.

Claro que não falei nada disso para os meus pais.

Em chamada de vídeo, contei tudo para Anita. Ela ficou boquiaberta. Primeiro perguntou se eu estava bem, depois me chamou de inconsequente. No final, deu um sorrisinho. Ela deixou claro que desaprovava o meu comportamento, só que não conseguiu conter a satisfação. De comum acordo, ninguém tocou mais no assunto. Danilo tinha acabado de morrer para nós.

Por mais que Anita e eu nos falássemos todos os dias, foi uma droga ficar longe dela. Na escola, eu me lembrava dela o tempo todo, principalmente nas aulas de química. Nem entrava na biblioteca. Só gatilho.

Aumentei as horas de dedicação aos estudos para o vestibular. Depois do colégio, passava a tarde toda estudando. Na maioria dos dias, Anita estava comigo por vídeo enquanto a gente mantinha a cara nos livros e resolvia exercícios sem parar. Um ajudava o outro.

Com frequência, eu parava para observar Anita concentrada. Os segundos de distração faziam tudo valer a pena, me davam o gás necessário para continuar. Cada dia longe dela era um a menos. Pelo menos era o que eu repetia.

No fim dos dias, ao encerrar o estudo, ainda dedicava pelo menos uma hora para ver Anita ensaiando. Ela me contou o que tocaria na prova de habilidade, fora o vídeo que enviaria para a universidade. Mesmo sem entender direito, achava tudo fascinante.

As músicas me enchiam de esperança. Anita era muito boa naquilo. Com certeza passaria no vestibular. E eu precisava alcançá-la.

Quase todas as noites, depois de algumas horas sem o rosto de Anita na tela do celular, a gente desejava boa-noite. As despedidas eram curtas, mas o que eu mais gostava era de me deitar e ver sua feição como se estivesse ao meu lado. Às vezes, a gente não dizia nada, só ficava sorrindo, tentando matar a saudade.

Namorar à distância foi mais difícil do que imaginei, sobretudo porque a gente nunca tinha passado muito tempo longe. A falta do seu toque foi preenchida pelas suas risadas; seus beijos deram lugar aos olhares apaixonados; seu cheiro se tornou uma lembrança. Eu focava nas histórias sobre a nova escola. Diferente da última vez, ela estava se enturmando. Percebi com pesar, porém feliz, como ela se sentia mais segura para socializar por estar longe.

Anita merecia ficar livre do medo. Pra mim, restava a tranquilidade de vê-la bem. Apesar das centenas de quilômetros de distância, eu me esforçava para ficar bem também.

Meus amigos estavam mais presentes na minha vida do que nunca. O vestibular batia na porta, mas a gente sempre arranjava um tempinho. Por isso, não deixamos o aniversário de João nem qualquer outra comemoração passar em branco.

Kevin foi integrado ao grupo sem problemas. Na verdade, era como se ele sempre tivesse feito parte. Era estranho e engraçado ao mesmo tempo. Ele nunca mais implicou com ninguém, e pude conhecer o verdadeiro Kevin que Anita tanto falava: comunicativo, divertido, atencioso. Um pouco carente também, mas nada que atrapalhasse o resto. Eu o percebia feliz no meio da gente. Talvez fosse isso que ele sempre quis, um grupo de amigos para chamar de seu.

Quando outubro chegou, comecei a ficar nervoso por causa da maratona de vestibulares.

No final do mês, fiz a prova da Unicamp. Fui bem, o que me deixou confiante para as próximas.

O Enem trouxe Anita de volta. O pai dela a buscou no aeroporto e a levou para a minha casa. Só de ver minha namorada descer do carro fez os três meses que ficamos separados doerem ainda mais em mim.

A gente podia se falar todo dia, o tempo todo, mas nada superava tê-la ao alcance das minhas mãos, dos meus beijos. Se poucos meses já me arrancaram lágrimas quando a abracei, o que seria de mim se fosse obrigado a ficar os anos de faculdade longe?

Como se o nosso futuro não estivesse em jogo, esquecemos completamente o que viria depois. Só nos preocupamos em matar a saudade e ficar o mais grudados possível.

A gente faria o Enem em escolas diferentes. Então nos despedimos, já que o pai de Anita daria carona até o local da prova dela. Desejei boa sorte e a vi partir. Saí logo em seguida.

Tudo ocorreu dentro da normalidade, e eu estava confiante. Mesmo cansado, cheguei em casa feliz, ainda mais ao lembrar que passaria a noite e os próximos dias com a minha namorada. Afinal, o segundo dia de Enem seria no fim de semana seguinte.

Quando ela foi embora, me senti com as energias recarregadas apesar das despedidas. Preparado para enfrentar as outras provas, jurei que seria tranquilo. A mais importante ainda estava por vir.

A primeira fase da Unesp, no meio de novembro, me deixou apreensivo. Não por mim, mas por Anita. Como ela se inscreveu quando já sabia da mudança, o local de prova seria em Curitiba.

Dentro do prédio onde seria a minha, esperei qualquer sinal dela para saber se tinha chegado no lugar correto e dentro do horário. Fiquei ansioso, batendo o pé no chão. Até abri um chocolate para aliviar a tensão.

Só fui me acalmar quando Anita me enviou uma foto. Prestes a fazer a avaliação, mandava um beijo para mim. A legenda era: "vou passar sim ou com certeza?"

> nossa, que convencida

> vai passar sim

você não vai pra São Paulo
sem mim não

> que namorada tóxica a minha

A gente riu, e me senti bem mais leve. Caminhei para a minha sala, pronto para ser aprovado também.

Eu vinha numa maré de sorte, com bons resultados nas primeiras fases dos vestibulares. Estava confiante.

Só que comecei a ficar tenso dias antes da Fuvest. A minha mente me levava ao pior cenário possível, em que Anita ou eu não passaríamos em São Paulo. A gente ia continuar separado por centenas de quilômetros, e o medo do nosso amor não resistir me inquietava.

Eu repetia que era besteira, que não deveria alimentar esses pesadelos, mas era só me distrair que lá estavam eles me torturando.

E o pior aconteceu: na noite anterior à Fuvest, passei mal.

Acordei de madrugada molhado de suor, meio enjoado, o corpo fraco. Me enfiei embaixo do chuveiro, nervoso ao perder horas importantes de sono.

O banho ajudou, mas não o suficiente para que eu voltasse a dormir tranquilamente. Cochilei um pouco e despertei assustado, ora com muito frio, ora com muito calor.

Segui assim até o dia clarear, quando voltei ao chuveiro. Sentindo que tinha sido atropelado por um caminhão, caí sentado numa cadeira da cozinha, os cotovelos sobre a mesa e a cabeça apoiada nas mãos.

Não sei quanto tempo fiquei nessa posição, não estava registrando nada direito. Só me movi quando minha mãe me chamou. Ela franziu o cenho e pôs a mão na minha testa.

— Você tá com febre.

Saiu e voltou com o termômetro. Ela esperou que apitasse embaixo do meu braço, como se eu fosse uma criança. Seu suspiro foi uma confirmação.

— Trinta e oito. — Ela voltou a pôr a mão na minha testa. — Está sentindo mais alguma coisa?

— Enjoo e mal-estar.

— Vou comprar um teste de covid. Porque se for isso, você não pode fazer essa prova.

Fui trazido à realidade nua e crua. Fiquei sozinho, com o coração disparado. Já me desesperei.

Não, aquilo não poderia acontecer.

Disse a mim mesmo que não era nada, só um mal-estar passageiro. Caminhei pela cozinha determinado, fingindo esbanjar saúde. Preparei o café da manhã ignorando o peso excessivo do corpo, as dores musculares e o incômodo nos olhos pela noite maldormida.

Comi um pão e bebi um pouco de leite. Meu estômago reclamou, mas continuei. Meu pai apareceu quando eu terminava de forçar a comida goela abaixo. Ainda repetindo que nada me pararia, senti o refluxo. Corri para o banheiro e pus tudo para fora.

Com lágrimas nos olhos, me apoiei tremendo na pia para lavar o rosto e a boca. Ali fiquei apavorado. Inclinado na cuba, minha respiração acelerava. Mais lágrimas escorreram, essas por causa do medo de ficar longe de Anita, além do medo de não conseguir entrar na universidade que eu tanto desejava. Tudo o que estudei estava prestes a ser jogado no lixo. O que seria de mim se desse errado? Se perdesse um ano inteiro?

Meu pai tocou o meu braço. Ele me abraçou, pedindo que eu me acalmasse, que respirasse fundo várias vezes, do jeito que ele estava fazendo. Pôs a minha mão sobre seu peito, incentivando que o imitasse.

Repeti várias e várias vezes até conseguir controlar a entrada de ar. Ao me sentir um pouco melhor, me sentei na tampa da privada. Minha cabeça doía, os olhos pesavam e o frio me fazia tremer.

Ainda respondi a meu pai sobre como eu estava. Também falei do teste de covid que a minha mãe tinha ido comprar. Ele apenas me levou para a sala, me acomodando no sofá, e ficou comigo.

Quando a minha mãe chegou, passou as orientações. Girei o cotonete dentro do nariz, de acordo com o manual. Com tudo pronto, pinguei o líquido no teste e fixei os olhos nele para aguardar.

O pessimismo tomou conta de mim. Repassei tudo de ruim que tinha imaginado e me lamentei pela falta de sorte. Pegar covid nessa altura do campeonato seria demais.

O primeiro risco vermelho apareceu. Bati incessantemente o pé no chão. Não surgiu mais nada, mas continuei atento. Dois minutos depois, meu pai apanhou a caixinha e comentou que precisava esperar quinze minutos para confirmar o negativo. Fiquei todo o tempo atento, torcendo pelo melhor.

Com o negativo confirmado, pude respirar aliviado.

— Será que é virose? — Minha mãe voltou a checar a febre. — Ou nervosismo?

— Pode ser os dois. — Meu pai se sentou ao meu lado. — Você tem feito tantas provas, tem estudado muito. Deve estar no limite. Esse sistema é cruel...

Dei de ombros. O que mais eu poderia fazer? Não era hora de parar.

— Aqui. — Minha mãe estendeu um comprimido. — Vai ajudar com a febre. Agora vai descansar. Se não estiver se sentindo bem, não precisa fazer a prova.

— Até parece. — Tomei o remédio e levantei. — Vou nem que seja me arrastando.

Deitei na cama com a cabeça rodando, os olhos ardendo e o estômago embrulhando. Respirei fundo, pedindo ajuda a alguma entidade superior. *Vai, nunca te pedi nada. Alivia essa pra mim.*

Quando a febre passou, adormeci. Fui acordado pelo meu pai, que me chamou para almoçar e me preparar para sair. Apesar de me sentir um pouco melhor, ainda estava longe de estar bem.

Mal toquei na comida, ainda enjoado, o estômago alerta para devolver qualquer coisa. Só bebi água e comi umas bolachinhas de água e sal.

Eu me sentia fraco, mas juntei o material para fazer a prova. Nada no mundo me faria desistir.

Já dentro da escola onde seria aplicada a primeira fase da Fuvest, me sentei num banco para respirar fundo e organizar os pensamentos. Precisava ser a melhor prova da minha vida.

De olhos fechados e escorado no banco, o celular vibrou. Era uma mensagem de Anita.

boa prova!

você vai se sair bem com certeza

te amo

Sorri para essas poucas palavras. Eu tinha que passar.

Respondi a Anita e me encaminhei para a sala. Meu celular ficou no saquinho lacrado e fui me acomodar entre os demais vestibulandos, cada um em uma carteira desconfortável. Enquanto bebia muita água, me convencia de que daria conta.

Uma hora depois, comecei a sentir frio, com certeza a febre dava o ar da graça. Com a vista embaçada, pedi para ir ao banheiro.

Tirei do bolso o comprimido que minha mãe tinha me dado e tomei de uma vez, torcendo para que o efeito fosse rápido. Me analisei no espelho, notando como minha aparência estava frágil. Balancei a cabeça e joguei água no rosto. Eu precisava aguentar e dar o meu melhor.

Minha energia estava nas últimas. Ainda assim, voltei para a prova. Não havia alternativa, era o único dia para ir bem.

O fato de não haver uma segunda chance me angustiou. Eu não devia ser a única pessoa doente no dia do vestibular. Quantas seriam prejudicadas por isso? O estudo de um ano todo seria jogado fora?

Permaneci com a testa apoiada na mão durante alguns minutos, o tempo que o remédio começou a agir. Ao me sentir um pouco melhor, terminei as questões.

Só restava torcer. Aquela prova era importante demais.

Quarenta e quatro

Cheguei em casa da prova e desmaiei de cansaço. Só acordei no dia seguinte, ansioso para conferir o gabarito.

Diante do computador, apoiei o punho na testa. Lamentei de olhos fechados pelo meu desempenho um pouco inferior do que nas outras provas.

Com um suspiro, andei pelo quarto. Era como se o mal-estar do dia anterior tivesse desaparecido. Pelo jeito, o meu emocional atingiu em cheio o físico, com o único intuito de me atrapalhar.

Parei de andar, negando com a cabeça. Por mais que eu não tivesse ido tão bem como nas outras provas, passaria para a segunda fase. Se eu quisesse entrar na USP, teria que me dedicar para valer.

Nada de diminuir o ritmo, porque faltavam as segundas fases da Unicamp, da Unesp e da Fuvest, todas em dezembro.

Voltei inabalável à rotina de estudos, o que deixou meus pais preocupados.

Toda vez que eu saía do quarto para comer, eles me aconselhavam a relaxar, fazer outra coisa que não fosse estudar. Eu assentia, mesmo sabendo que não seguiria o conselho. Não dava para ser diferente. Era o meu futuro em jogo, o curso que sempre quis, a chance de estar perto da minha namorada.

Que culpa eu tinha se o sistema nos obrigava a entrar nesse ritmo por uma vaga?

Mal falei com os meus amigos nos dias que se seguiram. Todo mundo estava ou estudando, ou realizando provas. Mas combinamos de nos encontrar em janeiro, assim que tudo tivesse acabado. Haveria a formatura também, depois dos vestibulares.

Anita e eu continuamos conversando diariamente. Ela me incentivava, dizendo que daria tudo certo na Fuvest. Eu tinha que acreditar nisso também.

Fiz a segunda fase da Unicamp em uma semana e a da Unesp na outra. Na seguinte, seria a da Fuvest. Para a última prova do ano, diferente do dia da primeira fase, acordei bem, disposto, confiante. Botei no papel tudo o que eu havia estudado para a prova de língua portuguesa. A redação também fluiu.

No segundo dia, de conhecimentos específicos, saí me sentindo ótimo. Eu tinha dado o meu melhor, respondido cada questão com propriedade.

Com o fim dos vestibulares, fiquei um pouco mais leve. Era quase Natal, e eu estava ansioso para ver a minha namorada, sobretudo porque dia 27 de dezembro era o aniversário dela. Eu viajaria para Florianópolis para a data. Só pensava que era o descanso merecido depois de tanto estresse.

Ao pisar em Florianópolis, me permiti esquecer todo o resto. Nada mais importava, apenas o olhar apaixonado de Anita. Não havia preocupação com os resultados do vestibular nem nada do tipo. Decidi viver o presente, saboreando cada minuto, cada sorriso, cada toque.

Acordei antes dela e, para matar a saudade, passei um tempão observando seu rosto, sua respiração profunda.

Quando Anita abriu os olhos, beijei seus lábios com carinho, desejando feliz aniversário.

— Acho que esse vai ser o melhor aniversário de todos — ela sussurrou, a boca ainda na minha, o corpo grudado no meu.

— Com certeza. Até porque eu sou o seu melhor presente.

Ri ao receber um beliscão na barriga.

— Convencido. Mas dessa vez assumo que é verdade.

Envolvendo Anita, beijei sua testa. Ela era o meu melhor presente também.

Os dias que passei em Florianópolis me deram ainda mais certeza de como a mudança tinha feito bem a Anita. Ela até implicava menos com Priscila e ria do que a irmã comentava, no auge da sua empolgação ao nos ver juntos.

Como das outras vezes, a despedida foi difícil. Sentada na cama enquanto eu fechava a minha mochila, Anita apertava as mãos, de cabeça baixa. Assim que terminei, abracei a minha namorada.

— Vão ser só mais dois meses. Depois a gente vai se ver toda semana lá em São Paulo.

— É o que mais quero. — Se agarrou à minha camiseta, afundando o rosto no meu peito. — Não aguento mais fazer isso, me despedir desse jeito, ficar mal toda vez que a gente se separa.

— Eu também não. — Toquei seu queixo, fazendo com que ela me encarasse. — Tá acabando. Hoje é a última vez.

Ela concordou e me beijou.

Recarregado de amor, voltei para casa me sentindo melhor do que quando saí. Ficar longe de Anita doía toda vez, mas eu estava certo de que essa seria a última. No fim de semana seguinte, foi a minha formatura do ensino médio. Teve toda a parte solene da escola, os discursos e essas coisas. Foi legal ver todo mundo junto pela última vez. Tentei sufocar o sentimento que me abateu, mas foi difícil, pois queria que Anita estivesse com a gente. Repeti mentalmente que ela estava bem. Se mudar foi a melhor escolha que podia ter feito.

A festa foi muito divertida. Meus amigos e eu aproveitamos cada segundo. Era curiosa a sensação de que estávamos todos juntos ali, e logo mais não estaríamos. Cada um havia prestado vestibular para cidades diferentes. Isso nos fez curtir ainda mais a companhia um do outro.

Ainda em ritmo de despedida, Kevin nos chamou para ir à casa dele na semana seguinte. Fomos todos juntos, era a primeira vez que a gente visitaria nosso mais recente amigo.

Ele morava em um grande condomínio fechado na zona sul, lugar em que nunca pus os pés. Já fiquei tenso na portaria. João também demonstrava desconforto. Por isso empurramos Cadu para falar com o porteiro.

Ao sermos liberados, caminhamos pelas ruas silenciosas de casas enormes que mais pareciam shoppings. Observamos os arredores.

— Eu não sabia que a família do Kevin tinha tanta grana assim — comentou Rodrigo.

— Não sei vocês, mas isso me revolta. — Lorena mantinha a atenção nas casas. — Esse povo se enfia nessas fortalezas e acha que o mundo é como eles vivem. Só que eles são o quê? Um por cento da população? Nem sabem o que acontece fora desses muros e...

Lorena parou de falar quando pus para tocar no celular o hino da União Soviética. Rimos na hora. Ela me empurrou, também achando graça.

Como não poderia deixar de ser, a casa de Kevin era enorme. Ele nos levou à área externa, onde havia uma grande piscina e toda aquela decoração de jardim de gente rica. Numa extensa mesa, uma senhora ajeitava as travessas de comida. Recebi dela um sorriso gentil e retribuí. Ser servido desse jeito me causou um leve incômodo.

— Se divirtam — ela falou, afagando o braço de Kevin. Ele agradeceu, atencioso, e ela se foi.

Os pais de Kevin não estavam presentes e ele nem os mencionou durante todo o tempo que ficamos lá. A única pessoa que falou com a gente foi a empregada, sempre preocupada com o nosso bem-estar.

Desconfortável e também curioso, aproveitei que o pessoal estava na piscina para sentar ao lado de Kevin, que comia um lanchinho.

Puxei papo sobre vestibular. Ele tinha prestado Geologia em universidades fora do estado.

— Até agora não entendi por que tão longe.

— Não quero ficar perto dos meus pais. Eles nunca estão aqui mesmo. Acho que vai ser bom ir o mais longe possível. Pelo menos paro de criar expectativas sobre eles.

Assenti com pesar. As palavras carregavam toda a dor da ausência dos pais.

— É sempre assim? Você fica o tempo todo sozinho?

— Sim. Meio que já me acostumei, sabe? Mas antes era mais difícil. Agora tá bem tranquilo. — Seus olhos foram para o pessoal na piscina. Um sorriso apareceu.

— Se você for estudar no Nordeste, a gente vai ter um lugar pra ficar nas férias de julho. — Dei tapinhas nas costas de Kevin, que concordou. — Pode sempre contar comigo, tá?

— Voltou emocionado de Florianópolis, Felipe? — Me devolveu os tapinhas.

— Anita tem esse poder sobre mim.

Nós demos risada, mas rimos ainda mais quando Lorena jogou água na gente. Trocamos olhares cheios de cumplicidade e pulamos na piscina ao mesmo tempo para jogar bastante água nela.

Dos vestibulares que prestei, o da Fuvest era o primeiro a sair o resultado.

Diante do computador, batendo incessantemente o pé no chão e roendo a unha do dedão, atualizei a página. Nada ainda.

— Você tá me deixando nervosa — disse Anita por vídeo. O celular estava no suporte da mesa.

— Imagina eu. — Atualizei de novo. — Já era para ter saído, né?

— Vai ser a qualquer momento.

Tamborilei os dedos na mesa. Anita ainda tentou puxar assunto, só que eu nem entendia o que ela falava. Então Anita desistiu, sobrando o silêncio entre nós.

— Tá me dando dor de barriga. Já volto.

Corri para o banheiro com as mãos suadas, o coração disparado, a garganta seca. E se eu não passasse? A segunda chamada não era garantia de nada, a lista mal corria. Meu nome tinha que aparecer hoje. O problema era o desempenho não tão bom na primeira fase. O fato de ter ficado doente no dia ainda me deixava indignado.

— Felipeeeeeeeeee! Saiu!

A voz de Anita me fez correr os últimos metros de volta à escrivaninha.

— Você olhou?

— Não. Fiquei com medo de ver antes de você. — Ela fez uma careta. — Vai, abre logo isso aí.

Atualizei a página. E lá estava a lista. Engolindo em seco, cliquei. Nos segundos que o arquivo demorou para carregar, só senti o coração bater violentamente contra o peito.

Os nomes dos aprovados estavam em ordem alfabética. Fui descendo a lista mal respirando. Ao mesmo tempo que eu queria chegar logo à letra F, também queria ir devagar.

Quando li o nome do primeiro Felipe, meu coração conseguiu a proeza de acelerar ainda mais.

Fui olhando a enorme quantidade de Felipes sem me encontrar. Corri a lista, a desesperança se espalhando, tudo devia ter dado errado, eu não ia para São Paulo e...

Parei.

Prendi a respiração por tempo demais, quase explodindo.

— Passei!

Anita deu um grito de alegria. Minha atenção estava pregada no meu nome. Sim, eu estava na primeira chamada.

Olhei para a minha namorada, as lágrimas inundando meus olhos. Anita sorriu.

— Vai dar tudo certo, Felipe. Daqui a um mês, a gente vai se abraçar em São Paulo.

Concordei, esfregando os olhos. Um alívio imenso tomou conta de mim. Voltei a atenção para a lista, feliz que tinha dado tudo certo. Agora era só esperar o resultado de Anita.

Meus pais e meus amigos ficaram contentes com a aprovação. Assim como eu, Lorena e João foram aprovados na Fuvest. Para o desespero dos pais de Lorena, ela cursaria ciências sociais. E por mais que eu não a tivesse visto pessoalmente, conversamos sobre o término do seu relacionamento com Rodrigo.

> a gente só estava esperando saírem os resultados

> vamos conversar nos próximos dias ☺

> se precisar de mim é só chamar, tá?

O emoji não me deixou mais tranquilo. Só me restou torcer para que ambos ficassem bem depois da separação.

João passou em medicina em Ribeirão Preto. Ele contou que o pai ficou muito feliz, espalhando a notícia para todos os parentes, repetindo que sentia muito orgulho dele em todos os sentidos, não só pela aprovação.

Cadu e Rodrigo não passaram na primeira chamada, mas esperariam outros resultados. Kevin não tinha prestado Fuvest, então estava no aguardo também.

Eu só não fiquei totalmente em paz porque faltava a Unesp. E quando o dia chegou, voltei para a frente do computador.

Anita atualizava o tempo todo o site. Seu nervosismo era responsável pela feição preocupada. Até quis fazer uma gracinha, só que nada me vinha à mente. Por isso, fiquei na minha, mantendo a atenção na minha namorada.

Quando as sobrancelhas dela se ergueram, atualizei a minha página. Também veria se eu tinha passado. Só que nem deu tempo de abrir a lista.

— Passei! Passei!

Ela deu um pulo da cadeira. Fiquei vendo sua reação, um sorriso enorme no rosto. Me recostei melhor, respirando aliviado. Tinha realmente dado tudo certo.

Anita apanhou o celular e saiu correndo do quarto, chamando Elaine e Priscila. Foi abraçada e beijada. Eu via tudo mais ou menos, a imagem balançando.

Com a respiração acelerada e com as bochechas coradas, Anita voltou ao quarto.

— Agora o próximo passo é fazer a matrícula.

— Sim. E depois correr atrás de um lugar pra morar. Vê se compra uma cama grande, tá? Não quero ficar espremido numa de solteiro quando for dormir na sua casa.

Ela riu, os olhos se enchendo de lágrimas. Achei que fossem só de alegria, mas quando escorreram arriscaria dizer que eram uma mistura de tudo.

— Tô tão aliviada. — Anita secava o rosto. — Fiquei com medo.

— Eu também. — Um nó se formou na minha garganta. — Mas deu tudo certo.

Ela fez que sim e abriu um largo sorriso.

— Até daqui a algumas semanas então?

— Claro. A gente se vê em São Paulo.

Epílogo

— Que bagunça, hein!

Lorena nem se virou para mim. De costas, mostrou o dedo do meio. Eu dei risada, escorado na entrada do quarto dela. Havia duas camas de solteiro, uma ocupada pelas tralhas de Lorena; a outra, arrumada. A colega de quarto dela já tinha deixado os pertences organizados. Já a minha amiga...

— Você é muito bagunceira. — Puxei uma mala. — Tem um monte de treco misturado. — Peguei um pacote de salgadinho fechado com um pregador de madeira. — Isso estava no meio das roupas?

— Me deixa, Felipe. — Tirou o pacote da minha mão. — Tá tudo organizado de um jeito que sei onde as coisas estão.

— Se você chama isso de organização... Quer ajuda?

Ela fez que não.

— Certeza? Porque tenho a sensação de que você vai acabar sendo soterrada.

— Já disse que tô bem. Tá caçando o que fazer enquanto espera a hora de ver a Anita, né?

— É... — Empurrei as coisas de Lorena para o lado, abrindo espaço para sentar na cama. — Ela chegou ontem. Também tá na loucura da arrumação.

— E onde vocês vão se encontrar?

— No metrô. Depois vou conhecer o apartamento onde ela vai ficar.

— Pelo menos a distância entre vocês vai ser menor, né? Só alguns transportes públicos.

— Falando nisso, como você tá em relação ao término com o Rodrigo?

— Tô bem. — Ela nem me olhou.

— Sério? Você não me contou como foi, sumiu uns dias. Te conheço bem o suficiente pra saber que esse não é o seu normal.

Ela abaixou os braços, parando de dobrar as roupas. Lorena suspirou.

— Na verdade, achei que ia ser mais fácil.

— Botucatu não fica tão longe. Vocês poderiam namorar à distância.

— É, mas a gente preferiu terminar mesmo. Vai ser melhor assim.

— Bom, mas a amizade continua, né?

Ela confirmou, voltando às roupas.

— O ano nem começou direito e o Kevin já quer que a gente vá passar as férias lá em Recife. Que inveja. A gente nessa cidade cinza e ele numa que tem praia.

Sorri, concordando com ela. Ver os meus amigos indo para cidades diferentes ainda causava certo incômodo. Cadu era o que estava mais perto da gente, em Campinas. Mesmo assim, não era logo ali.

Respirei fundo, tentando me conformar com a nossa realidade. Afinal, estávamos começando uma nova fase. Torcia para que a nossa amizade aguentasse a distância.

Por mais que ela dissesse que não precisava de ajuda, comecei a organizar as coisas de Lorena. Eu precisava ocupar o tempo, ainda não era a hora de encontrar Anita.

Lorena e eu íamos dividir o apartamento com duas pessoas. Ela ficaria no quarto com uma menina do curso de letras, e eu, no outro, com um menino da geografia. O primeiro contato entre nós quatro havia sido no dia anterior, quando chegamos em São Paulo com a mudança. Tudo ocorreu tranquilamente, e eu estava animado para o início das aulas e tudo o que a faculdade me proporcionaria.

Perto do horário marcado, fui para o metrô. Durante todo o caminho, a ansiedade só aumentava.

Era a primeira vez que eu descia no metrô Barra Funda. Fiquei meio perdido, sem saber por onde sair. Mandei mensagem para Anita, que avisou que estava depois das catracas.

Segui o fluxo. Vi a placa com o nome da saída certa e apressei o passo. Antes de alcançar a catraca, eu vi Anita de longe. Acenei e ela retribuiu.

Eu não aguentava esperar mais nenhum segundo. Corri os últimos metros que nos separavam. Anita envolveu meu pescoço com os braços e passei os meus pela cintura dela, matando a saudade do seu calor e do seu cheiro. Quando a levantei do chão, nós rimos e nos beijamos, numa clássica cena de final feliz de filme.

A gente estava ali, juntos. Eu só tinha a agradecer.

— Pronto pro nosso novo começo? — Ela entrelaçou nossos dedos.

— Com certeza. — Segurei sua mão com firmeza, nada seria capaz de me fazer soltar.

Saímos do metrô assim, rumo a uma vida nova. Eu não tinha noção do que o futuro nos reservava, mas sabia que tudo caminharia da forma que tinha que ser.

Eu ia aproveitar cada minuto.

Agradecimentos

A minha história com este livro vem lá de 2014, quando comecei a traçar as primeiras ideias. Nesses dez anos, muita coisa aconteceu. Eu mudei, o mundo mudou, e muitas pessoas passaram por mim, contribuindo para o resultado final da história do Felipe.

O primeiro agradecimento é para Danilo Barbosa, a primeira pessoa que mexeu no meu texto e foi o responsável por me ajudar no meu amadurecimento como autora. Érica Hayashibara foi a revisora e amiga que me ajudou quando decidi que lançaria uma versão independente. Obrigada pela empolgação com o trabalho e por se ver na Anita.

Aos amigos do Reclama Juntas, nosso grupo de WhatsApp, que acompanharam de perto desde quando decidi participar do Clipop, Bianca Rocha, Caio Oliveira, Carolina Genúncio e Maisa Akazawa. O que seria de mim sem vocês? O apoio, os surtos, as risadas e principalmente as reclamações. Afinal, o nome do grupo não é à toa. Passar por todo esse processo sem vocês seria muito mais difícil.

Um agradecimento especial aos amigos que toparam ler um capítulo por dia, logo depois que eu escrevia: Allan Cutrim, Ana Carolina da Silva Oliveira, Denise Muniz, Janaína Ogawa e Thamiris Dotta. Muito obrigada por embarcarem comigo na loucura que foi quando decidi reescrever a história do Felipe em dois meses. Os comentários que eu recebia diariamente de cada um me ajudavam a ter uma noção de como os acontecimentos estavam sendo recebidos. Com o Allan eu discutia a vivência do Felipe, pois ele também é filho de professores.

Ana me ajudou a encontrar a desculpa perfeita para Anita ter dedurado o Felipe, porque a minha única certeza era de que ela o entregaria. Janaína ficava brava comigo quando eu me referia à história como "livro do Felipe", dizendo "É o livro da Anita!". Thamiris e Denise me deram a certeza de que todas as mudanças de uma versão para a outra estavam fluindo. Valeu, gente!

A Lucas Teraoka por me ajudar a montar a grade escolar do Felipe e pensar em toda a dinâmica do colégio dele. A grande inspiração para o Felipe querer cursar história é você. Um ótimo professor, um marido que me apoia em tudo e um pai dedicado. Augusto e Luísa têm muita sorte de ter você.

A toda a equipe da Seguinte pelo trabalho excepcional e cuidado com cada detalhe. Ao meu editor Antonio Castro, por ter sugerido trocar a Anita de turma, o que quebrou toda a estrutura da versão antiga. Me deu trabalho e cabelos brancos, mas ficou muito mais legal assim. Obrigada.

A Suh Roman por entrar nessa comigo e a Victor Marques pelas fofocas literárias e o apoio nos últimos meses. Essa reta final foi bem desafiadora. Só a Ellen Perussi, minha psicóloga, sabe dos detalhes. Obrigada por me manter firme nos momentos em que nem eu acreditava que seria possível.

E a você que deu uma oportunidade para este livro. O que seria de um escritor sem leitores? Obrigada de coração e espero que este seja o primeiro de muitos.

Entrevista com a autora

1. Para Felipe é simplesmente um pesadelo quando a mãe dele passa a ser sua professora e o pai vira o seu coordenador. Você viveu isso na escola ou teve algum amigo nessa situação?

Não cheguei a passar por isso, meus pais eram da área da saúde, mas foi algo que sempre pensei, principalmente quando comecei a dar aulas, ainda durante a faculdade de Letras. Eu cheguei a ver vários professores dizendo que evitavam dar aulas para os filhos e aquilo ficou na minha cabeça. Foi durante esse período que conheci o Allan Cutrim, um grande amigo meu e que é filho de professores. Com ele, pude entender melhor como seria para um adolescente viver isso. E eu quis que o Felipe passasse por essa situação porque era algo que eu nunca tinha visto em livros e achei interessante explorar.

2. Como você acha que a pandemia de covid-19 impactou a vida de estudantes como o Felipe?

Acredito que, num primeiro momento, ficar 100% dentro de casa foi o que mais pesou. Para jovens como o Felipe, acostumados a ver diariamente os amigos, ficar sem eles teve seu impacto. Claro que o convívio on-line ajudou a diminuir a distância, mas existem interações que às vezes só no presencial é possível ter, justamente por isso o Felipe e os amigos não perceberam o que estava acontecendo na casa do Rodrigo. E, como conheço muitos professores, todos relataram que, após esse período longe, os alunos voltaram para a escola mais afobados, com uma urgência inédita. Não foi fácil pra ninguém, né?

3. Por que você decidiu retratar esse momento único na vida dos estudantes na ficção?

O ensino médio foi o período mais marcante da minha adolescência. O pensar no futuro e no vestibular foi bem desafiador. Assim como o Felipe, eu também passei mal no dia do vestibular da Fuvest, mas foi depois da prova. O Felipe ainda foi aprovado, eu não. Mas essa transição para a vida adulta é algo que me encanta em diversas esferas. É o momento das interações mais sérias, sem mediação dos pais, um mundo novo, diversas possibilidades. Eu particularmente acho incrível ver uma criança se tornar adulta num intervalo de dez anos.

4. Ao longo da história, Felipe e seus amigos enfrentam alguns problemas sociais como o bullying e o racismo de diferentes formas: fake news, pegadinhas, exposição virtual. Qual você acha que é a importância de tratarmos sobre esses temas com o público jovem?

Acho que é importante mostrar como esses assuntos podem se desdobrar de diferentes maneiras e o que podem causar nas vítimas. O receio dos pais do Felipe com uma possível represália pela brincadeira que ele fez mostra como pessoas pretas são o tempo todo atravessadas pelo racismo, que se manifesta de formas que talvez pessoas brancas nunca imaginariam. Se ele fosse um menino branco, nunca existiria esse medo. E ter noção dos diversos modos como o racismo se manifesta faz toda a diferença. Eu, na idade do Felipe, não conseguia identificar quando sofria racismo. Por ser filha de um casal birracial, tudo sempre foi muito confuso. Demorei anos para me dar conta do que realmente acontecia. Então eu quis mostrar alguns casos para elucidar, como quando o Felipe é barrado pelo porteiro, o medo do João com o que poderia acontecer com eles dentro do shopping, e até o fato de que não há muitos alunos pretos em uma escola particular.

Sobre o bullying, lembro de uma amiga da época da escola falando que o pior era ver aqueles que se diziam seus amigos rindo de algum comentário cujo único intuito era ofender. Isso ficou tanto na minha cabeça que foi o responsável pela união dos amigos do Felipe. O bullying é inadmissível, só que às vezes é difícil enfrentar sozinho. Ter pessoas ao seu lado pode ajudar a encontrar uma saída, nem que seja para te defender, como acontece na história. Já com a Anita, é um exemplo das marcas que isso pode deixar nas pessoas. Não é à toa o afastamento dela quando muda de escola, o querer ficar sozinha, a desconfiança. Passar por um vazamento de imagens íntimas pode literalmente acabar com a vida de alguém, principalmente das mulheres. E eu gostaria que muitos jovens pensassem nas consequências dos seus atos antes de agir. Você está lidando com uma vida.

5. E como foi o seu período na escola? Você tinha dificuldade em alguma matéria, como Felipe tem com química?

Tive um ensino médio bem tranquilo na verdade. Tinha um ótimo desempenho em matemática e física, e bem mediano em português. Até hoje não sei explicar muito bem esse fenômeno e o que me fez pender para a área de humanas. Mas também sempre tive muita dificuldade em química. Não é à toa que essa é a matéria que inferniza o Felipe. Mais de uma vez fiquei com notas vermelhas em provas para as quais tinha estudado. Eu simplesmente não conseguia entender. Pelo menos tudo isso rendeu uma história.

6. Uma das coisas mais divertidas do livro são os amigos do Felipe! Lorena, João, Rodrigo e Cadu são personagens únicos e, entre conselhos, puxões de orelha e mensagens, ocupam as páginas do romance com relações muito reais. Foi difícil escrever essa dinâmica para que ela parecesse tão verdadeira? Com qual deles você se identifica mais?

Apenas na última versão consegui aprofundar as relações entre todos eles. Apesar de cada um ter sua personalidade, sempre foi tudo muito focado no Felipe. Quando peguei para reescrever, a missão era dar mais espaço para os amigos, que eles tivessem seus conflitos também. Não foi difícil construir tudo isso, foi bem divertido na verdade. Pensei muito nas relações com os meus amigos, no jeito de cada um, nos problemas. Na minha adolescência, mais de uma vez a gente juntava um grupo para ir resolver os problemas de alguém, desde familiares a amorosos. E eu me identifico muito com a Lorena, mesmo que sejamos tão diferentes uma da outra. Me vejo muito nos ideais dela, na lealdade, nos momentos em que fica irritada. Talvez ela seja a adolescente que eu queria ter sido, com sua voz sendo ouvida e respeitada, nem que seja na força do ódio.

7. Anita é uma violoncelista habilidosa! Como foi o seu processo de pesquisa para dar vida a uma personagem que é uma instrumentista tão incrível? Você também toca algum instrumento?

Foi um processo de muita imersão no violoncelo. Eu passava horas vendo vídeos de pessoas tocando, fotos, apresentações e qualquer outra coisa. Tinha uma playlist só com músicas tocadas em violoncelo. Ouvia de olhos fechados, imaginando a Anita, cada movimento, cada respirar. Tentei entender como tudo funcionava antes de começar a escrever a história. Eu queria que fosse algo fascinante, que Anita transmitisse essa magia que me encantava e também encantou o Felipe. Apesar de ter começado a aprender a tocar violão na adolescência e ter passado os últimos dez anos fascinada pelo violoncelo, tenho certa dificuldade com instrumentos de corda. Meu negócio mesmo sempre foi batuque. Toquei todo o meu ensino médio na fanfarra da escola e hoje faço parte da bateria de um bloco de carnaval.

8. Falando de música, indique dez músicas que marcaram o seu ensino médio e que os leitores da Seguinte precisam conhecer!

Olha só a Seguinte me fazendo entregar a minha idade...

Vivi meu ensino médio de 2005 a 2007 e sempre fui muito apaixonada por música. E entre idas de bicicleta para a escola, o curso técnico e reunião com os amigos na calçada, essas foram algumas das músicas que mais marcaram essa época:

"Memórias", da Pitty; "Call Me When You're Sober", do Evanescence; "Vermilion, Pt. 2", do Slipknot; "Só por uma noite", do Charlie

Brown Jr.; "Nobody's Home", da Avril Lavigne; "I Miss You", do blink-182; "Um minuto para o fim do mundo", do CPM 22; "Never Ending Story", do Within Temptation; "Scars", do Papa Roach; e "Breaking the Habit", do Linkin Park.

9. A relação entre irmãos é um ponto bem importante na narrativa de *Em sintonia*, com a Milena sendo amiga, confidente e também — como toda irmã mais velha — enchendo a paciência do caçula. Você tem irmãos? Se sim, a sua relação com eles inspirou a troca entre Felipe e Milena?

Tenho uma meia-irmã vinte anos mais nova do que eu e um irmão dois anos e meio mais novo, com quem cresci. Inspirei muito da relação de Milena com Felipe na minha com meu irmão. Eram implicâncias gratuitas, brigas, puxões de orelha e situações que só quem tem irmão sabe como é. Como uma vez que juntei cartas de baralho dele que estavam espalhadas no chão da sala e joguei tudo na calçada, já que ele não estava querendo guardar. Ou quando joguei uma colher nele que acertou bem entre os olhos, no osso do nariz, e fez um corte. Ou, ainda, das várias vezes que eu deitava para dormir e chamava meu irmão no quarto, fingindo que ia falar qualquer outro assunto, só para ele apagar a luz do cômodo. Ele ficava muito bravo. Mas, apesar de tudo, sempre existiu bastante companheirismo.

10. Por fim, sabemos que muitos leitores também sonham em se tornar escritores e publicarem suas histórias. Quais dicas você daria para quem está começando a escrever e gostaria de seguir nessa carreira?

Não parar de escrever funcionou bem para mim. Eu tinha uma ideia e ia lá colocar no papel. Nesse meio-tempo, fui aprendendo a me expressar melhor e a entender os meus objetivos com a história que queria contar. Aprendi até técnicas de estruturação de romance. Mas foi um processo bem longo, demorado, com mais erros do que acertos. Comecei a escrever aos dezessete anos e publiquei meu primeiro livro aos vinte e um. Se fosse hoje, eu procuraria cursos de escrita criativa. Acho que teria me poupado alguns anos de sofrimento. Acredito que a gente que escreve precisa se permitir produzir coisas ruins. Tudo é treino, e praticar vai te tornar melhor com o tempo. Ter em mente que seu primeiro livro provavelmente não vai virar um best-seller assim que você terminar de escrever ajuda a lidar com a realidade. Entender como o mercado literário funciona é fundamental também. E, claro, escrever aquilo que você gosta, que te traz empolgação, brilho aos olhos. Sem essa paixão, nada faz sentido pra mim.

ESTA OBRA FOI COMPOSTA POR OSMANE GARCIA FILHO EM BEMBO
E IMPRESSA PELA GRÁFICA BARTIRA EM OFSETE SOBRE PAPEL PÓLEN NATURAL
DA SUZANO S.A. PARA A EDITORA SCHWARCZ EM ABRIL DE 2024

A marca FSC® é a garantia de que a madeira utilizada na fabricação do papel deste livro provém de florestas que foram gerenciadas de maneira ambientalmente correta, socialmente justa e economicamente viável, além de outras fontes de origem controlada.